U0781708

**2016年度
法治文学精选
（纪实文学卷）**

上海猎狐行动

中国法学会法治文化研究会 选编

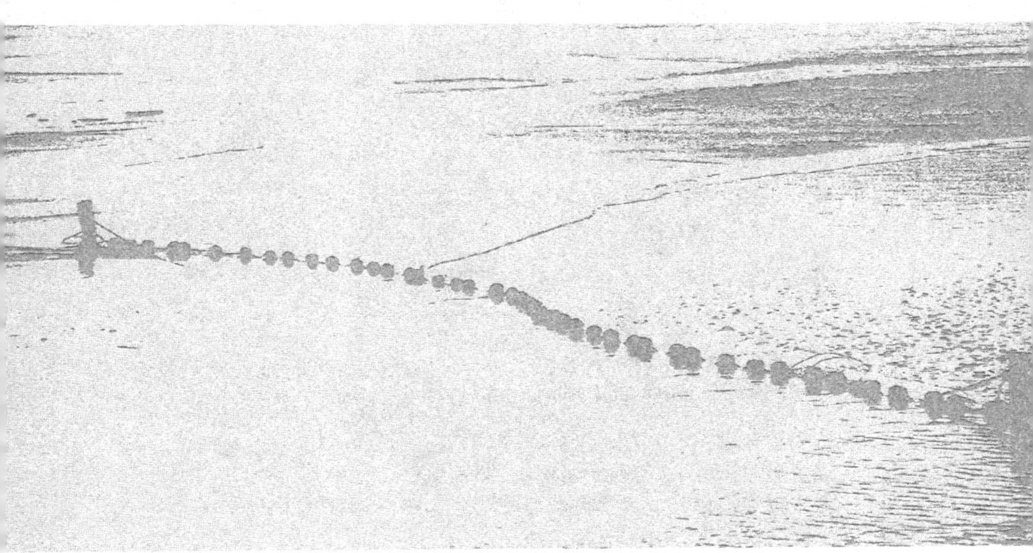

群众出版社
·北京·

图书在版编目（CIP）数据

上海猎狐行动／中国法学会法治文化研究会编．—北京：群众出版社，2017.11

（2016年度法治文学精选）

ISBN 978-7-5014-5771-7

Ⅰ.①上… Ⅱ.①中… Ⅲ.①纪实文学—作品集—中国—当代 Ⅳ.①I25

中国版本图书馆 CIP 数据核字（2017）第 286773 号

上海猎狐行动

中国法学会法治文化研究会　编

出版发行：群众出版社

地　　址：北京市丰台区方庄芳星园三区 15 号楼

邮政编码：100078

经　　销：新华书店

印　　刷：北京市泰锐印刷有限责任公司

版　　次：2017 年 12 月第 1 版

印　　次：2017 年 12 月第 1 次

印　　张：8

开　　本：880 毫米×1230 毫米　1/32

字　　数：230 千字

书　　号：ISBN 978-7-5014-5771-7

定　　价：33.00 元

网　　址：www.qzcbs.com

电子邮箱：qzcbs@sohu.com

营销中心电话：010-83903254

读者服务部电话（门市）：010-83903257

警官读者俱乐部电话（网购、邮购）：010-83903253

文艺分社电话：010-83901350

出版说明

  自中国法学会法治文化研究会于2014年11月25日开始举办"年度法治文学精选"征集编选活动以来，迄今已经编辑出版了"2014年度法治文学精选"丛书二卷，即小说卷《我不认识你》、纪实文学卷《打造再生之门的人》；"2015年度法治文学精选"丛书二卷，即小说卷《孤证》、纪实文学卷《真假之间》。这些代表了当年度法治文学创作最高水准的作品，受到政法战线工作者和社会读者的广泛好评。

  "2016年度法治文学精选"征集编选活动于2016年年底如期展开。经各地政法部门、新闻出版单位和全国文学评论家、作家、编辑、专家学者积极推荐，编委会认真审阅评选，现结果已揭晓，入选作品全部收入"2016 年度法治文学精选"丛书，由群众出版社正式出版。

这是中国法治文坛第三次主办全国一年一度的法治文学作品精选的征集编选活动。其宗旨是用文学艺术的生动形象，在全社会普及法治思维、法治方法，树立法治信仰，推出更多法治题材的优秀文学作品，发现和培养法治文学创作人才，推动法治文化的大发展大繁荣，为法治中国建设作出贡献。

"年度法治文学精选"编委会办公室
2017 年 6 月 8 日

目　录

上海猎狐行动①

童孟侯

第一章　侦查员认为：持续打越洋
电话也是一种"人盯人"的战术

2014 年下半年，上海市公安局金山分局查处了一个团伙，共有八个不法分子，他们开的公司其他什么事情都不干，专门对外虚开增值税发票从中渔利。金山分局在梳理发票的收受对象时，查到一家开在青浦的贸易公司，老板叫卢俊。

于是，卢俊顺理成章地上了青浦公安分局的调查名单，承办此案的侦查员是董十青和他的

---

① 本文原名为《"猎狐 2015"之上海风暴》，文中涉案人员均为化名。

同事。

卢俊的贸易公司让金山的那个团伙虚开过一张一百万元的增值税发票，然后充抵成本。其实，这一百万元并非业务往来，没有任何贸易对象，完全是虚的。当然，卢俊要付给金山那家公司"开票费"。

青浦公安分局的侦查员行动迅速，9 月 2 日立案侦查，9 月 3 日便赶到卢俊的贸易公司。遗憾的是，卢俊两天前去了美国。

是他的消息灵通？还是他早就想好要逃到美国去？或者，真的是为了处理他在美国的业务？反正阴差阳错，董十青和卢俊擦肩而过，未能谋面。

侦查员一边对卢俊进行网上追逃，一边从外围开展工作。

从人性化执法的角度出发，他们去卢俊家调查的时候不穿警服，也不开警车。坐在卢俊的父母对面，董十青耐心解释法律政策，耐心进行形势教育，这一"教育"就跨了年，从 2014 年教育到 2015 年。侦查员详细介绍了"猎狐 2015"行动的相关情况：2015 年 3 月，中央反腐协调小组部署了反腐败国际追逃追赃的"天网"行动，追逃追赃的部门不再是一个公安部，而是中央组织部、最高人民检察院、人民银行和公安部等多部委联手，公安部随即在全国公安系统发起了"猎狐 2015"专项行动……

卢俊的爸爸问："虚开增值税发票是很严重的事情吗？"

侦查员告诉他："一百万不是个小数目。这么跟你解释吧，只要五十万，就可能坐五年到十年的牢。虚开增值税发票一直是国家明令严厉打击的犯罪行为。"

卢俊的爸爸大吃一惊，沉吟许久，他说："警察同志，我会配合你们工作的，我会跟我儿子沟通。但是，我能不能提一个要求……希望你们不要把这件事告诉我孙子，他还在美国读书，要是知道了，会对他产生很大影响，这样他是读不好书的。"

侦查员说："这一点我们可以承诺。但你也要告诉我们卢俊的联系方式，便于我们和他联系，劝他回国投案自首。"

卢俊的爸爸把卢俊的新手机号提供给了侦查员。

2014 年 11 月 3 日，董十青还想再找卢俊的妻子聊一次，让她做卢俊的工作。不料，扑了一个空，她在前几天也到美国去了，又是擦肩而过！

董十青心里一惊：他们一家三口全到美国去了！

追逃工作陷入僵局。谁都知道，要到美国把逃犯卢俊抓回来，是何等的困难！中国和美国之间没有引渡协议，两国只有一个执法合作联合联络小组。在美国抓捕、劝返、遣返在逃犯罪嫌疑人，几乎是所有国家里难度最大的。

2015年4月9日，美国国土安全部部长约翰逊访华，就反恐、海关、移民、网络安全等共同关心的问题和中方进行会晤，会晤后发表了声明，同意精简遣返收到最终递解令的中国公民的流程。美国海关、移民执法局与中国公安部密切合作，核实申请旅行证件的中国公民的身份，同时确保安排定期包机计划，促进遣返工作。

美国国土安全部部长说要"促进遣返工作"，这无疑是一个很大的进步了。尽管这一步走得非常艰难，但也让董十青等侦查员看到了希望。

可是，仅仅过了四个月，8月17日，美国司法部发言人马克·莱蒙迪表示，美国不是任何国家逃犯的避风港，但是，若要美国帮助中国抓捕逃犯，中方应该提供犯罪证据，而目前，中方尚未提供美方要求的证据。

《纽约时报》跟着报道说，奥巴马政府数周前向中方提出，停止在美国进行抓捕经济犯罪嫌疑人的"猎狐"行动。

这就是忽冷忽热忽左忽右的美国政府。

但董十青并不气馁，他持续给卢俊打越洋电话，目的只有一个：劝返。

一场悄无声息的战斗拉开了序幕。

上海市公安系统有个十分出色的谈判专家，多次用谈判技巧成功化解危机。曾经有一个民工，老板拖欠他一年的工钱，家里的老父老母又病重需要治疗，孩子上学交不起学费，老婆也弃他而去。他走投无路，于是，爬上一幢十几层的高楼准备寻短见……这时，那位谈判专家出现在楼顶，他不能靠近这个情绪激动的民工，仅仅凭着一张嘴，凭着看似平常却蕴含着高超技巧的语言，不但让那位民工放弃了轻生的念头，还和谈判专家一起来到饭店里，两个人喝了个一醉方休。

这种沟通技巧堪称艺术！

眼下，摆在侦查员董十青面前的困难有过之而无不及。别说靠近，他甚至不能跟对方面对面谈话，只能通过电话交流。不见其人，只闻其声，这样能成功地对大洋彼岸的卢俊进行劝返吗？打电话会起作用吗？要知道，卢俊几乎没有"后顾之忧"，他和老婆孩子都跑到美国了。

二十八岁的年轻侦查员董十青初生牛犊不怕虎，他认为，至少可以试一试。见不到人的"人盯人"是一种更高级的侦查战术，是对侦查员更严峻的考验。

从此以后，每隔三四天，董十青就要给卢俊打一次电话。以下是董十青和卢俊两人无数次通话的摘录，当然，这只是其中很小的一部分——

董十青：卢董事长，你为什么要逃到美国去呢？

卢俊：我纠正你一下，不是"逃"，我在美国也有两家公司，我在处理我美国公司的业务。

董十青：那你什么时候处理完美国公司的业务回上海？

卢俊：我暂时还不打算回去。

董十青：我看你是永远不想回来了吧？

卢俊：董警官，我现在怎么能回去呢？明摆着的，我一回去就会被你们送到监狱里去。

董十青：只要你抓住机会，及时投案自首，可以适当减刑。你是知道的，去年公安部开展的"猎狐2014"行动，让一批潜逃境外的犯罪嫌疑人落入法网。今年上海成立了"猎狐2015"专项行动领导小组，由上海市副市长、上海市公安局局长白少康担任组长，经侦总队、刑侦总队、指挥部国合处等部门的领导以及各区县公安局的一把手都是领导小组成员，规模这么大的行动，你能往哪儿逃……

卢俊：你不要宣传了，我让你讲得烦死了。反正在目前的情况下我是不会回去的。你一遍一遍给我打电话，说到底还是想抓我。

董十青：你不要以为中国警方的"猎狐"行动只有2014和2015两年。追逃工作会一直开展下去，"猎狐"行动会一直进行下去，你是逃不掉的。习近平总书记强调过，要加大国际追逃追赃力度，加强防逃工作，布下天罗地网，决不能让腐败分子躲进"避罪天堂"，逍遥法外。这是习近平总书记说的，不是我说的。卢董事长，我再给你说几个数字吧。2014年7月到12月，公安部领衔开展的"猎狐2014"行动，在半年时间里，一共缉捕在逃境外的经济犯罪嫌疑人六百八十人，我们上海就抓获了七十七个，占了全国十分之一还多……

卢俊：好了好了，不要再给我说这些，我不想听。我要挂电话了。

董十青：安分守己的老百姓也许可以不听这些，但你这样的人非听不可，因为它直接关系到你的切身利益。

卢俊：我拎得清的，你们公安局其实就是针对我一个人的。请问，金山那家公司给那么多人虚开增值税发票，为什么只盯着我一个？有那么多人逃税呢，你们怎么不管？

董十青：我和你卢俊没有什么个人恩怨，我是警察，这是我的工作。再说了，你怎么知道我们只针对你一个？无论什么人，只要他违法犯罪，我们都不会放过他。你的公司开在我们青浦，青浦的警察就要负责调查这件事，我们就要对你进行刑事拘留，就要对你实行网上追逃，这是很正常的。

卢俊：为什么不通知我一声就对我进行网上追逃？

董十青：你说这话就有点儿奇怪了。我们公安局对一个嫌疑人进行网上追逃，难道还要和这个人提前打招呼？我们只要有证据，得到有关部门批准，就可以立刻网上追逃！你看看，我们没有和你打招呼你还跑了呢，如果和你打招呼，你还不逃得更快？

卢俊：哦，不说了不说了……

董十青：卢董事长，你别以为你们全家都到了美国就万事大吉了。我问你，如果你儿子学成想回国发展，那怎么办？难道叫他千万不能回国？他一定会问为什么，你怎么和他解释？难道要告诉他，他爸爸是个逃犯？再者说，你的父母都七十多岁了，孤孤单单没人照顾，你就忍心抛下生你养你的父母不管吗？你逃亡到国外，你父母脸上有光吗？哦，对了，你爸爸请求我们不要把抓你的事情告诉你儿子，我们同意了，我们可以暂时不告诉他。但是，总有一天你儿子会知道的，知道以后，你该怎么面对他？

（其实，董十青的心里是很清楚的，劝返卢俊的难度太大了。第一，卢俊的老婆孩子都出去了，他没有什么牵挂了。第二，他在美国有两家公司，还在正常运营，收入也不错，不至于像有些逃犯那样，逃到国外以后找不到工作，没有收入，没过多久，把带过去的钱都花完了，于是穷途潦倒，就想尽快投案自首，即便回国后坐牢，也比在国外饿死强。第三，卢俊已经有了美国的临时绿卡。）

……

卢俊：董警官，你想网上追逃，那你就追吧，反正这是中国的追逃，你也不可能追到美国来。

董十青：上海警方目前只是批准了对你的刑拘，并对你进行网上追逃。实话告诉你吧，我们马上就要向国际刑警组织申请，发布红色通缉令，对你进行全球通缉。那时候，你就被动啦。今年，好几个逃犯被美国遣返中国，就是因为他们上了红色通缉令。关于他们的新闻我想你一定看到了。

卢俊：你们不是只抓外逃的贪官吗？我又不是官，更不是贪官，我的公司是民营企业。

董十青："猎狐2015"的追逃对象不仅仅是外逃的贪腐分子，还包括外逃的普通经济犯罪嫌疑人。我想关于这一点，你也应该在新闻里看到了。

卢俊：我只不过是叫他们开了一张一百万元的增值税发票，有那么严重吗？我怎么能算是经济犯罪嫌疑人？

董十青：怎么不严重？你怎么不是经济犯罪嫌疑人？不要说一百万，只要虚开五千元的增值税发票，就可以追究刑事责任。反过来我倒要问你一句，如果你真的觉得不严重，你会逃到美国去吗？你早就回来了。后果你不是不知道，中国的法律法规你不是一点儿都不懂，你要开公司，一定会向法律顾问咨询的。如果安分守己赚钱，然后老老实实缴税，谁没事儿会去对你立案调查？

卢俊：好了好了，我们爽快一点儿。董警官，如果我把这一百万的税给国家补上，是不是就没事儿了？

董十青：这要看你是不是真的补上了，光嘴上说是没用的。如果你真的想补上，我们当然欢迎，也会帮你跟青浦税务局说明情况。

（说到这儿，董十青觉得有戏了。卢俊想补缴税款，这是一个重要的信号。很多外逃的嫌疑人恨不得把所有家产都带走，一分钱不留才好。卢俊显然向前迈出了重要的一步。）

......

卢俊：董警官，我已经给青浦税务局补上了一百万元的税款。

董十青：知道了，税务局已经通知我们了。你是8月12日把税款打过去的，对吗？

卢俊：如果现在我回上海，可不可以对我从轻处罚？可不可以不进监狱？

董十青：我跟你说过多少遍了，我们民警是负责办案的，不是检察官，不是法官，最后的裁决是由法院来做的。但我可以告诉你，只要你在"猎狐2015"专项行动规定的期限内返回上海，那么就属于投案自首，就可以从轻处理。

卢俊：你说话算数？

董十青：我不是代表我个人，我是代表青浦公安分局跟你讲话。

卢俊：好吧，我考虑考虑……

2015 年 9 月 21 日，卢俊回到上海，向警方投案自首。青浦公安分局侦查员董十青来到浦东国际机场，两个人通话这么久，这才终于见了面。

从 2014 年 9 月到 2015 年 9 月，整整一年，隔三差五，董十青就要给卢俊打一次电话，苦口婆心，滔滔不绝。如果按照每隔四天打一次电话计算，他们已经通了九十多次电话；如果每次通话按一刻钟计算，他们的累计通话时间就是二十多个小时！

这是一种非同寻常的毅力较量，一种非同寻常的追逃经历。宋代文学家苏轼说："君子之所以取者远，则必有所待；所就者大，则必有所忍。"用现在的话解释，就是不屈不挠，永不松懈，则可以无坚不摧。

第二章 侦查员相信：饼再大，也大不过烤饼的锅

从某种意义上说，中国警方的"猎狐"行动是一项"软性行动"，或者说是一项软中带硬的行动，一项以柔克刚的行动。如果侦查员不能在异国把一个逃犯直接扑倒在地，那么就让他们自己回来。

有一对亲密无间的闺蜜，一个叫董芳，一个叫尔圆。她们很浪漫，也很幼稚；很滑头，又很愚蠢。她们听说阿联酋的迪拜是世界上有钱人最多的地方，虽不能至，心向往之，能过上那种日子，才是到了天堂。

2006 年的时候，这两个"宝货"都是二十七岁。11 月的一个晚上，在夜总会喝酒的时候，董芳突发奇想："哎，亲爱的，我们为什么不能来个一女多嫁呢？"

尔圆心领神会，董芳说的当然不是把她们两个女人嫁给四个或者八个男人，而是……两个人凑近耳朵说起了悄悄话。

"一女多嫁"行动开始实施。董芳有一套老式的公房，她决定把它卖了。广告刚刚挂出去，就有买家王先生上门打听："总价是多少？"

董芳说："五十万。"

王先生说："可以便宜一点儿吗？"

尔圆说："你不要就算了，还有好几拨人等着要和我们谈呢。五十万还贵吗？你去打听打听。不过等你打听完，这套房子早就卖掉了。"

王先生被她一激，立刻说："五十万就五十万，什么时候办手续？"

董芳说："明后天吧，不过你得先付两万定金，否则你改了主意，我们这边的机会也错过了，谁赔偿我们？"

这第一回是真的"嫁"，真的把房子卖给王先生。等房产交易中心把手续都办完，剩下的四十八万元就到了董芳的手上。

又有想买房子的张阿姨上门来："小姑娘，房子总价多少？"

董芳说："五十万。"

张阿姨问："可以打个折吗？"

尔圆说："这可是最便宜的价钱了，您去问问，这样的房子，在别处五十万怎么拿得下来？"

张阿姨还是不甘心："四十九万好不好？"

尔圆说："老实告诉你，王先生要了这套房子，定金两万元刚刚拿过来，喏，定金在这里，你看。"

张阿姨急了："我要这套房子了，你把王先生的定金退掉，我给你定金。"

董芳摇摇头："除非你把五十万房款一次付清，我才能把房子卖给你。我收了王先生的定金，如果不卖给他，要赔偿损失的。"

张阿姨更急了："好的好的，我回去拿钱，一次付清，你立刻把王先生的定金退掉！"

这一次是假"嫁"，收到张阿姨的五十万元，房子哪里还有？早就是王先生的了。

2007 年 1 月 19 日，董芳和尔圆怀揣"卖房的钱"，高高兴兴跑到迪拜去了，实现了她们的"梦想"。

是的，社会的进步必须依赖人类的各种欲望。压抑一切欲望，社会就会停滞不前。然而，放开一切欲望，这社会就会失去平衡，最后导致毁灭。人性中追求财富和安逸的欲望，比起自我道德约束的力量而言，实在是太强大了。

到了"天堂"，只过了几个月，她们就发现情况有些不妙，语言不通，房子买不起，工作找不到，很快，连生活都要精打细算了，不能想吃什么就吃什么，想买什么就买什么。一百万元人民币在迪拜算什么？在全世界唯一的一家七星级大酒店，也就能住上个把星期吧。

两个小女子开始做非法的小生意，东躲西藏，吃饭也是顾得了上顿顾不了下顿。她们想过打道回府，想过自己的爸爸妈妈，可是骗了张阿姨五十万元，怎么还这笔钱？

董芳和尔圆的行踪，其实一直在上海警方的视线内，数据库里留下了两个女骗子的每一个鬼鬼祟祟的脚印。

"猎狐"风暴刮起，负责该案的侦查员小林打电话给董芳："趁这个机会，你和尔圆应该回国投案自首。五十万的案值不算很大，只要你还清，只要你认罪，可以从轻处理。我这就把最高法、最高检、公安部、外交部联合制定的《关于敦促在逃境外经济犯罪人员投案自首的通告》传到你的邮箱，你好好看看。希望你能认清形势，当然，我们的决心是有逃必追，你不要有什么幻想。"

董芳结结巴巴："我……没有电脑。"

小林立刻戳穿她的谎言："电脑你是有的。如果不愿意我给你发邮件，我就继续给你打手机，或者把通告邮寄给你。"

就在林警官给董芳打电话的同时，侦查员小陈给董芳和尔圆的家属和亲朋发了微信，希望他们做两个女骗子的劝返工作。

通过亲情劝返，这是针对一些思乡心切的外逃犯罪嫌疑人的有效手段，政策攻心是也。

董芳在电话里跟小林讨价还价："如果你们把我的案子撤掉，我就回来。"

小林说："案子怎么能撤?! 这不是我能做的事情。我再告诉你一遍，给你机会你要珍惜。你在'猎狐'行动开展期间回来，可以得到从轻处理。不回来的话，你在迪拜还有路可以走吗?"

董芳终于被说动了。正像小林所说的那样，她们两个在阿联酋已经穷途末路，生活非常拮据。

可是，半路杀出个程咬金，就在董芳签证回国时，阿联酋警方拘留了她，原因有三：第一，董芳持有的证件早已过期；第二，董芳曾经在阿联酋销售盗版光碟；第三，董芳有交通肇事后逃逸的不良记录。

得知这个消息，小林摇头叹息，眼看着董芳可以劝返了，结果又卡住了。毕竟她触犯了当地法律，阿联酋警方不会轻易把她放了。

2014 年 11 月 21 日，董芳在被关了九个月之后，拘留期满，登上了东航的航班。她对前来接她的侦查员小林和小陈说："我来投案，接受法律的惩罚。"

上海警方决定对董芳取保候审。

当晚，董芳就打长途电话给尔圆："你也回来吧，你妈妈很想你呢。迪拜是天堂，可我们是叫花子。"

尔圆沉默许久，说："还是让我再想想，这里的朋友都叫我不要回去呢，说一回去就要进牢房。"

过了几天，尔圆主动从迪拜打电话给林警官："我想通了，愿意回国投案自首，飞机票已经订好了。"

可是，她没有回来，放了侦查员的鸽子。接下来便杳无音信，什么通信工具都不通了。

2015 年，"猎狐"行动又开始了。上海市公安局对近年来的"猎狐"行动进行全面总结，在深入分析当前追逃形势和经侦工作实际的基础上，创造性地提出了"二次侦查"的理念。因为经过多年的专项追逃，剩下的逃犯都是难啃的硬骨头，限于当时公安信息化工作程度和案件本身各种因素的影响，追逃抓手比较少，可以说是"山重水复疑无路"。所以，这一次的"猎狐"行动必须通过"二次侦查"获取有价值的线索，实现"柳暗花明又一村"。

根据上海市公安局提出的"二次侦查"新理念，参战的侦查员们重新梳理陈年旧案的证据材料，想方设法为缉捕创造条件。

其实，所有参战的侦查员都心知肚明：第一，中央追逃办部署的"天网"行动，其实重头在公安部门；第二，上海是国际大都市，追逃任务更重；第三，那些尚未归案的追逃对象，哪一块不是难啃的硬骨头？否则第一次就解决了。

侦查员在梳理案件和犯罪嫌疑人时，如何让逃犯尔圆归案又提上了议事日程。可以说，这个案子只完成了一半，还有一半能不能在 2015 年的"猎狐"行动中解决呢？现在正是对她开展"二次侦查"的大好时机。

侦查员了解到，在上海的董芳和在迪拜的尔圆失联很久，两人之间似乎发生了什么不愉快的事情。但是，最近两人又恢复了联系。这是一个切入的机会。侦查员让董芳给尔圆打电话，继续劝她回国。

董芳很配合地把电话打了过去。尔圆非常恼火："你怎么这么相信警察啊？你回国也不和我打个招呼，自己就走了，现在你才想到叫我也回去？我才不回去呢。虽然我的护照过期了，虽然我的身份'黑掉了'，但是阿联酋过几年就会大赦。到了那个时候，我就是阿联酋的公民了，也就彻底自由了。"

专案组多次开分析会，把尔圆这块硬骨头的情况梳理了一遍又一遍。

尔圆和董芳不但是闺蜜，还曾经是亲密的狱友，她俩都被上海的公安机关处理过，犯的也是诈骗罪。两个人都进过牢房，对公安机关有一种特别的警惕。

尔圆离过婚，法院把女儿判给了她。当初逃亡阿联酋的时候女儿还小，几年过去，女儿长大了。说真的，尔圆最大的牵挂不是爹妈，而是女儿。那个既见不到父亲又见不到母亲的女儿，好可怜，好无辜！

侦查员觉得，让女儿给妈妈打个电话也许是个好办法，其效果可能比董芳的劝说更好。

女儿哭泣着说："妈妈，我想你，你回来吧……"

一句话，就把尔圆的心喊碎了。这也许是天底下最能打动人的话。

两天以后，尔圆就给侦查员打电话说："我4月5日回国投案自首，飞机降落在昆明机场。"

4月4日，侦查员赶到昆明机场。可是，4月5日，却没看见尔圆的影子，查遍了所有航班，根本没有这个旅客。

她又一次放了侦查员的鸽子，又一次戏弄了警察！

但侦查员并不灰心，劝返过程中被放鸽子，他们也不是经历一回两回了。对这一仗，他们有足够的耐心。于是，他们继续做尔圆的工作，不厌其烦。

对外逃的犯罪嫌疑人紧逼合围，不挤压，嫌疑人就觉得平安无事，可以逍遥法外；挤一下，压一下，很可能让他们原形毕露！"猎狐2015"专项行动的重点就是压存量、控增量，缉捕和劝返两手都要硬，追逃和追赃两手都要狠。

在这个案子上，挤压的效果很快就显现出来了。

侦查员得到一条重要信息：尔圆悄悄给董芳的妈妈（不是自己的妈妈）打电话，希望老人家汇点儿钱给她。这表明，尔圆在迪拜已是山穷水尽。这是敦促她回来的好时机。

4 月 10 日，尔圆的妈妈给侦查员打电话，问："我女儿如果投案自首，回国的机票是不是你们能给办了？她身上已经没有钱了。"

专案组请示上级，得到同意后，告诉尔圆的妈妈："机票费用可以由我们出，但是我们希望她不要第三次放鸽子。法律是严肃的，不要把它当儿戏！"

后来才知道，尔圆不断变卦，不断放鸽子，是因为她的周围不断有人干扰她。他们说："董芳已经被警察洗脑，你也要回去洗脑啊？回去了，没有你的好果子吃！"

对外逃的犯罪嫌疑人，历来就有一种无声的"争夺战"，就看谁更有力量，谁更有道理。

2015 年 4 月 12 日，尔圆打电话给侦查员："我已经买了机票，东航的，明天下午两点到达浦东国际机场。这一次我不会放鸽子，请你们相信我，我要回来了。"

侦查员在浦东机场接到了憔悴消瘦的尔圆。这不但是"猎狐"行动的一次胜利，也是对上海市公安局"二次侦查"新理念的最好诠释。

在第二章收尾时，我想为董芳和尔圆们做个小结：饼再大，也大不过烤饼的锅。

第三章 侦查员没想到：搞传销的章自一直在等着这一天

2006 年的一天，有个叫章自的台湾人从台北飞到上海，出了机场就钻进出租车。司机很有礼貌："先生，你到哪里？"

章自没有目标，说："哪里最热闹就到哪里。"

司机说："徐家汇最热闹，那我就把你拉到徐家汇去。"

章自在徐家汇逛了一天，觉得司机没有骗他，徐家汇果然热闹非凡。他立刻在华山路租了一套房子，然后又上了出租车。司机很有礼貌："先生，你到哪里？"

章自似乎仍然没有什么固定目标，说："哪里人最多就到哪里。"

司机说："新客站人最多，那我就把你拉到新客站。"

　　章自要搭火车？不是，火车到不了台湾。章自要旅游？不是，他对旅游不感兴趣。章自要轧闹猛（上海话，凑热闹的意思）？也不是，他要找人，找人搞传销。他在台湾已经做了很多年传销，可是规模做不大。台湾总共才多少人，大陆有十几亿人，台湾的人口只是大陆的一个零头。他要在大陆"大展宏图"！

　　新客站人头攒动，熙熙攘攘，人来客往，络绎不绝。

　　小偷和骗子历来喜欢热闹的地方，因为那里"机会"多多。他们很少光顾穷乡僻壤，尽管那里夜不闭户。在那些地方，如果他们对一个老实巴交的农民说："你的信用卡在南京被划走了八千元，你要把剩余的资金转到安全账户里去……"得到的回应往往是那种看外星人的目光。

　　在新客站，章自很快就结识了两个人——冯磊和尹红。凭着三寸不烂之舌，章自把这两个无业游民忽悠到手："我先自我介绍一下，我叫章自，我是从台湾来的，我正在做很大的一项基金，叫'瑞士共同基金'。为了把这个基金做大做好，就要让更多的人加入进来，目的是为了让大家都富裕。规则是很简单的，你加入进来，先给'瑞士共同基金'缴一万元，同时要发展两个下家，每个下家也是一样的，最少要缴一万元。你呢，就可以从这两万元里提成。这两个下家再发展下家的话，就是四家了，四家再发展下家就是八家……然后十六家、三十二家、六十四家……你们两个都可以从中提成，这样的高额回报，你们一定能算出来。用不了多久，不但你缴的一万元回来了，还会得到不知多少倍的提成。我这是给你们两位机会，人的一生，不会有很多机会。只要加入'瑞士共同基金'，我们大家致富的速度就会很快。我要努力，你们也要努力，要像滚雪球那样，把我们的基金做大……我们'瑞士共同基金'有网站，详细资料可以从网站上了解。"

　　2006年的时候，对于一个普通人来说，一万元不是一笔小数目。可是，冯磊和尹红很快把两万元交给了章自，并且发展了四个下家。他们在熟悉的浦东和嘉定发展下线，然后按比例提成。正像章自说的那样，他们俩的本金很快就收回了。

不知是冯磊和尹红被台湾的章自忽悠了呢，还是他俩完全领会了这个基金里面的"奥妙"，反正，这个未经证券管理部门批准就擅自发行的所谓基金在上海开张了。那么，章自到瑞士去过吗？从来没有。"瑞士共同基金"的总部设在瑞士吗？也不是。这个名号是章自拍脑袋"发明"的。

不到半年，章自的"瑞士共同基金"在上海发展到了七十多人，"基金"的老板章自腰缠万贯，笑得合不拢嘴。"基金"的上层人员尹红和冯磊也赚了个盆满钵满。下家还在不断涌入。

2007 年 1 月，有个下家到浦东公安分局报案，说他参加了一个"瑞士共同基金"，发现上当了。

侦查员立刻赶到徐家汇华山路章自的住地，没有人。房屋中介说，章先生已经退房了。再查"瑞士共同基金"网站，网站关闭了。打章自的手机，关机了。查出入境记录，章自已在一个星期之前回到台湾，卷走了"瑞士共同基金"六十万元人民币！

警方抓获了冯磊和尹红。传销在中国本来就是非法的，利用传销骗取钱财，情节更是恶劣。上海市公安局批准对章自刑事拘留，并进行网上追逃。

可是，自此之后，章自再也没有到过大陆。

侦查员不能到台湾去抓捕章自，但是对章自的追踪一直没有停止。有好几十个受害者被骗走了钱财，上海警方不能让这样的蛀虫逍遥法外。

2015 年，上海市公安局根据公安部的部署开展"猎狐"行动，"猎狐"领导小组要求参战的侦查员梳理旧案线索，对在逃嫌疑人进行"二次侦查"。侦查员们要借着这个契机，抓住这只狡猾的狐狸。

浦东分局经侦支队副支队长蒋敏和大队长杨元栋分析：章自做传销是尝足了甜头的，很有可能继续做传销，在别的地方设骗局，这是其一；其二，章自一直认为台湾市面太小，做不开做不大，所以他很可能再次来到大陆。那么，他在哪里露面了呢？他还叫章自吗？此刻，大数据平台开始运转。

用专业术语来说，这个平台中的数据系统广泛采用区域特征分析算法，融计算机图像处理技术与生物统计学原理于一体，也就是利用计算机图像处理技术提取相关信息，利用生物统计学的原理进行分析，建立数学模型。

要找某个人，侦查员会先圈定相似的几个人，然后再进一步分析、排除，直至最后确认。换句话说，只要得到一个人的图像，就可以运用这个数据系统进行明侦暗测，从茫茫人海中精确地辨别出某个人。

数据系统开始运行，很快跳出了一个和章自非常相像的人，也是台湾人，也是男性，也是左下巴有一颗黑痣，更为巧合的是，这个人也是做传销的，他频繁出入珠海拱北和深圳罗湖口岸，在深圳买过轿车。2011 年，此人在广东非法传销，被公安机关逮捕过，坐了一年牢，然后被遣返台湾。但是，这个人不叫章自，而是叫吴昕，有台湾身份证，有台胞证，有住址，年龄比章自小五岁。

让侦查员们吃惊的是，不久，这个数据系统又筛出了一个叫郑早的人，依旧是台湾人，依旧是男性，依旧是左下巴有一颗黑痣……

天下哪有这么巧的事情？三个人怎么会长得一样？尤其是那颗位置相同的黑痣。他们三个难道是三胞胎不成？天下的巧事碰到一起，往往匪夷所思；不过，天下的巧事碰到一起，往往有猫儿腻。

4 月 8 日，可靠情报传来，郑早到了珠海！蒋敏和杨元栋决定先会会这个郑早，然后再找那个吴昕，一个一个来。

专案组的侦查员李军正好在深圳办案，蒋敏当即命令，让他先把手里的案子放一放，立刻赶到珠海。

平时，要从深圳赶到珠海去很方便，可是，4 月 8 日正好广东沿海刮强台风，飞机停航，火车停开，长途班车不运营，更没有一辆出租车愿意冒着大风大雨到珠海去。

李军只能淋着暴雨站在街头拦车。终于，有一辆私家车愿意跑这趟活儿，但是，要价很高：一千元。车主说得也在理，路途远，又是深夜，又是刮台风，不给这个价，谁愿意跑这种活儿？

李军来不及请示："一千就一千，快走！"

李军是凌晨一点赶到珠海那家宾馆的，前台服务员告诉他说，郑先生昨晚十一点结账离开了。李军亮出警官证，然后调看宾馆的监控录像。有了，昨晚十一点差三分，确实有一个男子叫了一辆尾号 8730 的出租车离店。

李军很快找到了那辆出租车，上车之后，让司机开到郑早下车的那个地方。出租车在一个十字路口停下了，司机说："那个人就是在这里下车的。"

李军四下里一看，此处偏僻，没有什么房屋，连监控探头都没有——郑早在这里溜了。他肯定是故意在这里下车的，这个人有反侦查能力。

2015 年 6 月 11 日，也就是两个月之后，广东蛇口口岸传来消息：郑早要从蛇口出境，已经被拦下。

蒋敏和杨元栋立刻赶到蛇口。一路上，两个人心里都有点儿打鼓，虽然郑早和章自高度相似，但是，数据系统不可全信，万一这个郑早不是章自，而是另外一个人呢？即便他就是章自，万一他一口咬定自己不是呢？毕竟没有证据证明他就是章自，一旦出现这样的场面，就只能把他放了。

蒋敏一进屋，看见郑早，故意大喊一声："章自！"

没想到郑早起身说："我就是章自，阿 Sir，你终于来了。我知道你们是为什么事找我，我跟你们走吧。"

侦查员问："你第一次到上海是四十六岁，今年五十五了吧？"

人活在世上，生命总有两种基本趋向：一种是追求快乐，生命不息，追求不止；一种是解除痛苦。人总是用一切方法避免痛苦，减缓痛苦，忘记痛苦。

逃到境外的犯罪分子，似乎追求到快乐了，身份变了，大笔不义之财可以花费，然而，他们的痛苦并没有解除，只要听到远处警车的鸣笛声，只要听说中国警方又要开展"猎狐"行动，只要听到某某人已经被遣返……便胆战心惊，惶惶不可终日，夜晚时常是噩梦连连。这种痛苦是无法摆脱的。所以，有些犯罪分子被遣返回来，从浦东国际机场一走出来，就会叹息道："我知道总会有这一天，今天晚上我可以睡一个安稳觉了。"

当然，这一觉他们是睡在拘留所的。

原来，章自在上海诈骗之后回到台湾，就去搞了一个假身份，从此改名叫吴昕。后来在广东做传销落网，被关押一年之后回到台湾，他又去做了一个假身份，从此叫郑早。大数据分析的结果是正确的，这三个人其实就是一个人。

侦查员押着章自登上了广东到上海的航班，章自径直走到最后一排，乖乖坐了下来。侦查员讽刺道："你倒是熟门熟路啊，不看机票就知道坐在哪里。"

章自面有愧色："我坐飞机的最后一排已经是第三次了。第一次是从广东被你们遣返台湾。第二次是我带家人到韩国旅游，入关时，我的家人都过去了，只有我被扣下了。韩国海关说我是中国逃犯，不能进入韩国。从韩国被遣返回台湾时，我又坐在最后一排。今天，我当然知道，被警察押上飞机的人，都坐最后一排。"

第四章　侦查员警告：不识相，只好叫侬吃辣火酱

1971 年出生的谷任，在广东开了一家酒店设备公司，经营规模越来越大，有一年利润上了亿。朋友建议他到上海开一家分公司，原因很简单，上海酒店多，吃饭和住宿的人多，酒店设备当然需求量大。

谷任很想去，可他在上海人生地不熟。谷任的一个朋友为他牵线搭桥，找了一个姓王的上海合伙人，两人一拍即合。很快，上海分公司开张，招聘了一位总经理，名叫成化。

2012 年 6 月上旬，有人向公安局举报，谷任的酒店设备上海分公司从 2011 年开始，在没有实际货物交易的情况下，采取支付开票费的方式，为其他公司虚开增值税发票……

侦查员立刻介入调查，发现不但确有其事，而且谷任虚开增值税发票已达六百余万元，情节非常恶劣！

6 月 18 日，侦查员首先把上海分公司经理成化带到了公安局。成化一脸无辜地说："增值税发票是我叫人开的，可这是老板谷任的命令，责任不在我。你们知道的，我这个经理只是个高级打工仔。"

11 月 23 日，经侦支队的侦查员们来到谷任开设在深圳的酒店设备总公司，要对谷任执行刑事拘留。谷任听到风声会不会逃走？没有，他稳稳当当地坐在董事长办公室喝着功夫茶。

上海来的侦查员向他出示了刑事拘留证。没想到谷任非常傲慢："我是人大代表，你们怎么可以随随便便抓我？"

侦查员们一愣，这倒是他们之前没料到的。他们当即重新调查谷任的来龙去脉。

没错，谷任确实是黑龙江某地的人大代表。于是，上海警方发函到当地人大常委会，请求批准对谷任进行刑事拘留。

三十天以后，所有手续办理完毕。宝山分局经侦支队副支队长施东带着侦查员们再一次赶赴深圳，可谷任却跟他们打了一个狡猾的时间差，12 月 10 日，他从深圳出境，跑了，至今无入境记录。他是到泰国去了，到泰国之后是待在那里，还是又到另外一个国家去，无人知晓。

很可惜，一只就要落网的狐狸逃跑了。

上海警方办妥了相关手续，只要谷任一回国，就立即扣留。

2014 年 7 月，上海开展"猎狐"行动。施东副支队长特地到深圳去寻找谷任的行踪。他亲眼所见，谷任的酒店设备总公司还开着，生意很好，经营有条不紊。谷任的妻子和妹妹还住在深圳，谷任的儿子在深圳上高中，女儿在幼儿园。似乎一切正常。

这是否表明谷任早晚会回来，出国只是暂时的呢？

施东和他的同事来到福田区百花二路，找到谷任的妻子，给她讲政策讲法律，希望她能劝说丈夫回国投案自首。

谷任的妻子说："他的朋友告诉我，他是想投案自首的。不过他现在到底在哪里，我也不知道，联系不上。如果他给家里打电话，我会劝他的。"

事实是否像谷家女人说的那样呢？不是。谷任虽然不在深圳，却对公司的经营进行遥控，还经常打电话给妻子。谷家女人没有对侦查员说实话，但侦查员没有把这一点挑破。

施东说："上海分公司的经理成化已经被判处有期徒刑五年。无论走得多远，藏得多深，不法分子最终难逃法律制裁。请你转告他，抓住现在这个机会回来自首，他是有获得缓刑的条件的。"

接着，施东又找到谷任的妹妹和妹夫，同样讲政策讲法律。对方将信将疑。

又是两个月过去了，没有谷任的任何消息，没有情报显示他在哪个国家的哪个地方。

一天深夜，施东已经熟睡，枕边的手机突然响了。他勉强睁开眼睛，顺手摸到手机，看了看手机屏幕，是个乱七八糟的号码，数字组合完全不是国内电话号码的规律。他估计是骗子的电话，立刻挂断了，闭上眼睛再睡。没多久，手机又响了，还是那个号码，他依旧拒接。刚刚挂断，手机铃声再次响起。施东暗自嘀咕："现在这些骗子也太执着了，还让不让人睡觉了……"

他接通电话，想看看这回骗子们又是耍的什么花招儿。没想到，对方的第一句话就让施东刹那间睡意全无："支队长，我就是你要找的谷任啊。"

施东立刻翻身下床："我是施东，你在哪里？"

谷任答非所问："现在国内是几点钟啊？"

施东说："夜里十二点半。"

"不好意思啦，我出去的时间太长了，时差搞不清了。"

"我劝你还是回来吧，你不要再……"

话没说完，谷任突然像吃了枪药似的："回去干什么？我才不会回去呢！我的上海合伙人，那个姓王的，你们是知道的，他觉得上海的生意已经做得不错，就要把公司搬到江苏去。我是主要合伙人，我不同意，我不同意公司就不能搬到江苏去。我们两个就闹僵了，就吵翻了！他恨我，要搞我，这个混蛋就到公安局去诬告我。他是你们上海人嘛，你们上海警察肯定帮他忙的！所以我不可能回去，你们要陷害我……"

就这样，谷任在电话里发火发了足足二十分钟。

施东冷冷地问："你深更半夜打电话来就是为了讲这个？就是为了发泄？我们公安机关公正执法，不会偏向哪个人。你虚开增值税发票难道不是事实？那些发票难道是你的合伙人姓王的开的？好了，你的分公司经理成化已经把什么都交代了，没有你的指令，他不敢做那样的事情。我劝你还是回来，回来的话，最大的受益者是你自己，你想想清楚。"

谷任的声音低了，火气似乎也没了："我好好考虑一下……你不会骗我吧？"

施东说："我是代表公安机关和你说话，骗你对我有什么好处？你要是觉得在电话里说不清楚的话，我们可以找其他地方，不到泰国，不到上海，可以到澳门或者香港，我们双方在那里面谈，我把中国的检察官和法官都请过去，三头六面把事情都谈清楚。我也把'猎狐'行动的政策给你好好讲一讲。我觉得你现在回来的话，只要主动退赃，从轻处理的机会还是很大的，甚至可能判三缓四，不一定会限制你的人身自由。"

谷任沉吟了许久，还是说："我好好考虑一下吧。"

施东说："我给你的最后期限是 9 月 30 日，你不能无限期地'好好考虑'。"

双方通话之后，谷任并没有回来自首。他请了香港一个很有水平的律师代替他说话，他还是怕施东给他设圈套。

施东接待了这位律师，把政策和法律都讲明白，把利害关系也说了个透："我还是那句话，希望谷任能抓住机会，在'猎狐'行动规定的期限内回国自首。"

第二次和律师见面时，律师带来了谷任的回话。谷任说他在泰国和马来西亚都有生意，要处理一下，然后就回来自首。

既然谷任有了明确的表态，侦查员只能等待。

中秋节快到了，谷任的妹妹和妹夫特地从广东来到上海，他们打电话给施东，希望能见个面。

碰到再凶狠的罪犯，施东和他的同事们也毫无惧色，可是碰到这样黏人的对手，他们反而觉得棘手——不去会面吧，谷家会认为施东没有诚意；去会面吧，谷任的妹妹很可能送上重礼，侦查员当然会拒绝，但就怕日后说不清楚……

施东灵机一动，立刻向纪委报告，请纪委领导给他出个良策。纪委书记笑了："好办，请总队六支队的政委一同前去，实行全程监控嘛。"

于是，双方约在正大广场的星巴克见面，三个人围着一张小圆桌，政委则坐在不远处的另外一张圆桌边，像模像样地喝咖啡……

施东还是给谷任的妹妹妹夫讲政策，讲法律，最后说："我给谷任的最后期限是 9 月 30 日，日子要到了，让他抓紧。"

9 月 30 日真的到了，谷任没有投案，没有回国。后来侦查员才了解到，谷任请了一个"大师"帮他算命，"大师"摇头叹息："你有牢狱之灾啊……"

谷任被吓破了胆……

时间过得飞快，转眼过了春节，"猎狐 2015"专项行动又展开了。专案组还是没有谷任的消息，连他到底在哪个国家哪个城市都不知道。侦查员秉承"锲而不舍，一追到底"的追逃理念，综合利用各方面的资源，不间断地开展嫌疑人的动态信息收集工作。他们定期开分析研讨会，专题研究追逃策略。

施东推测，谷任不可能生活在真空中，不可能与家里和公司断了联系。他不是实行"遥控"的吗？要控制，就必须有联系。

于是，施东又和他的同事们来到深圳。分局副局长龚施善也来了，和侦查员们一起走访谷任的亲属，敦促谷任早日投案自首。他们想让谷任知晓，上海警方并没有把他忘了。

刚刚回到上海，他们就得到了两条信息反馈，让"猎手"们亢奋不已：一条是，有一部境外手机，每隔十天八天就会和谷任的妻子通话。这个电话是从马来西亚的雪兰莪州打来的，不是泰国。具体地址终于有了，深藏的"狐洞"显现了！还有一条是，2015 年春节期间，谷任的妻子、儿子到马来西亚旅游了十天。他们是不是到马来西亚和谷任一起过年？

既然苦口婆心劝返没有效果，那么，用一句上海俗话来说：不识相，只好叫侬吃辣火酱（辣椒酱）！施东向上海市公安局"猎狐2015"办公室请示：我们要对谷任实施异地抓捕。

正义和强力是互相支撑的。有正义而没有强力，就会无能为力；有强力而没有正义，就是暴虐专横。因此，必须把正义和强力结合在一起，才能让正义得到伸张。

同意——上海"猎狐2015"领导小组这样批复。

同意——中华人民共和国公安部这样批复。

上海市公安局随即派出精干侦查员赶赴马来西亚。

公安部"猎狐"行动办公室的刘副主任说过，要成为"猎狐"行动的"猎人"，需要有"三懂"和"三高"。

"三懂"，即懂侦查、懂法律、懂外语。也就是说，不仅要有公安工作的经验，熟悉案件办理，精通国内外法律，有国际执法合作经历，还要熟悉外语，以便和外方交流。其实，参加"猎狐"行动的"猎手"，基本上都有本科甚至硕士以上的学历，他们中的很多人具备金融、经济、外语、法律、计算机、刑侦等多学科的背景。

"三高"，就是高智商、高情商和高逆商。高智商是用来对付狡猾的"狐狸"的，高情商是用来和有关国家地区的执法部门协作的，而高逆商则是用来应对各种突发情况和逆境的。

上海市公安局经侦总队六支队副支队长陈振峰告诉我，他和他的同事们分别到过印尼、越南、菲律宾、柬埔寨、老挝，还到过美国、意大利、英国、澳大利亚、新西兰、南非……即使外逃的嫌疑人在国外因病死亡，他们也要到那个国家去，通过详细调查，证实他确实是死亡了，他的案子才能销掉。"二次侦查"是按照一人一档、一人一专班的方式进行的，只要嫌疑人还在境外逍遥，他们就要想尽办法把他抓回来！

2015年5月31日，施东和他的同事们来到马来西亚的吉隆坡。下了飞机，他们立刻联系马国警方，请求配合。马方派出十名警察，和施东他们一起，直扑距离吉隆坡半个小时车程的雪兰莪州。

到了那里，他们悄悄埋伏下来，守候伏击，不见兔子不撒鹰。

后来的事实证明，他们选择守候伏击的做法完全正确。

谷任长期在马来西亚生活，对环境相当熟悉，并且有很好的生存条件和活动能力。谷任的车子是奔驰（他后来说，要做生意，没有一辆好车就显不出气派），谷任住的却不是别墅，而是住在一幢高级公寓楼的第二十三层。谷任非常谨慎，他在二十三层的过道上装了监控探头，随时观察外面的动静。同时，他买通了社区的保安员，只要有陌生人来打听他的情况，保安员就会及时通知他。

如此这般，谷任安心了吗？还是不安心。后来，他干脆不住在这里了，把这里租出去，自己住在其他地方。"其他地方"也不止一个地方，真可谓狡兔三窟。

6月5日，机会来了。情报显示，谷任要对二十三层的公寓进行一次装修，还要装一套高级音响。侦查员们推断，要装修，谷任很可能露面。

可谁也没料到，6月5日，马来西亚东部岛屿加里曼丹发生六级地震，吉隆坡都有明显震感，许多建筑物都在摇晃。万一在公寓楼上实施抓捕时发生余震，房梁倒塌了，进得去出不来，那该如何是好？

此刻，侦查员们已经完全忘记地震的危险。他们盯着运送音响的卡车开进小区，看着运输工抬着音响上了二十三层，不久，又看着运输工下了楼，看着卡车离开。中马双方的行动人员对了一下眼神，走出埋伏圈，假扮成装修工，骗过了保安员，直扑二十三层。

马国警察按门铃，里面没有回应，再敲门，还是没有回应。马国的侦查组长一挥手，马国警察使用破门工具，大家一拥而入。谷任就在屋里，已经无处可逃。马国警察把他按倒在地，戴上了手铐！

施东问道："你还认识我吧？我是上海警察施东。今天不是我欠你的，而是你欠我的。我等了你半年多，你就是不肯投案自首，我们只能到这里来'请你回国'！"

6月19日，在上海航空FM862航班上，戴着手铐的谷任问施东："要是我把钱退赔给税务局，会不会撤诉？"

施东回答："不可能。"

谷任颤巍巍地问："会判多少年呢？"

"这就是法庭的事了。据我个人推算，如果你去年就投案自首的话，判三缓四是有可能的。现在嘛，至少关十年。你是敬酒不吃吃罚酒啊！"

谷任请的那位"大师"的预测还是挺准的，果然，他没有逃过牢狱之灾。但是，这个牢狱之灾是他自己"努力争取"来的。

把潜逃三年的谷任抓捕归案，大大鼓舞了全体参战侦查员的信心，士气空前高涨！

第五章　侦查员觉得：大数据比对完全可能做到"大海捞针"

十五年前，浦东塘桥有一家大超市叫"侬特佳"，店名很温馨，很讨人喜欢，意思是你特别好，你特别棒！这家超市虽然比不上现在的"家乐福"、"易买得"什么的，但在那个年月规模算是大的，名气属于响的，上下两层，商品琳琅满目，购物者摩肩接踵，生意红火。

2000 年春节之前，商场老板胡营关照多年来一直给他们供货的三百多家供应商："你们把货物都给我备足了，春节之前半个月必须送到'侬特佳'来，要早点儿送。等货物卖掉，资金回笼了，春节一过，我就把货款打给你们。"

超市的副总经理黎女士是个不声不响、安安静静的人，她只是关照部门经理按照胡总的布置，赶快落实货源。

谁都不知道黎女士叫黎什么，只知道她姓黎，但是大家都知道她和老板胡营的暧昧关系。

春节期间果然供销两旺，"侬特佳"生意火爆，资金回笼很迅速。

春节一过，该是老板胡营给供货商打钱的时候了，可是，曹家渡商贸公司的经理到浦东公安分局报案："春节前，我们公司给'侬特佳'送了价值二十八万元的货，前几天，超市老板胡营给了我们一张十一万元的商业承兑支票。可是，我们把支票拿到银行，银行说这是张空头支票。我们立刻联系胡营，手机关机，再去'侬特佳'，没想到超市关门了，胡营找不到了，黎女士也找不到了……"

侦查员孙明华立刻和同事们赶到"侬特佳"，果然，铁将军把门，偌大的"侬特佳"超市，竟然说关就关了！

第二天，更麻烦的事来了。一百多个供应商一起到浦东公安分局报案：货物被骗了，钱没有拿到，"侬特佳"变成了"侬特僵"！

浦东公安分局从来没有碰到过这种上百人同时来报案的"盛况"。根据汇总，被骗商品价值近千万元！胡营的案子无疑是个大案子，一千万元，不要说在十五年前，就是在今天也是一笔巨款！

侦查员孙明华立刻调查胡营的去向，胡营前两天到泰国去了，那个副总经理黎女士和他一起走了。再调查这个黎女士，更是让人云里雾里。她是哪里人？不知道。她的住址？不知道。她叫什么名字？也不知道。"侬特佳"超市有个部门经理反映，有一次听胡老板叫她"黎黎"。侦查员估计这是小名或者昵称之类的，对于找到此人并没有什么帮助。

召开案情分析会，讨论了整整一个下午，案情分析会一直开到华灯初上，依然头绪全无。胡营卷走了钞票逃到泰国，这案子侦查难度一下子就增大了，如果他再从泰国逃到柬埔寨、老挝、越南，那就更麻烦。找不到他的藏身地，追查就没有方向。在境外追逃，人生地不熟，上哪里去找？即使发现了逃犯，也不能直接把他扑倒在地戴上手铐——中国警察在境外没有执法权。

案子成了无头案，只能暂时先放一放，等网上追逃有了线索再说。

这一等就是十五年。时光如梭，这件案子却一直在侦查员的心头挂着，当年办案的孙明华比谁都急，再不破案，他就要退休了。

机会来了，2015 年，中国又刮起了"猎狐"风暴，上海又成立了"猎狐"领导小组。这次风暴能不能把消失多年的犯罪嫌疑人胡营刮出来呢？他可是卷走了一千万元人民币啊！

侦查员重新坐下来分析案子，孙明华说："有一个线索，我查过了，根据出境记录，胡营曾经在 1997 年到阿根廷去过一次。"

支队长问："他到阿根廷去干什么？不可能是去旅游，那时候中国到阿根廷的旅游路线还没有开通。那么他是去会朋友看亲戚？"

孙明华说："胡营在阿根廷没有亲戚。"

支队长说："那么他很有可能是去会朋友。如果他先到泰国，然后再到阿根廷，那就更不好找了。阿根廷离中国多远啊，一个在地球这头儿，一个在地球那头儿，坐飞机要二十个小时。"

分析会最后，从没头绪当中理出了一个头绪：从阿根廷着手，不要老是盯着他的第一站泰国。

担当"猎手"的侦查员时常需要从不同的角度考虑问题，变换视角，变换处境，在车上待待，也在车下待待，有时候新的线索就会突然冒出来。

一组侦查员重新拜访胡营的父母和姐姐。但是，这三个人一口咬定他们也和胡营"失联"了："我们也想找到他，你们要是知道他的下落，能不能告诉我们？"

话是这么说，但胡家父母的脸上却丝毫没有那种找不到儿子的焦虑，回答警方的问题时对答如流，很明显是事先排练好的，一下子就把侦查员的调查"弹"了回来。

另一组侦查员直接和中国驻阿根廷大使馆联系，请他们协助调查有没有一个叫胡营的华人，有没有一个叫"黎黎"的女子。

两天之后，中国驻阿根廷大使馆回复：没有查到叫胡营的华人，也没有查到"黎黎"，只查到一个叫"Le Le"的华人女子，发音跟"黎黎"接近。她已经加入了阿根廷国籍，1965 年出生，现居住在布宜诺斯艾利斯。

中国驻阿根廷大使馆还传来了关于"Le Le"的简单资料。

大数据比对开始了：查阿根廷的"Le Le"和中国的"黎黎"。

过去，不远的过去，公安机关主要还是依靠抽样数据、局部数据和片面数据来寻找线索，更有甚者，连片面、局部的数据都没有，只是依靠经验、推论和假设，所以，办案的命中率一直不高。

现在，大数据开启了一个新的时代，人们可以在非常多的领域和非常深入的层次，获得和使用三种数据，即全面数据、完整数据和系统数据。利用这些数据，警方破案的命中率大大提高。

大数据不是少数专家和学者的研究对象，也不是公安人员的独家秘籍，社会各界都可以参与，都可以应用：公路、铁路、港口、水电、通信网络……过去不可计量、储存、分析和共享的很多东西都被数据化了，它改变着我们理解世界的方式，标志着人类在寻求量化和认识世界的道路上前进了一大步。在大数据的影响下，经济学、政治学、社会学都发生了巨大变化，甚至改变了人类的价值体系、知识体系和生活方式。

尽管大数据比对方兴未艾，尽管众说纷纭，尽管那些数据不那么精确，尽管大数据为我们提供的不是最终答案而只是参考答案，但是，它用概率说话，而不是板着"确凿无疑"的面孔。它已经实实在在地进入了我们的生活，人们因此放弃了寻找因果关系的传统偏好，开始挖掘相关关系……

对于本案的侦查员来说，大数据完全可能实现"大海捞针"。

通过大数据比对，侦查员查到中国确实有一个叫黎黎的女子，她姓黎，叫黎，不是小名，而是大名。她是江西九江人，曾经当过兵。还有，黎黎有个哥哥在阿根廷……

侦查员互相击掌：这就对了，线索有了！这就是为什么胡营在1997年要到阿根廷去的原因，他们应该是早就开始谋划那个骗局了。现在可以肯定，不但黎黎逃到阿根廷去了，胡营很可能也在那里。

那么，大使馆说的"Le Le"是不是中国女子黎黎呢？侦查员请中国驻阿根廷大使馆传来"Le Le"护照上的照片，把照片拿给原来"侬特佳"超市的员工们辨认，大家都说，这就是黎女士，只是老了一点儿，但五官没怎么变。

还是通过大数据比对，侦查员发现"Le Le"每年要从阿根廷到上海好几次。更让侦查员们兴奋的是，下个星期二，"Le Le"又要到上海来，先从阿根廷飞往法国，然后从法国到上海浦东国际机场。

一张大网在机场张开了，CA834 航班刚刚着陆，Le Le，也就是黎女士，刚下飞机，就被侦查员带到了公安局。

侦查员问："'侬特佳'超市怎么会一夜之间关门的？所有钱款又是怎么一下子消失的？"

黎黎倒是很爽快："这件事是胡营干的，和我没有关系。"

"没有关系？你是副总经理，你们一起经营'侬特佳'，一起逃到泰国，然后又一起逃到阿根廷，怎么叫没有关系？"

黎黎说："我确实跟胡营好过，在阿根廷还生了一个孩子。但后来我们就分开了。我没有和他结过婚，现在也没有联系。你们应该去抓……"

侦查员打断她："你不要推得一干二净。既然我们能找到你，也能找到胡营。到那时候，就不需要你交代了。你自己好好想想。"

抓捕胡营的行动开始了。侦查员们相信，有大数据比对这样的技术手段，这只逃亡十五年的"狐狸"不久就会落入法网……

上海市公安局经侦总队总队长徐长华表示："'猎狐'行动已上升为中国警方追逃追赃工作的一个品牌，纳入中央追逃办的'天网'行动，而且位居四个子行动之首。从中央到公安部，再到地方，都在加强国际追逃追赃专门机构和力量建设，加大追逃追赃和防控防逃力度。"

规格更高、合作力度更大、技术手段更加先进、追逃对象类别更多，正是"猎狐 2015"的新特点。

第六章　侦查员告知：不是你说"失忆"就"失忆"的

2015 年秋天，《新民晚报》对网友们进行了一次调查，题目只有一个：你有哪些期待？

有 12% 的网民的期待是"抓回更多贪官"。有个网友说：外逃贪官既是窃贼抢匪，还是叛国者，这样的人，就算逃到天涯海角也要把他们绳之以法！

可见，人们对抓回外逃贪腐分子期待之切。

网民们觉得道理很简单：一个坏家伙，他到哪儿都是坏家伙。只有绳之以法，他才有可能变规矩。然而，这样浅显的道理有的国家就是不明白，似乎中国的贪腐分子逃到他们国家，就会变成一个守法良民。

十八年前，也就是1997年3月2日，上海A证券公司经理古牧正在公司里忙碌，一个电话打进来。

"对啊，我是古牧啊。奚总吗？好几个星期没见了，有事吗？"

"我是奚大康啊，你现在到宝隆宾馆来一下，我有要紧的事跟你商量。"

"你开什么玩笑，现在正是最忙的时候，我哪里有空儿到宾馆去玩啊？改天吧。你要是真有什么要紧的事，电话里可以直接说，反正办公室里只有我一个人。"

"事情真的很要紧，不能在电话里说，也不能在你办公室里说。你无论如何来一下，我在宝隆宾馆的大堂等你。"

没办法，这是公司的重要合作伙伴，古牧跟秘书交代了一声"我去去马上就回"，随后匆匆赶往宝隆宾馆。

如果古牧知道等待他的将是三年有期徒刑，他将被关进监狱，而不是在宾馆的大堂里喝喝酒抽抽烟聊聊天，那么打死他都不会这么匆匆忙忙赶到宝隆宾馆去的，找死啊？

古牧和奚大康是熟得不能再熟的老熟人，已经有好几年的合作，大家都很愉快，彼此都很信任。奚大康是中国经济开发信托投资公司杭州证券营业部长江代理处的副总经理。他的代理处设在上海南京西路一幢高档写字楼里，古牧曾经去过，装潢考究，员工们各司其职，忙忙碌碌，一派生意兴隆的景象。

古牧在车上想，再要紧的事情也可以在自己的总经理办公室谈啊，跑到宝隆宾馆来谈什么？现在是白天，中午又不能喝酒，下午还要回公司……

长江代理处曾经和上海A证券公司合作开设了国债部。在这个国债部里，奚大康不担任什么职务，他只是长江代理处的副总经理。但是，他们两家的合作有很大动作——长江代理处和 A 证券公司签订了多项债券交易协议书和国债券融借合同协议书。因此，上海 A 证券公司向长江代理处提供了四千六百万元资金和面值四千五百五十万元的国债券，两笔金额相加九千多万元！

请注意，那是 1997 年的九千多万元，那时候的九千多万元，可以做一个大工程了！

车停在宝隆宾馆，古牧拎起公文包步入大堂，眼睛四下一扫，并没有看见奚大康，他立刻拨通了对方的手机："奚总啊，我没有看见你呀。我这么忙，你还要开我的玩笑，我哪有工夫和你躲猫猫啊？"

"古经理你不要走，到总台去拿 511 房间的钥匙，房间里有个拷克箱，你打开箱子看看，就什么都明白了。"

古牧发火了："你这算搞什么名堂？简直莫名其妙！"

奚大康已经挂断了手机。

在好奇心的驱使下，古牧走进 511 房间，果然看见床上有一只拷克箱，打开一看，他立刻惊呆了，经验告诉他：出大事了！

箱子里装满人民币，估计有一百万元。钱上面还有一封信。看了信的内容，古牧差点儿晕过去：

> 谷经理：
>
> 　　我真是对不起你这个朋友，辜负了你对我的信任。我拿了你们的资金和国债券去做期货，结果做亏了。我翻不了本，无力偿还 A 证券公司的债务，只能走了。
>
> 　　在以往的合作中，我得到了你很多的关照，几次想要对你表示表示，都被你拒绝了。我知道我这一走，肯定会连累到你，所以，给你留下一点儿钱，算是补偿吧……

古牧把拷克箱直接拎到了 A 证券公司董事长的办公室。

A 证券公司立刻向上海市公安局报案。上海市公安局以涉嫌金融诈骗对奚大康立案侦查，并对奚大康进行网上追逃。

侦查员调查得知，奚大康不久前和妻子离婚，其妻已经到澳大利亚去了。

坏了，会不会是奚大康演的一出假离婚的闹剧？妻子先出去，然后他捞一把，捞足了，再出国投奔妻子，两口子会合？如果是这样就糟糕了。所幸的是，没有查到奚大康的出境记录。也就是说，他还在国内。

奚大康是地地道道的宁波人，在宁波当地是个有点儿名气的民营企业家，思路活跃，有能力，有魄力。三十岁的时候，他已经是一个集团公司的总裁，后来又当了长江代理处的副总经理。到上海以后，他胆大妄为，竟然私刻了宁波 B 证券公司的公章，对外开具伪造的国债券代保管凭证，除了在古牧所在的 A 证券公司骗取九千多万元，还在宁波骗得巨额资金。他把这些资金都集中起来，进行股票和期货投资。他觉得在这两项运作中，要翻番是一点儿问题都没有的。然而，股市和期货市场从它们诞生的那天开始就是变幻莫测、充满风险的，一两个亿的钞票在这里只是毛毛雨。

那么，既然奚大康没有出国，他到哪里去了呢？无影无踪，就像人间蒸发。

十八年过去了，因为玩忽职守罪被判处三年有期徒刑的古牧早就刑满释放，当年负责此案的侦查员有的已经退休……可是，上海警方从来没有放弃对奚大康的追踪。侦查员不相信奚大康可以把他的行踪捂得严丝合缝，一点儿马脚都不露出来。

2015 年，上海刮起了"猎狐"风暴，上海市公安局经侦总队一支队的侦查员又把这个失踪的奚大康提了出来，并把他的照片钉在了办公室的墙上，走进来看一遍，走出去又看一遍，它已经成为侦查员心底的一幅"木刻"。

按照上海市公安局的布置，警方对每一个逃犯，都成立一个专班，由一名支队长或大队长和两名侦查员组成，具体负责落实追逃措施。对于外逃多年的逃犯，强化"二次侦查"，综合利用各类警务资源，细致分析境外逃犯的情况，及时掌握其国内外关系人的情况，以及逃犯所持证照、活动轨迹、资金账户。总之，要盯得死死的。

在澳大利亚没有发现奚大康，那么就先在国内寻找。通过对奚大康的亲属和关系人的走访，案情有了重大突破——

原来，1997 年奚大康在宝隆宾馆给古牧扔下一百万元以后，就知道古牧必然会报警——古牧弄丢了九千多万元公司资金，如果再收受一百万元的贿赂，就是杀头的罪过！一旦古牧报警，上海警方肯定会立刻封锁所有关口，奚大康如何出得了境？

于是，奚大康反其道而行之，他选择了不出境，躲到安徽宿松县农村的一个朋友家，隐姓埋名，等候风头过去。过了不久，他就想方设法给自己在宿松县落了户。新的户口有了，新的名字也有了，摇身一变，他成了"张健平"，不叫奚大康了。唯有他的一口宁波话变不了，他学不会宿松话。

有了新的身份之后，"张健平"就在安徽一带做一点儿小生意，很少抛头露面，并且时刻注意"风向"，一旦有风吹草动，他连小生意都不做了。窥探了很久，考虑了很久，"张健平"出手了，他申请到澳大利亚去旅游。跟团出境后，他一去不返，完成了外逃的终极目标。

澳大利亚这么大，到哪儿去找"张健平"呢？侦查员推断，奚大康逃亡多年，必然会想办法回家看望住在浙江的父母，看看已长大成人的儿子。因此，不用到澳大利亚去找，盯着这个人的入境记录就行了。很快他们查到，澳大利亚的"张健平"在 2015 年 1 月到过上海。

一张无形的大网撒开了，就等大鱼落网。

奚大康时常沉浸在胜利大逃亡的喜悦中。他从澳大利亚到上海往返数次，一点儿事情都没有。

2015 年 3 月 2 日是一个特别有意思的日子，似乎是老天爷故意安排的。十八年前的 3 月 2 日，奚大康失踪。如今的 3 月 2 日，奚大康终于显出原形——上海边检总站的工作人员发现了一条重大线索："张健平"刚刚入境！

侦查员拿了"张健平"的照片去找古牧："你认得这个人吗？"

古牧接过照片，眼睛顿时瞪起来了："就是把他烧成灰我都认识！奚大康啊奚大康，他害了我，他毁了我的一生！你们抓住他了？"

侦查员很快盯上了入境的"张健平"。这个人回国后从来不到安徽宿松县他所谓的老家去，却住进杭州和宁波的宾馆。专案组立刻报请上海"猎狐"领导小组批准，包围了杭州某酒店，冲入奚大康的房间："我们是上海警察，你叫什么名字？"

"我叫张健平。"

"你是哪里人？籍贯？年龄？"

"我是安徽宿松人。"

"如果我们没有弄错，你就是宁波的奚大康吧？"

"你们认错人了。"

"你说你是安徽宿松人，为什么讲一口宁波话？你说几句安徽宿松话让我们听听。"

奚大康忽然低着头不吱声了，神态变得非常怪异。过了好一会儿，他慢条斯理地说："我生了一场大病，失忆了，什么都忘记了。病好了之后，就只会说宁波话了。"

侦查员甚至有点儿佩服眼前这个家伙，电影里的情节居然都被他用上了。

奚大康被带到公安局，侦查员特地录了一段他儿子的视频让他看："这个人是谁？你不会想不起来吧？"

奚大康木然回答："我不认识。"

够狠，侦查员心里暗想。这时，门被推开了，一个刑侦技术人员送来一份报告："我们已经做了 DNA 比对，这是你的亲生儿子。"

"我记不得了。"

侦查员把曾经在 A 证券公司工作过的古牧叫来，问奚大康："这个人你不会不认识吧？"

奚大康的脸上没有任何表情："我失忆了，不认识这个人。"

嫌疑人打算死扛到底，但侦查员并不着急："奚大康，告诉你，别以为你想失忆就能失忆。你这样的，我们见得多了，你的表演还不算最精彩的呢。等医学专家的鉴定送到法庭上，你就是装得再像也没用。你要清楚，我们的'猎狐'行动没有特区，也没有盲区！"

奚大康用"我失忆了"一句话以不变应万变，侦查员会用万变来破解他的这个不变。外逃十八年的"狐狸"抓回来了，如今已成为瓮中之鳖，且让他表演去吧，总有他哭的那一天。

这不仅仅是侦查员的自信，其实也是一个国家的自信啊！

公安部副部长孟庆丰说："缉捕外逃经济犯罪嫌疑人的工作，永远在路上，只要还有一名逃犯尚未归案，缉捕工作就一刻都不会停止。"

上海市公安局秉承"天涯海角，有逃必抓"的决心，持续深入开展"猎狐2015"专项行动，将有更多的"狐狸"被法律的大网罩住！

（原载《啄木鸟》2016 年第 1 期）

一个记者的九年长征

艾平

2011 年，新华社在筹办成立 80 周年纪念活动时，制作了一枚金光闪闪、刻有"新华通讯社一等功"浮雕字样的勋章。从 2011 年到 2015 年，这枚立功勋章，静静地陈列在新华社大厦的某个房间里，等待着一个足以承担这份光荣的人脱颖而出。几年之后，新华社高级记者、新华社内蒙古分社编委、政文部主任汤计，获得了这枚标有"新华社第001号"的勋章，成为八十四年来唯一获得这份殊荣的新华社记者。

2015 年 1 月 22 日，新华社在北京总社召开表彰大会。新华社社长、党组书记蔡名照发表讲话："在新华社的长期推动下，2014 年 12 月，内蒙古自治区高级人民法院经再审，撤销原判，判决 18 年前被判处死刑的呼格吉勒图无罪。从 2005 年发现'4·9'强奸杀人案一案两凶，呼格吉勒图可能被错判的重大线索之后，新华社内蒙古分社记者汤计秉持职业良知，坚守社会正义，坚持不懈采访，在总社、分社的坚定支持和共同努力下，通过翔实、准确、权威的报道有力推动了问题的解决，最终使冤案得以昭雪。"

汤计在获奖感言里说道："做新华社记者三十余年，我时时刻刻铭记的，就是老社长穆青的话——勿忘人民。"

2005 年初冬的一天，汤计正在通辽出差，接到单位资料室的一位同事的引荐电话。不久，汤计约见呼格吉勒图的父母李三仁、尚爱云，从此开始了匡正呼格吉勒图冤案的九年长征。

一

1996 年 4 月 9 日晚上，在呼和浩特烟厂做工的呼格吉勒图上夜班，吃饭的时候，他和工友闫峰一起喝了点儿小酒，分手后，他在回家取钥匙的路上，上了一趟厕所。当时，正值性懵懂年纪的呼格吉勒图，趴着墙缝往女厕所看了看，发现里面有个躺倒的女人。在那一丝酒劲的驱动下，他进了女厕所，想看那女人是不是死了，当然，也不排除他用手触动了一下那具尸体，总之吓得心惊肉跳往回跑，回到车间就把这件事告诉了工友闫峰，并拉着闫峰一起到厕所看了看，确认那就是一具女尸，他们便一起去报案。然而在报案的时候，呼格吉勒图遭遇了警察怀疑的目光，震慑之下，他变得语无伦次，就这样被警察扣下，他所说的每一句话都被渐渐演绎成了审讯者期待的罪证。这就是轰动一时的"4·9"案件。

在呼格吉勒图被带到公安局 48 小时之后，警方作出结论：呼格吉勒图是一个流氓杀人犯，在女厕所对死者进行流氓猥亵时，将其掐脖致死。

当年 6 月 5 日，也就是在案发 57 天之后，内蒙古高级人民法院和呼和浩特市中级人民法院作出呼格吉勒图犯流氓罪、故意杀人罪的判决。5 天之后，呼格吉勒图被执行死刑，一个仅有十八岁的无辜生命，结束在法律的名义下。

十年之后，终日悲伤的李三仁和尚爱云突然听到了如雷贯耳的消息——警察带着一个重刑犯，到当年那个女厕所的位置上，指认作案现场来了！难道苍天有眼，当年作案的真凶现身了?!

被带来指认现场的罪犯叫赵志红，是一个强奸杀人惯犯。他落网之后交代，自己曾经作案27起，其中包括"4·9"女尸案。

李三仁和尚爱云来到当年办案的呼和浩特市公安局赛罕区分局询问情况，分局表示无可奉告，让他们到呼和浩特市公安局询问。市公安局的主管副局长好像很忙很忙，他一边摆弄着手机，一边这样回答老两口儿："这个事情别找我，我不知道。"

李三仁的亲戚给他们出了个主意——打官司，用法律争取公正。老两口儿一听，说："对。咱们家虽然穷，但就是卖房子、喝稀粥，也要找最好的律师，为二子申冤!""二子"是呼格吉勒图的小名，九年之中，这个家，没人敢提"二子"这两个字，现在为二子申冤，是全家人每一分钟都在苦苦思索的问题。

老两口儿双双跪在了何绥生律师的面前，哭着请求何律师帮他们为可怜的儿子找回清白。

何绥生是一位有经验的律师。经过多方打听，他得知这个案子案发62天就完成了审理定案和执行的全过程，快得有些匪夷所思，难保没有问题。另外，支撑该案成立的证据只有被告人的口供，而且这份口供十分简单明晰，用律政界常用的说法叫"干净"。经常接触案件的律师有一个共识，往往口供越是"干净"，就越有问题，说明口供已经被人修改过多遍了。此案时过多年，一审二审的法官都已经被提拔成了领导，当年的办案人员也早已立功受奖，看来自己办不成这个案子。思前想后，他给李三仁老两口儿提了个建议："这个案子要想翻过来，走正常的申诉程序似乎办不到，靠律师的力量也办不到，唯一的途径是找媒体。找一般的媒体也很难办成，在呼和浩特，只有找新华社内蒙古分社记者汤计，还有一线希望。"

二

作为新华社政法记者，汤计履职将近三十年，用自己手中一支笔，记录百姓疾苦之声，伸张社会公平正义，留下了写满故事的生命日记，也积累了丰富的司法专业知识和经验。

这里的两个小故事，可以让我们看到汤计一向的职业态度。

包头苗圃青年女工悦悦和男朋友两个人逛街，遇上发行福利彩券。悦悦用自己的钱买了一张彩券，还真就抓上了，交了税，还剩三十八万。悦悦挺高兴，就把钱存在了男朋友的卡上。

不久，男孩子家提出分手，悦悦接受了这个事实。她拿着那张卡，取走了彩票奖金中的一半。这原是抓彩票时两人商量好的，本无可非议。但是男孩子的家长不干，到公安局报了案，说是悦悦偷了他们儿子的钱，通过当时包头市昆区的一个官员，找到了刑警二队指导员解某某。在这个解某某的眼里，权力大于一切，他一听说是领导的事儿，觉得是一个向上巴结的机会，立刻为所欲为起来。

晚上，母亲在里屋吃饭，悦悦坐在堂屋里看电视。门外开来一辆面包车，下来六个彪形大汉，全都穿着便衣。他们闯进悦悦家，一把抓住悦悦的头发，拎着瘦小的悦悦"咔"一声按在地面上。母亲惊呆了，以为来了盗贼，就拼着命跑出去喊："乡亲们救命啊，黑道儿的来了！"

村民闻声都跑了过来，把悦悦家围住了。

村治保主任说："执法，你就出示证件嘛。"

解某某心虚理亏，不敢拿出证件。群众便不放他们走，一直僵持到半夜，他们才拿出了两个证件，其余四人都没有证件。这下子村委会不干了，家长也不干了，人围得越来越多，大约有二百余人。解某某骑虎难下，只好给局里打了电话。昆区公安局分管副局长和刑警大队队长只得来给群众反复解释，说这是私自办案，没有手续，是不对的。

可是解某某回去之后，没有受到任何处分，他的上司试图让时间将风波慢慢平息。悦悦的母亲找到内蒙古人大常委会。人大常委会的工作人员指点她，说你到隔壁院子新华社内蒙古分社，找一个叫汤计的记者，他一定能帮助你。

坐在汤计和他助手面前的是一个目光僵滞、披头散发、衣衫褴褛的女子。悦悦的眼神没有任何反应，她光着脚，浑身都是吃饭留下的印渍，已经失去了自理能力。

汤计一行马不停蹄，又去查询了包头市公安局和包头市昆区检察院，证明悦悦母亲的上访材料完全属实。

当时的包头公安局有关负责人找到汤计："老汤，咱们能不能不报了？这事一出去可就大了。"

汤计说："我要是不报，谁来处理恶棍？那可怜的孩子谁来管？再说，这样的人不处理，整天穿着警服晃来晃去，让老百姓怎么看我们警察？"

汤计铁面无私地发出了内参，并附上现场照片。最高人民检察院检察长贾春旺很快签批，指令查办。于是包头市检察院开始查解某某，而他所在单位则继续找人求情，这样过了三个月，解某某以为自己没事儿了，开始请客，喝得酩酊大醉。有人找到汤计说："汤老师，人家说没事儿了，看来中国是治不了他了。"

汤计怒从中来，说："他要是没事儿，我就再写他。我一定要让他有事儿。"

结果，解某某第一天请客，第二天没事儿，第三天就被检察院铐走了。

另一个小故事与赤峰市三座店水库群体事件有关。赤峰市有一条名字华丽的河流——英金河，河两岸是河谷平川，平川与远处的丘陵山地相连，农耕经济是这里的第一产业。当时，后来被判处无期徒刑的贪官徐国元由赤峰市代市长转为市长不过十几天，准备拦河修建一座水库。三座店村位于水库设计的淹没区，施工方要求全村整体搬迁。由于水库施工补偿本来就偏低，赤峰市又按照1992年的标准执行，就更低了，加上当时移民安置点的标准房还没有盖，村民不搬，并且阻止施工。

时任新华社内蒙古分社社长正在办公室值班，门突然被推开，一个浑身伤痕的男子"扑通"一声就跪在了他的脚下。这位社长赶紧起身将他扶起："别急，有事坐下说。"这个男子是从三座店村逃出来的村民，原来三座店的四十七个青壮年已被拘留，他是村里见过点儿世面的村民，在被抓途中寻机逃出，扒火车来到呼和浩特，直接来到了新华社内蒙古分社。

汤计带着两个记者，一路奔波九个多小时，来到赤峰。徐国元没有出面，赤峰市的一个相关负责人，先入为主，按他们的立场观点，开始介绍情况，张口一个"刁民"，闭口一个"刁民"。开始汤计还耐着性子听，越听越烦，便打断了他的话："不听你的了，我们明天要去现场调查，请你们赶紧安排。"

老百姓远远看见有几辆汽车进村，吓得如惊弓之鸟，扶老携幼往山上逃。汤计连忙下车，大喊："乡亲们，我们是新华社的，不要跑，你们村里有人向我们反映了情况，我们是来调查的。"

有一个七十多岁的老太太，也顾不上面子难看了，解开衣服让汤计看胸腹部的青紫；特别让汤计一行受不了的是，人群中有一个八十多岁的老抗美援朝志愿军，也曾挨打，他说："我抗美援朝没被美国鬼子打死，这回差点儿被这帮小崽子削死……"

汤计管不住自己的眼泪了。他一一扶起跪着的村民，连连说："对不起大家，我们来晚了。"

汤计回到住处，已经是晚上八九点了。为了赶紧解脱村民的痛苦，他当即给中央写了内参，连夜发往北京总社。汤计要求面见市长，然而，事端的始作俑者徐国元虽然当时就在赤峰，却隐于幕后，一直不肯露面。于是汤计和两位同事商量——人不放，村民的钱不到位，咱们不离开赤峰。

受徐国元委派，时任松山区区长王玉良出面接待汤计一行。这个人正在谋求更高职位，唯徐国元马首是瞻，不惜摧眉折腰，言谈之中一个劲儿给徐国元涂饰抹粉，打圆场。汤计一问，此人是一位老友的外甥，便语重心长地教育他："我告诉你一句话，头上三尺有神灵，善有善报，恶有恶报，你们这一打，伤了老百姓，自己也会遭报应……"

三座店水库事件很快得到中央领导和自治区党委政府的关注，纠正了徐国元等人的错误做法，被抓的农民全部释放，又给三座店搬迁村民提高了补贴，做了安置。汤计一行放心地离开了赤峰。

三年之后，汤计在博客里这样写道："自治区纪检委向司法机关移送徐国元等罪犯，其中也有王玉良。那天在一个不大的房间里，王玉良默默地听纪委办案人员宣读双开决定，默默地看着警察给他戴铐。我一直静静地注视着王玉良，而精神恍惚的他始终没有注意到我，直到两个警察要押他离开房间时，他才发现我，那一瞬间，他的目光是那样惊愕、恐惧、哀伤、无助……他的嘴唇翕动了一下，想说什么却没有说出来，王玉良到底想对我说什么呢？"

诸如此类的案件，在汤计的记者生涯中可谓多得不胜枚举，然而，像呼格吉勒图被错杀这个案子，如此错综复杂，如此时间漫长，涉及众多人事，方方面面阻力之大，他还是第一次遇到。

三

汤计听了李三仁老两口儿的陈述，虽然一时没有表示什么，但是他的内心已经无法平静。这个案子有问题！一案两凶，说明啥？说明肯定有一个是冤枉的。

汤计向分社党组汇报了这件事。分社领导认为此事人命关天，案情重大，支持汤计进行采访，并指示抓紧报道，认真履行新华社记者的职责。

随即，汤计一个电话打到了呼和浩特市公安局副局长赫峰处，了解到"4·9"女尸案确实出现了另一个凶手，就是前不久落网的连环强奸杀人犯赵志红。这个残忍的罪犯曾经作案27起，他知道自己所犯的是死罪，可能是为了争取从轻判刑，也可能为了自己心里能舒服一点儿，主动交代了警方没有掌握的"4·9"女尸案。

汤计还了解到，内蒙古公安厅已经成立了"4·9"案件专案组，着手复核呼格吉勒图一案，但是遇到的阻力相当大。

根据这些情况，汤计很快写出了内参《内蒙古一死刑犯父母呼吁警方尽快澄清十年前冤案》，于 2005 年 11 月 23 日发到新华社总社，引起了党中央和自治区党委的高度重视。2006 年 3 月，内蒙古自治区党委政法委抽调法学专家与侦查专家，组成了以副书记宋喜德为组长的"呼格吉勒图流氓杀人案"核查组，开始复查这起沉睡多年的冤案。

汤计查阅了当时发表在《呼和浩特晚报》上的一篇通讯《"4·9"女尸案侦破记》：

> 1996 年 4 月 9 日晚 8 时，呼和浩特市新城区公安分局刑警队接到电话报案称：在锡林南路与诺和木勒大街相交处的东北角，一所旧式的女厕内发现一具几乎全裸的女尸。报案的是呼市卷烟厂二车间的工人呼格吉勒图和闫峰。警方立即驱车前往现场。

> 张铁强（化名）副局长和报案人简单地交谈了几句之后，他的心扉像打开了一扇窗户，心情豁然开朗了。

> 按常规，一个公厕内有具女尸，被进厕所的人发现，也许并不为奇。问题是谁发现的？谁先报的案？而眼前这两个男的怎么会知道女厕内有女尸？

> 张副局长、刘旭队长等分局领导，会意地将目光一齐扫向还在自鸣得意的两个男报案人，心里说，你俩演的戏该收场了。

> 那两个男报案人，看见忙碌的公安干警，又看见层层的围观者，他们想溜了。然而，他俩的身前身后已站了"保镖"。

> "我们发现了女尸，报了案，难道我们有罪了？"报案人惶惶然了。

> ……

此通讯极力赞美，把办案人员描述得神机妙算，智勇双全。但是汤计慢慢研究下去，却发现文本破绽百出，许多地方显示出当年办案的不实、不准、不当，甚至涉嫌非法。

文中写道，简单交谈后，专案组组长张铁强（化名）等人觉得两个男的怎么会发现女厕所里的尸体，于是便按着这种怀疑，开始了推理，实际已经在主观上确定了案子结论的方向。

当时呼格吉勒图和闫峰是理直气壮的——"我们发现了女尸，报了案，难道我们有罪了"。不做亏心事不怕鬼敲门，这是正常的心态。

文中时任呼和浩特市公安局副局长王某的指示也显现出一种意图——"找到证据，让呼格吉勒图放弃侥幸心理"。这说明警方在没有证据的时候，就已经把罪犯定位在呼格吉勒图身上了。他们之后进行的审讯，不是要弄清真相，而是在为自己的怀疑找佐证。

文中透露出，口供是从"只是让你们去写个经过"到"熬了48个小时之后才获得的""在审讯呼格吉勒图的过程中，由于呼的狡猾抵赖，进展极不顺利"，如果只是写个经过，能说是"熬"吗？那么是怎么"熬"呼格吉勒图的呢？这中间张铁强他们做了什么？是否采用了非法手段刑讯逼供？

文中最后的结论是："市公安局技术室和内蒙古公安厅进行了严格科学的鉴定。最后证明和呼格吉勒图指缝余留血样（血型与女尸）是完全吻合的。杀人罪犯就是呼格吉勒图。"汤计认为，血型化验不同于DNA检验，只能证明群体的同一，不能证明个体的同一，因此不能作为关键的证据。

四

汤计的目光久久地停在一个老熟人的名字上——张铁强。

1988年，新城区发生一起命案，犯罪嫌疑人在刑侦大队的审讯室意外"触电身亡"，作为负责此案的刑侦大队大队长，张铁强被免职，降为普通民警。1992年，张铁强竟然咸鱼翻身，担任呼市公安局刑侦大队副大队长，1994年，调任新城区公安分局副局长，分管刑侦。

汤计第一次见张铁强，是在 1989 年。汤计去采访张铁强所侦破的一个吸毒案件。当时张铁强给汤计的直觉印象是虽然说话直白，却心细如丝，在本职工作方面很上心。万没有想到，就在提审一个女性吸毒者的时候，张铁强让汤计瞠目结舌，看到了他粗鄙残暴的一面。

张铁强瞬间就变成了另外一个人——像抓小鸡似的把一个瘦瘦的女子"吭"一下操在了汤计面前。

汤计一看，这个女子还很年轻，但是身体已经被毒品作践完了，瘦得像一根干枯的树枝，苍白的皮肤中透出青紫，一副有气无力的样子。

汤计问："原来干啥工作的呀？"

女子回答："在劝业场经商。"

汤计说："当老板？"

女子说："有四个柜台，还开了一家饭店。"

汤计为了缓解气氛，一笑说："那你可比我趁多啦……"

女子说："都吸光了。"

汤计说："多好的日子，为什么好上这个呢？"

女子很懊悔地低着头："我戒了……"

气氛开始松弛，汤计正准备继续提问。就在这时，可能是听到女子说自己戒了，好像意味着"我已经戒了，不应该抓我"，张铁强突然照着女子的后背就是一巴掌，嘴里还骂着："你戒了，狗都能改了吃屎，你戒了，还用得着卖身！"

张铁强是个彪形大汉，这一巴掌把那女子打个趔趄，眼看着就上气不接下气地抽搐起来。

别看汤计高大魁梧，他的心肠却软得像草原上的流水，这样的情形他看不下去，只好匆匆结束采访，不欢而去。

再次和张铁强打交道时已经到了 2002 年。当时内蒙古自治区国税局发生一起大案。案情是这样的：国税局稽查处有个女处长，她坐在办公桌前，右手握着一支笔，正在写字，被人用铁锤砸死，甚至大脑神经都来不及反应，死后一直保持着写字的姿势。

因为是大案，汤计前去采访。他到了国税局一看，楼上楼下走来走去的都是警察，正常的工作秩序已经被打乱。一问，是呼和浩特市公安局赛罕区分局局长张铁强带人在此办案，吃住均在这里，一切费用由国税局承担。

张铁强告诉汤计，案子不好破，光是 DNA 就检验了五百多人，花了很多钱，还是没有发现什么有价值的线索，仅此而已。

公安机关办案，为什么非要吃住在案发单位呢？原来在侦查女处长被杀案的过程中，张铁强发现北京商人阎某平常与局长肖占武称兄道弟，经常承揽自治区国税局的工程，在呼和浩特存有四百六十万元人民币、四万美元，就把这个人抓起来审讯，问他这些钱的来路，不说就打，直打得阎某受不了了，交代出这钱不是自己的，是肖占武局长的。

张铁强抓住了肖占武的七寸，却私瞒消息，继续留在国税局骚扰式"办案"，给肖占武施压。肖占武当时刚愎自用，没有把张铁强放在眼里，直接给自治区公安厅和呼和浩特市公安局相关领导打电话，让他们撤回去。

张铁强脸色一沉，二话没说，做出坚决服从命令的姿态，一夜之间，撤得干干净净，肖占武心里自然放松了许多。

不久汤计突然接到张铁强的电话，他以为是女处长的案子有了新的进展，殊不知张铁强抖落出了肖占武的犯罪线索。当然，张铁强的讲述中，始终作出一副出以公心的样子。多年之后，汤计才弄明白，张铁强一身正气的背后暗藏着很深的私欲。他分析，如果当初肖占武悟出张铁强的真实目的，给上张铁强一二百万元，恐怕事情就不会是这样的结局，贪官肖占武也许在天网恢恢下暗度陈仓，继续享受荣华富贵。

五

有了分社的鼎力支持，汤计决定不惜任何代价深入调查呼格吉勒图一案。他派助手李泽冰到原烟厂和案发厕所的位置，进行了现场勘查，又了解到，在公诉期间，也就是 1996 年 5 月 7 日晚上 9 时 20 分，呼和浩特市检察院两位检察官对呼格吉勒图进行了询问，留下了一份 1500 字的询问笔录。笔录显示，呼格吉勒图反复说："今天我说的全是实话，最开始讲的也是实话……后来，他们的人非要让我按照他们的话说，还不让我解手……他们说只要我说了是我杀了人，就可以让我去尿尿……他们还说那个女子其实没有死，说了就可以把我立刻放回家……我当晚叫上闫峰到厕所看，是为了看看那个女子是不是已经死了……后来我知道，她其实已经死了，就赶快跑开了……她身上穿的秋衣等特征都是我没有办法之后猜的、估计的……我没有掐过那个女人……"

呼格吉勒图全盘翻供，并反映了专案组有诱供逼供。遗憾的是，呼格吉勒图的这些话，遭到办案检察官使用"你胡说"等语言制止。

李三仁和尚爱云详细地给汤计讲述了 1996 年 5 月 23 日呼和浩特市中级人民法院对此案进行开庭审理的过程。他们看到，儿子穿着一件在卷烟厂做工时的旧衣服，人瘦得皮包骨头，强打着精神拼命抗争着。他们把儿子当时所说的每一句话，都牢牢地记下了。记得当时呼格吉勒图承认自己是因为喝了酒，进了女厕所，但是他没有杀人。

由于一直不让见儿子，辩护律师是开庭前一天才找到的，这位律师起初为呼格吉勒图做的是无罪辩护，最后不知什么原因却以他"认罪态度好、是少数民族、年轻"为由，在法庭上做出求情陈述。

大约进行了四五分钟的休庭合议之后，法官当庭宣判，以"故意杀人罪"和"流氓罪"判处呼格吉勒图死刑。尚爱云说："法官问我儿子，还上诉不？儿子就说了两个字，上，上。这两个字说得特别响亮，我就知道儿子是冤枉的。"

没人理睬呼格吉勒图的上诉，仅仅两周后，6 月 5 日，内蒙古高院二审裁定"维持原判"，这也是终审死刑核准裁定。

内蒙古高级人民法院、呼市中级人民法院两级法院的判决书仅有 155 字，汤计反复看了几遍，怎么也看不出来法院认定呼格吉勒图流氓罪、故意杀人罪两宗罪名的关键证据是什么，看不出法院是如何认定呼格吉勒图犯罪的。

多年的新闻调查经验告诉汤计，凡事不能轻言结论，不能依赖别人的转述，非亲自接触第一手资料不可。

很快，来自公安机关的四份审讯笔录，放到了汤计的桌上。

赵志红一共交代了自己所做的 27 起强奸杀人或抢劫、强奸案，由于 1996 年"4·9"案是他第一次杀人，因此对作案过程记得很清楚，基本还原了自己的作案过程：

> 1996 年 4 月，具体哪天忘了。
>
> （我）路过烟厂，急着小便，找到那个公厕。听到女厕有高跟鞋往出走的声音，判断是年轻女子，于是径直冲进女厕。两人刚好照面，我扑上去让她身贴着墙，用双手大拇指平行卡她喉咙，她双脚用力地蹬。五六分钟后，她没了呼吸。
>
> 我用右胳膊夹着她，放到靠内侧的坑位隔断上，扶着她的腰，强奸了十几分钟后射精了。
>
> 她皮肤细腻，很年轻。我身高 1 米 63，她比我矮，1 米 55 到 1 米 60 的样子，体重八九十斤。
>
> 我穿 40 码的鞋，鞋底是用输送带做的。

这四份笔录是分别由四组警官，在不同时间、地点对他进行审讯的实录。比照研究之后，汤计发现，四次口供之间没有大的差异，而且一次比一次交代得清晰一些，其中的地点、时间、周围情况、受害人体征等细节和警方掌握的情况吻合。汤计知道，如果作案人编造假供词，这四次审讯笔录一定会出现不一致甚至互相矛盾的地方。

问题太严重了！汤计赶紧打电话联系皂凤存。

皂凤存是内蒙古自治区公安厅大要案支队负责人，也是主持赵志红专案的警官。他科班出身，实践经验丰富，与汤计是志同道合的好朋友。

皋凤存告诉汤计，一听到赵志红交代出自己是"4·9"案件的真凶，自己的脑袋就"嗡"一声大了。当年流氓杀人案的真凶呼格吉勒图不是已经毙了吗？怎么又出来一个？是不是赵志红这小子感到压力大，顺嘴胡说八道呢？

皋凤存告诉下属，把赵志红带到院子里放放风，清醒清醒。

放风的时候，赵志红为了证明自己在说真话，又交代出一起杀人案。两个月前，他开车拉了一个十八九岁的女孩子，将其强奸杀害，尸体埋在呼市小黑河边的树林里。皋凤存当即带着赵志红去找，果然在一个小土包下，找到了那个女孩子的尸体。看来，赵志红没有骗警察。

皋凤存看着眼前这个猥琐矮小、獐头鼠目的赵志红，恨不得一拳头揍扁了他。可怜那个小小年纪的呼格吉勒图，真的是含冤而死，倒在了法律的名义下！

从小黑河边回来已经是凌晨，皋凤存在床上仍然不能入睡，于是起身在专案组住的宾馆院里踱步思考。这时，守卫人员告诉他，张铁强来这里了！

听到这里汤计急了，赶紧问："张铁强来这个地方干什么？"

皋凤存回答："未经请示，擅自提审赵志红。"

汤计一听，这还了得！张铁强是当年专案组组长，呼格吉勒图一案到底是怎么办出来的，他的心里最清楚。现在张铁强手中握有权力，他的这个举动，令人产生种种猜想：第一，对自己办的案子心虚，来问个究竟；第二，如果哪一天赵志红来个"意外死亡"，或者翻供，也未可知。

皋凤存告诉汤计，呼和浩特市公安局副局长赫峰已经掌握了这个情况。为了保证不被干扰，现在赵志红已经被转移到内蒙古刑侦总队的警犬基地，由 10 名武警替下了原来的民警，日夜严格看守，同时已经要求张铁强回避。

抓住了惯犯赵志红，让内蒙古公安厅除去了多年的心头之患，但一案两凶的事实，又提出一个触目惊心的问题。半年之内，他们先后从公安部请来三个刑侦专家指导侦查。其中有公安部第一研究所的教授杨成勋，他是我国第一台测谎仪的发明者，他使用最先进的 pg－10 型六道心理测试仪，对赵志红进行了心理测试。这位德高望重的老专家宣布结果时，先是捂着脸，许久，把手才放了下来，很沉重地说："赵志红说的属实，那个孩子被杀错了。"然后，又捂住了脸，人们看到泪水从指缝中涌出。

曾经多次对比过呼格吉勒图和赵志红卷宗的刑侦专家乌国庆，对此案发表看法时直言不讳："我的态度很明确，我也多次向公安部和中央领导汇报过，一案不会有两凶，其中必然有一个是冤枉的。"

跑完了自治区和呼和浩特两级公安机关，汤计来到自治区政法委，找政法委副书记、专案核查组副组长胡毅峰了解情况。胡毅峰告诉汤计，核查组为了复原案情，几乎找到当年的每一个相关人员，反复再现案发现场实况。呼格吉勒图当年交代的作案手段，虽然每次的供词都不一样，他们还是一一进行了模拟，证明他所说的每一种动作都杀不死人，显然是没有行凶杀人行为事实依据的临时编造。可以做出结论，当年判处呼格吉勒图死刑证据严重不足。

可是庭审时，赵志红的十起命案，检察机关只起诉了九起，唯独漏了毛纺厂公厕里的"4·9"强奸杀人案。开庭那天，罪犯赵志红当庭问公诉人员："我杀了十个人，你们怎么说我杀了九个？少诉了一条人命啊！"参加旁听的呼格吉勒图案重审专案组人员一听，很是惊诧气愤。如果不起诉"4·9"案，就把赵志红执行死刑，呼格吉勒图一案将从此"死无对证"。他们迅速将这一重大问题，反映给了汤计。

事情已到千钧一发的时刻，必须用自己的笔力挽狂澜！因为掌握了大量确凿的信息，汤计有了出手的底气，他很快写出了第二篇内部报道《呼市"系列杀人案"尚有一起命案未起诉让人质疑》。汤计的报道发出后，最高人民法院获知赵志红案背后的复杂情况，指示此案一审暂时休庭。

<h1 style="text-align:center">六</h1>

汤计着手调查呼格吉勒图一案的消息，已经不胫而走，最起码，在呼和浩特市和内蒙古自治区司法系统已经不是秘密了。这期间，汤计与老熟人张铁强，也曾在会议上、饭局上相逢，彼此的目光偶然一撞，又迅速错开，一切不言而喻。张铁强知道是汤计在积极为呼格吉勒图申冤，他那犀利的笔锋正在跟踪着自己，但是从未向汤计提及此事，而汤计总是有意无意地绕开张铁强，他知道，随着自己一篇篇檄文出手，案子重审的可能性日益增大，亮剑的那一刻必然到来。就这样，九年之中，一个赤手空拳舍生取义的无冤之王，一个舞枪弄棒深藏不露的武夫，两个一米八几的高大男人，沉默地较量着，像深海之下的两股激流，汹涌撞击，却不在海面上掀起一丝波澜。

李三仁和尚爱云也告诉汤计，他们已经被监视跟踪了，不论是去买菜、上街、走亲戚，都有人不远不近地跟在后面。

而汤计每次下去调查，在听到善意的提醒之时，也感到有一些阴冷的眼睛在跟随着他。他对整日提心吊胆的妻子说："有啥可怕的，咱们也不是没见识过。"是的，恐吓对于汤计来说，早已不是什么新鲜事了。就在他每天东奔西走，为平反呼格吉勒图被错杀案而殚精竭虑工作的同一时间段里，社里又把报道两项大案的重任交给了他，而这两项任务，无一不是风险巨大的。

2008 年，汤计受社里指派，经过反复调查，写出《万里大造林还是万里大坑人》一系列报道，用文字的利剑，戳穿喧嚣一时、祸及全东北地区的以投资种杨树为诱饵的"万里大造林"集资骗局，督促有关司法部门立案审理，采取法律手段为受骗者追讨合法利益。"万里大造林"残余利益团伙死不甘心，在网上发动责骂攻势之后，又聚众到新华社内蒙古分社门前闹事，扬言"出一百万要汤计人头"。那天汤计正在社里陪客人，借助社里领导和同事的掩护，汤计混在客人中走出，与闹事者擦肩而过，不然后果真的不堪设想。汤计在博客里这样回答那些闹事者："我既然想做一个好人，就不能眼看着群众受骗！我博客里的很多作品，都是我冒着政治风险甚至是生命危险换来的。如果我是个自私鬼，这些年我怎么能写出那么多揭露时弊、惩治邪恶、帮助蒙冤群众昭雪的好新闻？"

2005年3月，一个王姓木匠伪装成港商来到呼和浩特市，牵着市政府的鼻子签下合同，称在商业繁华区建设"我国西北地区第一高楼——金鹰国际CBD"。随着一声闷响，新建四年的呼和浩特公安局指挥中心大楼和呼和浩特市政府旧楼一起轰然倒地，其他一些建筑也相继拆除，假港商得到了呼和浩特市中山西路黄金地段的50多亩土地。

尽管获得了呼和浩特市给予的极端超常规的优惠政策，"实力雄厚"的假港商却再无钱注入，"西北地区第一高楼"也很快沦为烂尾工程。假港商开始在呼和浩特民间从事非法集资活动，从而引起了媒体和警方的注意与调查。

在接到呼和浩特市一些公务员和市民的举报之后，新华社内蒙古分社立刻向总社做了汇报请示，总社要求内蒙古分社履行职责，分社党组决定由分社社长吴国清挂帅，汤计牵头，负责调查此案。

这时候，汤计经手的呼格吉勒图冤案重审，正值推进艰难之时。这一桩伪港商非法集资案，火上加炭，使汤计成了万人瞩目的双重焦点。谁在期盼着自己手里的笔，谁在诅咒着自己手里的笔，汤计心里明镜一般地清楚，他做好了各种自我保护预案，毅然踏着地雷阵前进。

一连几个早晨，汤计特意来到被炸倒的市公安局和呼和浩特市政府大楼废墟边上，走走看看，与稀稀拉拉的施工工人聊天。这个大个子就是新华社记者，新华社记者来了！有人想看看新华社如何下笔，收拾掉伪港商王木匠；有人不露声色，想看上了贼船的呼市党政领导如何下贼船；当然也有人挖空心思算计如何抵制阻止新华社的调查……新华社内蒙古分社，等于公开地站在了各种社会力量博弈的风口浪尖上，后来锒铛入狱的时任呼和浩特市市长汤爱军，直逼吴国清社长办公室，以种种理由要求停止调查。于是汤计索性出现在第一现场，高调亮剑——我们是党的耳目喉舌，为了使命，认定的事情一定要做到底。

一阵阵裹挟着废墟沙尘的风，在汤计的脚下盘旋。

在吴国清和汤计连续九篇内参和公开报道的督促下，伪港商终于被绳之以法。他们接着根据呼和浩特市干部群众的强烈要求，开始对当时呼和浩特渎职官员进行追踪彻查，对案子进行深度报道。这时候，公然的恐吓出现了，说起来十分可笑，恐吓新华社记者的居然是时任呼和浩特市某要员。吴国清把这位要员邀请他吃饭的事情告诉了汤计，汤计说："这是鸿门宴，你要小心点儿。"老吴说："光天化日之下我倒要看看他们如何表演。"吴国清这位不喝酒不抽烟的客人，席间只有微笑，没有一点儿让步的表示。请客的某要员手足无措，恼羞成怒，就在送吴国清回家的车上，他突兀而生硬地冒出恐吓："告诉汤计，再写，我把他抓进去。"

吴国清什么大风大浪没有见过。他冲冠一怒，大喝一声："停车！"

下车之后，吴国清挺直身板，目光炯炯地面对某要员，声音不大，却字字清晰有力："还是让我来告诉你吧，你动汤计之日，就是自己完蛋之时！"说罢，转身而去。

汤计感动地说，我们新华社就是这样，你在前线冲锋陷阵，领导永远是坚如磐石的后盾。在依法治国时代的背景下，有社会正义的支持，此时的汤计无所畏惧，步步为营。

七

果然是得道多助。在汤计推进呼格案重审的第二篇内部报道发出七天之后，一个中年男人悄悄地来到了他的办公室。

汤计抬头一看，此人身着便装，站姿挺拔，两只眼睛透露出机警。他看见屋里有人，没说话，也没有退出，一个手插在口袋里，站在汤计跟前。汤计见状，打发走了和他谈事的学生。

非常时期，汤计很敏感，他问："警察吧？"

来人说:"汤老师,你真行,看出来了。我是呼市看守所的。"说罢从口袋里拿出警官证让汤计过目,随后又拿出一张复印件。

汤计接过复印件一看,非常感动。这位警察拿来的是赵志红在狱中递出来的"偿命申请书"复印件。他担心在特殊形势下,这份偿命申请书递不到领导手里,所以复印了一份给汤计送来。没等汤计反应过来,他已经转身离去了。汤计知道,他是冒着风险做这件事的。

赵志红的偿命申请书是这样写的:

> 尊敬的高级人民检察院检察官,你们好!
>
> 我是"2·25"系列杀人案罪犯赵志红,我于 2006 年 11 月 28 日已开庭审理完毕。其中有 1996 年 4 月 18 日(准确时间是 4 月 9 日)发生在呼市一毛(第一毛纺厂)家属院公厕(的)杀人案,不知何故,公诉机关在庭审时只字未提!案确实是我所为,且被害人确已死亡!
>
> 我在被捕之后,经政府教育,在生命尽头找回了做人的良知,复苏了人性!本着"自己做事、自己负责"的态度,积极配合政府彻查自己的罪行!现特向贵院申请派专人重新落实、彻查此案!还死者以公道!还冤者以清白!还法律以公正!还世人以明白!让我没有遗憾的(地)面对自己的生命结局!
>
> 综上所诉(述),希望此事能得到贵院领导的关注,并给予批准和大力支持!
>
> 特此申请
>
> 谢谢!
>
> 呼市第一看守所二中队十四号罪犯赵志红
>
> 2006 年 12 月 5 日

汤计分析,赵志红写这个东西,不管他出于何种动机,就"4·9"女尸案一案两凶这一新闻事件来讲,等于又出现了新的重大案情。那么,作为一个新华社记者,必须及时予以上报。但是,这篇内参稿子怎么写呢？就这么些字，前面的案情没必要重复，后面的事情还看不出端倪……经过反复沉思，汤计终于想出了办法，他决定把赵志红的偿命申请书原文呈送上级。于是，他仅加了一些说明文字，以"'杀人狂魔'赵志红从狱中递出'偿命'申请"为标题，附上赵志红的原文，向总社发出了关于此案的第三篇报道。稿子看上去简单了点儿，总社能发吗？结果，对这篇稿件，从分社到总社，从编辑到领导，一路绿灯，最后，新华社总编辑何平亲自签发了这篇稿件。

过了几天，时任内蒙古人民检察院检察长邢宝玉打来电话，听语气有点儿不太高兴："汤计，赵志红的偿命申请书是写给我的，你怎么拿去了？"

汤计一听明白了，邢宝玉要的应该是原件，这说明他没有见到原件，也说明中央领导对此事做了批示，并且已经传达到了自治区。

汤计告诉邢宝玉："我没有原件，只有复印件。"

邢宝玉很奇怪："那原件哪里去了？"

汤计说："你到现在还没有见到原件，说明你那里有肠梗阻！"

此时，汤计很感激那位警察兄弟，他真是料事如神，如果当时他不把复印件给汤计送来，那么原件或许真的会永远消失。

一个小时之后，邢宝玉又打来电话："汤计，对不起，原件没有传到我这里，问题出在我们这里。"

就这样，在中央、最高法、最高检领导的关注下，赵志红作为呼格案的关键证人被留了下来。

看似一切都在顺理成章地进行着，呼格吉勒图案的重审指日可待。

呼格吉勒图一家人眼巴巴地盼着，时时刻刻准备着，汤计也在乐观地等待着。他们每天都要接到来自朋友、同志、领导的电话询问，社会各界都在关心着这件事。可是，他们盼望的那个电话迟迟没来。

八

一年过去了，重审不仅没有启动，事情还变得扑朔迷离起来。

汤计去自治区政法委询问。胡毅峰告诉他，核查组已经有了结论：用法律术语讲，当年判处呼格吉勒图死刑的证据明显不足，用老百姓的话说，就是冤案。可是政法委无权改判，要经过法律程序。核查组副组长、自治区政法委监督室主任姜言文说："核查组的工作已经结束，已经拿出了意见和结论，但这不是最后的法律结论，法律结论得体现在法院的判决书或者裁定书上。"

重走法律程序，需要经过公检法三个系统。公安、检察系统应该没有什么问题，在赵志红交代自己是"4·9"案的真凶以后，自治区公安厅和呼和浩特市公安局成立了专案组，进行了追查，得出赵志红是真凶的结论。一案没有二凶，那么呼格吉勒图就不是凶手。自治区检察院的意见是，呼格吉勒图案子证据不足，就应该疑罪从无，予以改判。

走法律规定的审判程序，首先应该由检察机关就呼格案向法院提出抗诉，也就是要求法院予以重审，这是检察机关代表国家监督法院的权利。抗诉不能轻易启动，法院如果用维持原判来回应抗诉，按我们国家司法条文，二审如果维持了原判，即为终审。现在，问题的关键是如何让自治区高级人民法院认识当年的错误，积极主动地提起重审。

虽然中央有关领导、最高法院、最高检察院对这个案子的重审有过指示，自治区党委和政府也有明确态度，但是内蒙古高级人民法院就是不提起再审。因为如果重审此案，势必就要追究当初办案人员的责任，自治区高级人民法院还要支付国家赔偿。当时的自治区高级人民法院领导顾虑重重，迟迟按兵不动。说到底，还是从局部利益着想，没有考虑如果这个案子不重审，受伤害的不只是李三仁一家，还有损亿万国人对法律的信心，有损党和国家的形象。

当年呼格吉勒图案二审的审判长，连呼格吉勒图案的卷宗都没看，就让一个书记员替他签字把呼格勾决了。汤计得知这种情况后，气得拍案而起："啥叫草菅人命？这不就是活生生的案例吗！"

公理有公理的逻辑，私欲也有私欲的门道。每次自治区政法委召开研究呼格吉勒图案联席会，自治区高级人民法院总是派出这个本应该回避的审判长参加。此人已经升任自治区高级人民法院刑一庭庭长，由他代表自治区高级人民法院参加研讨呼格案的会议，严重影响办案。

李三仁和尚爱云去自治区高级人民法院上访，好不容易拦住了院长，院长却把这个审判长找来应对他们。尚爱云一见到这个人，就火冒三丈。她拍着桌子质问那位院长："他是你亲戚还是啥？你就这么袒护他，你懂不懂回避制度？当年就是他错杀我儿子的，现在他应该回避，你叫他来什么意思？"

行到水穷处，坐看云起时。汤计想明白了，虽然事实明明摆在那里，法院却在事实的外面建起一道玻璃墙，把你和你要的东西隔离开了。汤计心想，你们不动，我就动用舆论来促使你们动。

九

2006 年年底，汤计把呼格案的相关材料梳理一遍，写出了两篇通讯——《死刑犯呼格吉勒图被错杀？——呼市 1996 年"4·9"流氓杀人案透析（上）》《死者对生者的拷问：谁是真凶？——呼市 1996 年"4·9"流氓杀人案透析（下）》，发表在新华社内部刊物上。《瞭望》新闻周刊总编辑姬斌看到后，认为这是一桩有典型意义的司法事件，如果公开发表，会对全国的司法进步以及民众法律意识的提高产生积极影响。他即刻让政治编辑室主任史湘洲给汤计打电话，商量找几个法律专家深入探讨，写成一篇文章在《瞭望》公开发表。很快，《瞭望》编辑室的相关人员采访了几位法学专家，与汤计合作写成了《疑犯递出"偿命申请"，拷问十年冤案》一文，并于 2007 年 1 月 9 日公开发表。

这篇文章采用专家的观点提出对呼格吉勒图案重启再审程序的

三个可行途径，同时，也提醒各级法院落实好最高人民法院当年1月1日收回的死刑核准权，使慎杀少杀的原则在实践中得到体现。法律剥夺一个人生命的过程越复杂，就意味着当事人的合法权利能够得到最大限度的伸张，更意味着冤假错案的概率将被降到最低。尊重和保障严格的司法程序，维护法律程序本身的独立价值，是最大限度避免冤案发生的根本途径，也是中国走向法治国家的必然选择……

"呼格案"就这样从内部走向公开。一石激起千层浪，情形果然如姬斌总编辑预料的那样，国人皆知"呼格案"，网络热议"呼格案"，媒体穷究"呼格案"，汤计和李三仁夫妻，每天接到数不清的电话和网络留言，四面八方一片关切支持之声。

赵志红案的一审已经远远超期，按照规定，早该判刑送二审了。

社会舆论哗然，将这种情形作为一种司法不力的冷笑话："报案小伙儿已冤死，杀人恶魔仍苟活……"李三仁、尚爱云委托的律师苗立发声："呼格吉勒图是否错杀，不应该由赵志红是不是'4·9'案件的真凶来确定。如果说赵志红对'4·9'案件的供述，促使了有关部门开始复核呼格吉勒图的死刑判决，现在复核的结果已经有了，当年判处呼格吉勒图死刑的证据明显不足。那么，就应该对呼格吉勒图案提起再审。"

李三仁夫妻在2006年年底就将相关法律材料递交自治区高级人民法院，一直没有得到答复。律师到自治区和呼和浩特两级法院要求审阅案卷，也被以种种理由拒绝了。

为了了解情况，寻找新的突破口，汤计去请教他的一位老朋友——呼和浩特市中级人民法院院长。这位院长是一位法律专家。他告诉汤计，法院认为，公安局找不出物证能证明是赵志红作案，只有他的口供。根据法律，不能只凭口供定案。按照这个逻辑，真凶不是赵志红，就是呼格吉勒图……这大概恰恰是某些人此时希望的结果。

证据，物证，人证……汤计马不停蹄，跑公安局，请教专业人士，搜集与呼格案有关的一切信息。强奸案，首要的证据就是强奸犯的精斑。案发时，女子的尸体裸着下半身，被放倒在厕所的隔离矮墙上，是不可置否的强奸案。那么，第一件事就是要提取精斑，而精斑在哪里呢？

法院现在反过来要求公安局提供这一证据。

知情人的说法大相径庭。有人告诉汤计，现场没有采集精斑；有人说采集了，但是工作不认真给弄丢了；有人说，当时要求从严从快，经费又紧张，办案人员认为有其他证据支撑，就放弃了精斑鉴定；也有人直言不讳——采集精斑以后，发现不是呼格吉勒图的，另有凶手，就把精斑扔掉了。汤计去调查，警方说是采了，交给检察院方面了，而检察院方面却说什么也没有收到。按照制度，交接物证是需要手续的，谁签收的？无案可稽。

最关键的证据就这样永远地不得而知了。

汤计思索，警方既然承认提取了精斑，交给了检察院，就说明这是一起强奸杀人案，那为什么最终给呼格吉勒图定了一个流氓杀人罪？为何回避女尸被强奸过的事实？这就和"发现精斑不是呼格吉勒图的，另有凶手"的说法有了吻合处，这中间掩盖着什么秘密？汤计百思不得其解。

第二个证据是血型，汤计无法看到卷宗，不知道呼格吉勒图的血型，然而即便他和死者的血型一样，同样血型的人有的是，不足以证明罪犯就是呼格吉勒图。

第三个证据是皮屑。汤计怀疑呼格吉勒图当时喝了酒，又正值性萌动的年龄，他趴在墙头上往女厕所里看，看见有个女人一动不动，很奇怪，就进去触动了一下，发现是个尸体，也吓了一跳。为了掩饰自己趴了墙头，就说听见女厕所有喊叫的声音，才闯进了女厕所。结果，这句话他就永远解释不清了，成了办案人员"顺藤摸瓜"的线索。

案发现场还应该有其他物证，如罪犯的脚印、女尸脖子上的掐痕、毛发等，办案人员都没有提取留存。这又是什么原因？

关于作案时间，汤计再一次请教皋凤存。皋凤存是这样分析的：据判决书记载，呼格吉勒图是晚 8 点 40 分作案。但是证人闫峰两次做证——当晚 8 点 45 分他和呼格吉勒图要回车间上班，他们是掐着表吃的饭，8 点 40 分离开饭馆。而被害人的同事证明，被害人是 7 点 40 分出去上的厕所，所以呼格吉勒图 8 点 40 分见到的应该已经是一具尸体了。那么，法院认定的时间和实际案发时间就有一个小时的差距，足以证明呼格吉勒图不是作案人。难道办案人没有注意到这个时间差吗？

关于口供，事实上呼格吉勒图在庭审时已经翻供，说出办案人员涉嫌严重的刑讯逼供、诱供，这样的所谓口供已经失去可信度，不能作为证据使用了。相反赵志红口供是比较符合逻辑的。尸检报告及照片显示，死者短发烫发，呼格吉勒图交代的却是披肩发、不烫发；赵志红交代的死者身高到他脖子左右，准确地说出 155 到 160 厘米之间，法医测量的尸长果真是 155 厘米，而呼格吉勒图交代的死者大约高 165 厘米，明显不准确。另外，呼格吉勒图交代，他与受害人曾有对话，受害人说普通话，可是死者的亲人、同事却证明，死者只会说地方话……汤计采访了很多看过卷宗的警察和专家，他们一致认为，即便只凭口供对照，也该为呼格吉勒图平反。

法院就是坚持要物证。

汤计感到自己的钥匙丢了。人家说，你不是要证明这间房子是你的吗？那么拿出你的钥匙。汤计说，房间里有我的手稿书籍还有手机，细细解释手稿是啥手稿，书籍是啥书籍，手机是啥牌子的，可是人家不管这些，就是要钥匙。

你说你有理有据，你说你真理在手，都没有用，你把钥匙拿出来好了。

十

怎么办？汤计再次求教邢宝玉。对于呼格吉勒图案，邢宝玉的态度是"有错必纠，实事求是"。他认为呼格吉勒图如果得以平反，必然会提升全民对司法的信心。

邢宝玉曾经给汤计设计过一个思路：法院死咬着说呼格案没有证物，可以按照"疑罪从无"的思路去解决问题。这样，法院方面可以不处理人，压力就小了，这个孩子的罪也就洗清了。等平反后，再去申请国家赔偿和追究相关人员的责任。但是他和汤计商量之后，又觉得呼格吉勒图家人难以接受这个思路，李三仁和尚爱云坚持上访、上诉这么多年，就是要为儿子找回无罪的清白名誉。

汤计和邢宝玉相对而坐，像在写字台上下一盘棋那样凝神深谈。这一次，汤计问邢宝玉："你们检察院为什么不去抗诉，检察院一抗诉法院就得开庭再审啊？"

邢宝玉说："这可万万使不得。法院现在不在状态，我抗诉他就会维持原判，法律上规定再审就是终审，一旦维持原判，程序上就成死结了，那边就可以把赵志红执行死刑，呼格案也就永久成谜了。"

邢宝玉提醒汤计说："你们新华社应该继续发稿子，建议最高院把呼格案拿到外省市法院跨地区审理。"

邢宝玉的建议使汤计眼前一亮。他很快采访了相关律师、公安干警、法院领导、政法委领导和法律界的相关人士，征求他们的意见，果然获得了他们的共识。2007 年 11 月 28 日汤计发出第四篇内部稿件《内蒙古法律界人士建议跨省区异地审理呼格吉勒图案件》。

不久，最高人民法院派人到内蒙古高院协商异地重审，但前提是呼格吉勒图父母要提出申请。对此李三仁和尚爱云完全没有思想准备，当自治区高院派出一个副院长和他们谈的时候，老两口儿觉得非常突然，觉得在内蒙古有这么多正义之士支持尚且如此艰难，去了外地人生地不熟，恐怕问问案子都困难。所以，李三仁与尚爱云拒绝了异地审理的提议。

在上级和舆论的压力之下，内蒙古高院称正在进行内部复查，还是没有启动重审程序。谁知这一拖，情况就发生了变化，呼格吉勒图案的重审进入了长达三年之久的冰冻期。

十一

2008 年到 2011 年这段时间，积极推进呼格吉勒图案重审的自治区政法委书记和核查组组长退休，常务副书记胡毅峰调到自治区人大常委会做秘书长，政法委秘书长、核查组副组长也都相继调离，已经有了结论的案子和原本热烈的舆论，日趋淡出人们视线。

李三仁和尚爱云上访的火车票，已经攒了厚厚的一沓。他们到内蒙古高级人民法院申诉询问也已经有九十多次了。

为了能见到时任自治区高院院长，尚爱云甚至豁出被撞的危险，去拦院长的座驾。

走投无路的老两口儿打起了条幅，站在自治区两会会场外面，希望引起关注。

而张铁强却代表着国家机器，在会场外面吆五喝六地指挥安全保卫。有一次，他看到了李三仁和尚爱云，马上使了一个眼色，下边的人冲过来拽住尚爱云，拧着她的胳膊要带她找个地方谈谈。尚爱云冲着与会的代表大声喊："我不去，我怕你们害死我……"他们这才松手。

到会采访的汤计看在眼里，痛在心里。

为了要李三仁、尚爱云保持信心，汤计一次次把他们请到自己的办公室，推心置腹地嘱咐他们，要相信这个国家是有正义的，相信中国的法治建设会不断进步，坚持正常渠道上访，到日期就去自治区高级人民法院询问何时重审，千万不要做出偏激的举动。他也支持老两口儿争取舆论支持。

在北京，人民大会堂前，老两口儿找到一位来自河南的农民工全国人大代表，陈述自己的冤情，那位人大代表收下他们的申诉材料，带到了会上；他们一直与北京《法制晚报》保持联系，及时披露案情的变化，让轰动全国的呼格吉勒图一案始终不脱离公众的视野。经过漫长的申诉之路，李三仁和尚爱云变得理智了，坚强了，他们的视野和格局也变得开阔了。他们说："我们要找回儿子的清白，愿天下不再发生冤案，就是维护中国法律的光明正大。"

汤计已经把推进呼格案的重审作为自己毕生的使命。还有一个无私无畏的人作为同盟军，始终与汤计站在一起，他就是赫峰。赫峰时任呼和浩特市公安局副局长，与呼格案的始作俑者张铁强同在一个领导班子里工作，分管刑侦。是他率队破获了赵志红案，并根据赵志红的交代，带人去现场核实，确认赵志红是真凶；在成立专案组后，是他第一个发现当年侦办此案的张铁强举止反常，并迅速向公安厅领导汇报，令张铁强离开专案组，保证了复查顺利进行；复查卷宗时，也是他第一个发现呼格吉勒图翻供的笔录被故意隐匿；在政法委、公安厅已经得出呼格案是错案的结论，却没有进一步结果的情况下，是他第一个寻找正当途径，向上级反映情况的；也是他第一个接受采访，披露案情，为汤计的五篇内参提供了主要材料。2012 年张铁强晋升为呼市公安局副局长，时任内蒙古自治区公安厅厅长赵黎平（现已因涉嫌持枪杀人罪被捕）专门出具手谕，证明"张铁强与'呼格案'无关"，在这种情况下敢于冒犯领导顶烟上，第一个提出质疑张铁强的也是赫峰。

在长达九年的时间里，汤计与赫峰风雨同舟，和李三仁、尚爱云一家成了息息相关的亲人。他的坚持也从一开始的职务行为变成了义不容辞的责任。

2011 年 1 月，仿佛残存的坚冰开始酥软，传递出来一丝淡淡春意，胡毅峰这三个字，突然回到了他们的视野里。自治区两会传出消息，胡毅峰当选自治区高级人民法院院长。尚爱云接到大儿子昭力格图电话的时候，高兴地问了一遍又一遍："儿子啊，你听准了吗？真的是胡毅峰，原来政法委的那位副书记？"

汤计认为胡毅峰当选后定会担当道义，推进呼格案的重审，但是如果他一到任，立即推动呼格案的重审，在高院内部应该有一定阻力，所以必须给他创造一个由头，让他顺理成章地提出这个问题。

汤计再次发起攻势。他考虑到网络媒体的力量不可低估，受众面广，反馈迅速，就组织分社电视记者邹俭朴、林超在 2011 年清明节做了一期视频节目《十五年冤案为何难昭雪》。汤计本人和李三仁、尚爱云、赫峰出镜。

在这期被《新华视点》采用的节目里，赫峰有理有据，直言不讳："为了更慎重起见，我和公安厅的有关领导把这两份卷宗拿到公安部，当时公安部刑侦局的主要领导，分析完以后表示，单从这两份卷宗内容来认定谁是这个案子的真凶，那必定是赵志红。

"当时给呼格吉勒图定罪的那些物证已经灭失了，不存在了，你反过头来再想找到那些物证去给赵志红定罪，那不可能，因为物证有一个保存期，过了保存期就不留它了。

"这个案子当时办得很粗糙，如果当时公安机关、检察院审理这个案子，法院审判这个案子都认真一点儿、负责一点儿，不至于会出现这样的问题……"

在节目现场，记者先后拨通内蒙古自治区高级人民法院和内蒙古自治区检察院几位负责人的电话，他们表示对本案还在调查中，或者表示不清楚情况，拒绝透露更多的消息。内蒙古自治区公安厅有关负责人对记者说："'4·9'命案成了各方不敢碰触的烫手山芋，起诉卷从呼市公安局转到呼市赛罕区分局，最后又退回了公安厅，目前正在等着开公检法协调会……"

在节目的最后，主持人呼吁："如今，距离呼格吉勒图被执行死刑已经过去了 15 年，而真凶落网也已经过去了近 6 年。为了还儿子一个清白，李三仁、尚爱云老两口儿已经奔走了 15 年，我们不知道，为了替儿子申冤，他们还要坚持多久？"

这一节目被优酷网转发，点击量达到数十万，新华社的呼吁得到了积极回应。汤计感受到新媒体的力量，他抓住时机又发出了题为《呼格吉勒图案复核六年后陷入僵局，网民期盼真凶早日伏法》的内部报道，中央领导很快做出了批示。

最高人民法院专门派人到内蒙古高级人民法院督查。胡毅峰已经做好了准备，顺势而为，成立了呼格案复查组，选了五名具有法学硕士以上学历的精干法官，反复研究案卷，找办案警察和检察官调查，很快把案情搞清楚了，得出了正确结论。

2012 年的一天，汤计在胡毅峰的办公室里见到了厚厚的呼格案卷宗。这是胡毅峰院长让人复印的，他说自己看了第一遍，就用了整整三天，后来又反复看了几遍。汤计和他谈起案情，发现他对每一个细枝末节都研究得十分透彻。胡毅峰说："汤计，你可不能再写了，我这里调查组正在调查着呢，你看看我自己还亲自审案卷呢。"

到了这年夏天，在一次会议上，汤计与胡毅峰相遇。胡毅峰扯着汤计的衣角，把他叫到一边，悄声说道："呼格案已经复查完，准备彻底平反了。"

一切都在向好的方向发展，就像人们常说的那样，万事俱备，只欠东风。

只是在赫峰那里，压力仍然不小。

十二

2012 年 11 月 8 日，党的十八大召开，中国的历史开启了崭新的一页。

新一届自治区党委同意对呼格案进行重新审理。

由于长期劳累，汤计的身体出现了问题，临床症状是便血，浑身乏力。那天，汤计准备赴京看病，正忙着整理办公室。突然进来一屋子老头儿，把十八九平方米的办公室挤得满满的。这些老头儿一个个弓着肩，皱着眉，嘶哑着嗓子，吃力地说着曾经讲述了无数遍的遭遇，眼睛里已经没有了眼泪，尽是深深的苦楚。

早上离开家的时候，妻子还在说，汤计啊汤计，你听点儿话行不行，可别继续破车好揽债了行不行？咱已经不是当年那个拍着篮球跑一天不知道啥叫累、背上一袋麦子走十里八里不大喘气的汤计了……而此刻看着这些白发苍苍的老头儿们，汤计什么都忘了，他没有说话，却已经拿起纸笔，开始记录案情。

1999 年，内蒙古农牧厅下属的国有农机公司改制，整体合并进了乌兰察布盟农机公司，乌兰察布盟农机公司也改制为股份制企业。政府答应，原来内蒙古农牧厅农机公司退下来的三十名老职工，一律走社保，政府负责交社保，计二百万元。可是这笔费用一直没有落实，所以这些下岗老职工，一直没有经济来源，成了儿女和亲友面前的乞食者。他们原来单位的办公楼是一笔财产，价值两千万元左右，可是已在合并中交给了乌兰察布盟农机公司，已经成了别人的财产。

他们到乌兰察布市政府上访过很多次，要求用本单位的大楼抵社保，由于事情拖延的时间较长，铁打的衙门流水的官，新上任的领导们都忙于开拓自己的新政，没人愿意捡起来打理这团历史遗留的乱麻。

汤计问："那让法院把楼执行回来，一拍卖，社保钱不就有了吗？"

老头儿们说："听说领导有话，说楼是政府财产，法院不能执行。汤记者啊，他们都说你手里的笔是支金笔，可管用呢，你就给我们写个稿子报上去吧！"

汤计没有敷衍推诿，把这些老者送到楼下，让他们回家耐心等待调研结果。他在赴京之前硬撑着身子，去了一趟乌兰察布市。他跟妻子请假，说当天就回来，结果一进入状态，就全然顾不上自己的身体了，一口气跑了好几天。他调查之后认定老头儿们的说法属实，那幢楼房的确还在已转制为私企多年的原乌兰察布农机公司手里。由于市政府某位领导的干预，检察院放着七年前的案子不起诉；法院虽然已经宣判这幢楼是国有资产，但是他们不愿担当，与检察院互相推诿，一直没有执行收回。

汤计到检察院提出批评建议："你们七年置放案件不起诉，属于严重的程序违法，如果我给予公开报道，就是司法界一个负面消息，建议你们赶紧依法作出决定。"

汤计又到法院提出了自己的意见："请你们联合检察院一起找你们的那位有关市长汇报去，就说我建议，法院赶快对那幢在乌兰察布农机公司手里的楼房执行依法收回，然后由法院评估拍卖，所得资金补交足原下岗人员的社保费，其余留给政府。你们捎话给他，任何人没有权力干预司法，法院的执行权是神圣不可侵犯的。如果他还要干预，那我一定奉陪到底。"

那个副市长一听这番话，反应倒是挺快，马上说："我什么时候不让执行了？我跟你们谁说的？你们法院该执行就执行得了，问我干什么……"法检两院的院长面面相觑，欲言又止。不过结果很好，检察院、法院开始安排对那幢大楼的执行。

就在这时汤计的体检结果出来了，结肠中的恶性肿瘤已经长得连肠镜都无法穿过那么大。手术的前一天，躺在北京协和医院的病床上，汤计的心里惦记着乌兰察布的那些老头儿什么时候能终止上访，过上温饱的日子……

手机响了，是乌兰察布市中级人民法院执行局负责人打来的，他说，明天他们将去执行收回那座大楼，担心有人会发动不明真相的职工阻拦，乌兰察布农机公司使用这座楼十几年了，如果不肯轻易交还，恐难执行成功，请汤老师到场督办。

汤计的手上扎着静脉点滴的针头，妻子帮着他拨通了社里的电话。他安排了第二天去现场的记者，叮嘱他们带上照相机全程跟随执法人员，如果有人胆敢阻拦，就是妨碍司法。他还叮嘱同事："要把发生的情况第一时间告诉我，出事儿我就推迟手术，马上发文给北京。"

还好，这个预案没有用上，法院的依法执行十分顺利。

汤计手术后上班没几天，获得了社保的那三十个老头儿手里拿着锦旗，肩上挂着一串串鞭炮，乐颠颠地感谢汤计来了。只见老头儿们脸上荡漾着喜气，说着"新华社好，汤老弟好人啊！我们上访了十四年，还是在新华社见了天日了，大恩不言谢，大恩不敢忘……"的心里话，汤计不由得一扫病容，喜上眉梢。他伸手把鞭炮从老人们的肩上拿下来，告诉他们："这里是新华社，不能放炮，你们的情谊我心领了。"谁知，他忽然听见身后连续有"扑通、扑通"的声音，回头一看，地上已经跪倒了一片白发人。汤计鼻子一酸，眼泪夺眶而出。

汤计一一扶起他们说："老哥哥们，如果不是有病在身，我要请你们喝上一顿酒，转制的时候，你们承受了这么多的困难，往后安度晚年吧。再有困难，还来新华社找汤计。"

十三

躺在病床上的那些日子，汤计整天讲段子、扯闲篇儿，为的是安慰妻子和孩子们。夜深人静，他却无法入眠，一个劲儿地胡思乱想。现在农机公司下岗职工的困难解决了，最叫他挂心的人，是李三仁与尚爱云老两口儿，他们已经是老年人了，还能坚持多久？没有谁能比自己更熟悉这个案子的来龙去脉，没有谁能有新华社这样坚如磐石的后台，如果此时撒手，后事难料。更重要的是，这个案子成功了，就是中国死刑冤案重审的第一案，应该是党的十八大以后中国司法进步的具体体现，对全面依法治国的进程会产生正能量。

一个人在身体虚弱的时候，往往会回首往事。不知因为啥，就想起了少年时经常背诵的毛主席语录——为人民利益而死，就比泰山还重。那么自己在和这个世界说再见之前，能为人民做的事情，莫过呼格吉勒图一案的平反昭雪了。他暗暗告诫自己，汤计，你要坚持，无论如何也要坚持重返工作岗位，必须亲眼看到这老两口儿脸上的愁容变成笑颜，你才能闭上眼睛。

手术后活检结果显示，汤计的结肠癌为早期发现，无须放疗化疗，可以出院保守治疗，全家人转忧为喜。汤计重返工作的第一件事就是继续推进呼格案的重审。

他了解到，经过反复审核，自治区高院已认定呼格吉勒图无罪。在这一结论确立的前提下，以什么理由来纠正呼格案，内蒙古自治区高院再次统一了认识，再审判决书最终认定呼格吉勒图为作案人的事实不清、证据不足。

2014年6月，自治区党委政法委召开公检法三长会议，为呼格案平反做维稳预案；成立了呼格案平反领导小组，组长由自治区党委副书记兼政法委书记李佳担任，自治区高院院长、检察长、公安厅长任副组长；大组里分六个小组：维稳组、审判组、教育组、国赔组、安抚组、问责组。九年工夫，九年发力，呼格案的重审，就像一个时而冲锋、时而徘徊的足球，终于闯过一道道防线，来到了球门之前，现在就差临门一脚了。

为什么好消息迟迟不来。眼看要到国庆节了，汤计实在不愿意看到这件事拖到 2015 年。

汤计在办公室里实在坐不住了。他邀请新华社内蒙古分社副总编辑吴献一起来到了内蒙古高院胡毅峰院长的办公室。

汤计没有任何寒暄，甚至带着一些急躁，开门见山地说："我们是来协调推进呼格案尽快重审的，请正面回答我们的采访，不要讲官话，我们的稿子要把您的话写进去。"

当汤计把写好的稿子传真给胡毅峰，胡毅峰审阅后很痛快地答应，可以发表！

11 月 4 日，吴献和汤计写的稿件被新华社作为通稿发出："内蒙古自治区高级人民法院院长胡毅峰在办公室接受了记者采访，他指着厚厚的呼格吉勒图案卷宗复印件说：'法院正在依法积极复查，此案的每一个细节都深深印在我的脑海里，我们将以事实为根据，以法律为准绳，把这起案件复查好，让人民群众感受到公平正义。'据胡毅峰介绍，复查过程中，法院并没有遇到障碍和阻力，一切都在严格按照法律程序进行。"

汤计立即联系《法制晚报》，请他们跟进发布了一条"呼格案将立案再审"的重磅消息。

汤计积极和中央电视台《法治在线》栏目组沟通，请他们到呼和浩特来专题采访呼格吉勒图被错杀案的重审。

汤计对赫峰只说了一句话，因为他知道这句话对于赫峰来说，就是一道闪电，足以一扫他眼前全部的畏葸。他的这句话是："赫局长，咱俩都是共产党员，需要我们站出来的时候到了！我把猛料全部抖搂出去了，现在就看你的了。"

咱俩都是共产党员啊……说话之间，汤计被自己打动了，泪水难以抑制，热汗将握在手里的电话浸湿了。

电话里一片沉静，只听到赫峰的唏嘘之声。

这一次，已经被勒令闭嘴的赫峰又勇敢地出现在中央电视台的镜头前。

焦点！焦点！呼格案以焦点的方式，凝聚了天下父母的关切，凝聚了社会各界的声援，凝聚了正义和法律的力量！汤计及时推波助澜，安排青年记者邹俭朴收集网上舆情，采写了第六篇内部报道——《呼格吉勒图案舆情持续发酵网民呼吁尽快再审》。这篇稿件于 2014 年 11 月 16 日抄送最高人民法院院长。

依法履行了一系列程序之后，2014 年 12 月 13 日下午，内蒙古自治区高级人民法院在微博上发布了呼格案再审判决的送达预告。尚爱云急匆匆地给汤计打来电话，告诉他，法院已经通知他们家，将把判决书送到他们家里。

汤计放下电话，立刻向社领导汇报，请求启动采访预案，第一时间向全国现场直播。

2014 年 12 月 15 日，内蒙古自治区高级人民法院常务副院长赵建平带队来到呼格吉勒图父母家，将案件再审判决书送到李三仁和尚爱云手中。判决书内容主要包括两点：一是撤销内蒙古自治区高院 1996 年作出的二审刑事裁定、呼和浩特中院 1996 年对呼格吉勒图作出的一审刑事判决；二是宣告原审被告人呼格吉勒图无罪。

赵建平副院长同时通知李三仁和尚爱云可以向内蒙古高院申请国家赔偿。赵建平站起身来，深鞠一躬，真诚道歉说："我这次来是受胡毅峰院长的委托，也代表自治区高级人民法院，向你们表示真诚的道歉，对不起。我们从今以后一定会吸取这个教训，深刻反思办这个案子过程中法院存在的问题，决不能让呼格吉勒图这种悲剧再重演。"赵建平还为呼格吉勒图的父母带来三万元慰问金。

李三仁和尚爱云接过法律文书，逐字逐句读罢，默默地签名，按手印。

汤计身着大红色的冲锋衣，站在人群之中，屏声静气，双手合十。九年拼搏，时光历历，他终于看到了正义的到来，看到了法律的胜利。

程序结束，赵建平带队离开。各媒体记者和诸位见证人，也纷纷告别离去。汤计起身正要出门，李三仁和尚爱云突然一起扑到他的身边，汤计敞开宽大坚实的胸怀，和他们紧紧拥抱在一起。再也无须克制，三个人泪水合流，久久不能平静。

至此，汤计完成了一个记者的九年长征。

2016 年年初，27 名对呼格冤案负有责任的相关人员受到了党纪政纪处分，其中涉嫌犯罪的张铁强正在接受司法侦查。

在汤计的帮助下，呼格吉勒图草葬于荒野的骨灰迁入新墓。

当人们从这里走过，会带走深思。

（原载《人民文学》2016 年第 10 期）

郭建梅：中国首位公益律师的苦与乐

张晴

【郭建梅简介】

郭建梅，出生于河南省滑县一个清贫的教师家庭。

1983 年毕业于北京大学法学院。中国法学会会员、中国法学会婚姻家庭法研究会理事、中华全国律师协会宪法与人权专业委员会委员等。现任北京妇女法律咨询服务中心主任。她是中国第一位专职公益律师，也是中国首位艾滋病反歧视宣传大使。曾受到美国第一夫人奥巴马·米歇尔的接见，并曾先后 8 次受到美国国务卿希拉里的接见。

2005 年获"诺贝尔和平奖"提名，2007 年获"全球女性领导者"奖章，2010 年获法国西

蒙·德·波伏娃女权奖，同年被中国正义网评为"中国十
大正义人物"。2011 年获"国际妇女勇气奖"。她 20 年来
一步步推动完善中国妇女权益保障的法律制度，被喻为中
国妇女权益保护事业前进中的一面鲜亮旗帜。

认识著名公益律师郭建梅女士，缘于十多年前她的丈夫——著
名作家刘震云老师的引荐。那时，她留给我的深刻印象是：美丽、
热情、善良、真诚、极富悲悯情怀。

十多年后，重新审视她，让我吃惊的是，她的热情、善良、真
诚与悲悯情怀，在十几年的岁月长河中，在中国经济翻天覆地、人
情人心因物欲横流发生颠覆性变化中，竟然丝毫没有受到诱惑而改
变。而她的美丽也依旧，只是这时的美丽，已经升华，不再仅仅是
当初漂亮容颜的美丽，而是人格魅力与人性闪光的令人感到温暖的
美丽。这种属于心灵和精神的美丽，是所有美丽中，最高境界的不
会因岁月的侵蚀而衰败的永恒的美丽。

当我静坐下来，准备写写这位令我非常尊敬的一直以来称之为
"梅姐"的老朋友和知心大姐时，我的脑海里，油然响起一首老歌。
随着熟悉的旋律，我忍不住对着电脑屏幕轻轻哼唱：

真情像梅花开过
冷冷冰雪不能淹没
就在最冷
枝头绽放
看见春天走向你我
雪花飘飘北风啸啸
天地一片苍茫
一剪寒梅
傲立雪中
……

试想，寒梅，傲立雪中的精彩与美丽；更试想，那寒梅，欲在最冷的枝头绽放，它要为之付出多少酷寒与寂寞，承受多少风霜与凄冷呢？

郭建梅，正是这样一枝在酷寒的折磨中，不屈不挠，凛然挺立绽放的美艳寒梅。

在自我感性的歌曲哼唱中，我的心里，不禁盈满了潮水，它们热热地缓缓地涌上我的眼眸。在晶莹的热泪中，我朦胧看到郭建梅这枝寒梅，正又笑又泪地灿然绽放在我的眼前。于是，我用文字走进她，我的手指开始在键盘上充满激情地舞蹈，我的心，向着她那傲雪挺立的精神家园一点一点靠近。

公益律师之路，缘起苦难的童年

公益律师之路，是一条对底层弱势群体充满同情和正义法律援助的路，更是一条十分艰辛崎岖的道路。

当我问郭建梅："你为什么要选择这样一条艰辛的路呢？"

郭建梅陷入了回忆，娓娓讲述起她辛酸的童年——

1961年，郭建梅出生于河南滑县的一个贫困村庄。她父母都是农村的公办教师，平常工作很忙，无暇照顾她，这使她从小一直跟着祖辈们生活。那时候，每一个家庭，男尊女卑的思想都很严重，她的姥姥，便是重男轻女封建礼教下的受害者。姥姥头胎生了一个女孩儿，从此就过上了时常遭受公婆毒打责骂的生活。当第二胎生下又是一个女孩儿时，姥爷就干脆找了个小老婆，然后把姥姥暴打一顿一纸休书逐出了家门。后来，姥姥只好改嫁到了北京，嫁的是一个最底层的劳动工人，因为收入低，姥姥白天给别人当保姆，晚上借着路灯沿街捡破烂。当时刚刚两岁的郭建梅，被从河南农村送到北京跟姥姥和继姥爷一起生活，三个人住在三里河一间十多平方米的工厂宿舍里艰苦度日。从此，小小的郭建梅，常常紧跟在姥姥身后，帮着姥姥捡垃圾，一捡就捡了六年。至今在她的记忆中，姥姥最清晰的背影是：颠着小脚走在前面，手里拿着捡来的垃圾，后背却挺得笔直。她说："那个背影，我永远都忘不了！我身子里有姥姥那样的骨头，特硬。"

提起在北京的童年记忆，郭建梅别有一番滋味在心头，她说："在北京生活了六年，就被人歧视了六年。"在工厂宿舍院子里，她的各方面都跟其他孩子格格不入，她土气、不会说普通话，里里外外一副河南乡下人的样子，由此常常受到其他人的排挤和欺负。她特别想跟其他孩子玩，但人家都不带她玩。一次，她跟在一群孩子后面，想跟着一起去别人家玩，结果，到了别人家门前，别人就故意把门一关，夹住了她的手，血，瞬间顺着门框直往下流。说到这儿，她伸出左手，指着上面的一个凸出的地方，说："你看，手上这个地方高出一点儿，这就是当年被夹过的地方。"

比这更令她心痛的事情，发生在一个元宵节。大家都提着各色灯笼走街串巷，对她不错的继姥爷，也给她买了一个粉红色的画着菊花的灯笼。继姥爷对她说："小梅啊，跟着他们去走走吧。"于是，她欢天喜地地提着灯笼跟在一群小孩儿的后面。可是，走着走着，当有人发现她跟着时，转过身就把她的灯笼一脚踢倒在地上，瞬间，灯笼被烧着了，火焰如血，不一会儿，心爱的灯笼就化为灰烬……她呆望着月亮下惨白的灰烬，眼泪稀里哗啦直往下淌。她说："那一刻，我觉得我的整个世界都被毁灭了！"

在北京的童年，也有苦涩的快乐，那就是在夏天的时候，继姥爷下班后会给她带回一些烂桃子，她觉得"那味道很香"。直至现在，烂桃子的味道，都会让她的思绪飘荡，使她想起童年生活的点点滴滴。她还记得有一次，在月坛公园，别人在吃包子，她们买不起，只能站在一边看。等人走了，她挪过去，拿起别人吃剩下的就往嘴里塞。她觉得"那味道也很香"……

八岁时，因为要上学，她又被从北京送回河南乡下，开始了跟爷爷奶奶一起生活的日子。她的爷爷给家里营造了一种男权文化超级严重的家庭氛围。吃饭的时候，白面馍专属于爷爷和爸爸。而奶奶和家里其他的女人和女孩子们，只能吃红薯、窝窝头之类的东西，而且还限量，吃饱吃不饱，就那个数。那时候，奶奶除了做家务，还做卖馍的营生，卖的是白面馍。为了防止奶奶偷吃白面馍，每天出门前，爷爷都会把篮子里的馍很仔细地数一遍，回家后钱跟馍要进行盘点。如果奶奶路上偷吃，回家就会被爷爷毒打一顿。奶奶死的时候，才 43 岁，她是被活活饿死在卖馍的路上的，尸体被发现时，她随身挎着的篮子里还有几个没卖出去的完整的馍。郭建梅双眼湿润着说："奶奶又冷又饿，馍在篮子里，可她就是不敢吃馍啊……"

这些童年的经历，刻骨铭心地烙在郭建梅的记忆中，使她情感的天平后来一直都重重地偏向女性和儿童。尤其是奶奶的死，让她开始思考中国男权文化下妇女所处的位置。她说："我相信童年的经历对我影响蛮大的。我小时候生活在最底层，被人像蚂蚁一样踩过，对于弱势群体，对于尊严和人格，我体会很深。"顿了顿，她又说，"出生在大城市的人，是没有办法真正理解底层人们的疾苦的……"

也就从那时候开始，关注和体恤弱势群体的悲悯情怀，便在她心中扎下了深根，为弱势群体做事，也成了她心目中懵懵懂懂的一种理想。

希拉里，正式点燃了她的理想

苦难，会促使一个人成熟。对于苦难体会很深刻的郭建梅，早早就开始思考：作为女性，如何才能改变自己的命运？思考的答案是：发奋学习！

所以，她的学习成绩，一直都保持着优秀的势头。等到上了高中，她的学习目标更清晰了，她立志考大学要考到北京去，而且非北大、清华莫属。她在房间的墙上、旧挂历上，凡目光能及的地方，都贴满了"北大""清华"的字样，并在床围子上写着"我一定要考上北大清华"，后面还连跟了十个感叹号。这是一种被成功学非常推崇的良性暗示和视觉化的激励，当然那时候，她并不知道这是成功学的内容。她只知道，她一定要上北大或清华。她还觉得自己"郭建梅"的名字太女性化，太软，便擅自改了一个叫"郭永攀"的名字，并刻在钢笔上以自勉。

1979 年，她以河南安阳地区第一名的成绩如愿以偿考入了北大，成为改革开放 32 年来那所高中唯一考入北大的学生，更成为被当地人传颂的一代又一代学子们的榜样。

之前，在填报志愿时，她的脑海里浮现出曾看过的一部印度电影《流浪者》的情节，片中的一位律师，怀着一腔悲悯的情怀，不顾种种压力和风险，为一个被诬陷为小偷的流浪者辩护，其威严正义、铿锵有力、滔滔不绝、言辞凿凿的形象，深深吸引和折服了她，于是她毫不犹豫地就在志愿表上选择了"法律系"。

在谈及当时考上北大的心情时，她说："我记得很清楚，北大寄录取通知书的信封，要比一般信封大得多，我当时慢悠悠地骑着自行车，把信封很显眼地拿在手上，希望别人都能看到这是北大寄来的。这使我第一次有了一种特别自信又自豪的感觉。"

然而，到了北大之后，她的自信，又被掀翻在地了。因为在班上，她是 12 个女生中最贫穷的两个之一。其他女同学家境都很好，衣着打扮都很洋气。她们戴着眼镜，很斯文地念泰戈尔诗的样子，让她十分羡慕，而她一身的寒酸土气相，一如童年时一样跟别人格格不入，之前的那一点儿自信心，再次被一种难以言说的自卑感而取代。

好在她再一次发奋学习，又写得一手漂亮文章，大学毕业后被分配进入国家司法部研究室，并曾全程参与了《中华人民共和国妇女权益保障法》的起草工作。后来，她又在全国妇联法律顾问处工作，不久，开始在《中国律师》杂志社担任主编助理。

1995 年，第四次世界妇女大会 NGO（非政府组织，是指在特定法律系统下，不被视为政府部门的协会、社团、基金会、慈善信托、非营利公司或其他法人，不以营利为目的的组织）论坛在北京怀柔举行，作为《中国律师》杂志社主编助理的郭建梅前去采访。本来她只打算在会场待一天回去写个豆腐块文章交差，结果她被"NGO 论坛"之"公益律师"的陌生议题迷住了。在会场，有一个

200 人参加的女律师讨论组，她们都是来自不同国家、有着不同肤色、说着不同语言相互之间大都不曾认识的公益律师。可是在会场，她们彼此热情地打招呼，微笑着击掌，仿佛是早已相识的心灵相通的姐妹。她们一个个目光闪亮，浑身上下都充盈着活力和激情，她们深深感染了她，使她的心也汹涌澎湃了起来，她一连听了十几天。尤其是来自美国白宫的当时的美国第一夫人希拉里·克林顿发表的激情演说《妇女权利就是人权》，在她的眼前打开了一扇明亮的窗户，使她心中懵懵懂懂的理想，一下子从潜意识变成了显意识。

希拉里说："不管我们的外表差异有多大，但始终都有一些东西能够把我们团结起来，而不是割裂开来。我们有着共同的未来，我们在这里为了找到共同点，以便给世界各地的妇女和女孩儿带来新的尊严和尊重。

"每个女性都应该有机会去实现自己的天赋。但是，我们必须认识到除非她们的人权受到保护和尊重，否则女性永远不会赢得充分的尊重。

"妇女沦为牺牲品之际，家庭、社会及国家的安定都会遭到侵蚀，从而危及全球民主与繁荣的前景。

"在过去的 25 年里，我坚持做关于妇女、孩子和家庭的工作。在过去的两年半时间里，我有机会了解在我自己的国家和世界各地妇女所面临的挑战。妇女占世界人口的一半多，占世界贫困人口的 70%，其中三分之二的人不会阅读和写作。我们当中有机会在这里的人，有责任为那些没有机会的人说话。

"我在白宫，收到数千件礼物，最希望及渴求的，莫过于这样 12 种无形的礼物：辨识力、和平、同情、信仰、友情、远见、宽恕、美德、智慧、爱、快乐和勇气。

"坚持你们的梦想，迎接超越自己、创造新我的挑战，只有超越自我，你才能发掘你自己；关心那些你本不必操心的事情；投身于这个世界，使你说的话变得有价值、有影响力……"

希拉里激情饱满的演讲，每一句话，都像一团火焰一样，在郭建梅心中熊熊燃烧。烧得她感动不已，激动难抑，她心中久藏的理想之火，就这样被点燃了。一位外国朋友问："中国有没有从事妇女法律援助的公益律师机构？"答案为否定之时，她当时就觉得，这样的空白，应该由她来填补。她说："那一刻我意识到，我找到了自己的生命家园。"

于是，三个月后，她亲手砸掉了自己被无数人羡慕的铁饭碗，毅然辞去《中国律师》杂志主编助理的职位，带领北京大学几位老师，组建成立了以"厉行法律援助，保护妇女权益，维护法律公正，研究妇女权益问题，推动国家法律援助和妇女权益保障事业的发展"为宗旨的中国第一个妇女法律援助机构——北京大学妇女法律研究与服务中心，并担任中心主任。从此，她转行走上了做公益律师的艰辛之路，这一走，就走了整整 20 年。

她是一个执着的"傻子"

当年，对于一位才刚刚 34 岁的女性来说，郭建梅拥有国家级带"中国"字头杂志社主编助理的副高职称，拿着优厚的薪水，并且杂志社内部意见已经宣布她即将被提拔为副主编。可想而知，那是一个多少人梦寐以求的位置。她的辞职和所选择的"公益律师"之举，在当时简直就是惊世骇俗，引起了周围极大的议论。几乎所有的人都一边倒地说她是"傻子""脑子进水了"，甚至连她的父母、哥哥嫂子都觉得她疯了。但她还是顶着种种压力，租下了一个地下旅馆的两间房，与包括她自己在内的四名专职律师，开始了免费为没钱、没地位、求助无门的弱势群体代理案件的公益事务。所有开支，全靠美国福特基金会提供的四万美元启动资金。

万事开头难，她们真正的难处，更多的是不被人们理解和被歧视的艰难。

在中国，人们普遍认为：有能力、有水平的律师都会承办经济案件且能赚大钱，只有没能力的律师才会去当"公益律师"，干收入很低的法律援助工作。仅这种世俗的看法，她都要承受人们太多的白眼和讥嘲。甚至面对一些法官时，他们投给她的眼神，除了不屑，就是蔑视，说话的语气和态度，更是透着冷漠、傲慢与偏见。每每这个时候，她心中就充满了难以言表的酸楚与苦涩。她说："我们常常像阿Q一样，自己给自己打气、鼓劲：既然选择了法律援助，就要奉献，就要忍耐，我们称自己为精神胜利者。虽是戏言，却也真实，当然，我们以此自居自勉，也是无可奈何。"

让她至今记忆深刻的，是中心成立初期的一个案子——有一位江苏妇女在儿子意外死亡后到北京上访，谁知说法没讨到，自己却因车祸全身多处骨折，一只眼球也被摘除。虽然交管局认定肇事司机负全责，但其所属的企业却只赔了三万元。她去起诉，法院根本不支持。心灰意冷的她，抱着试试看的心态找到她们援助中心。一见面，郭建梅就呆住了：眼前这个妇女浑身散发着臭味，发炎的眼窝因无钱医治向外流着黏稠污黄带着血色的脓，样子十分可怕又可怜。郭建梅带她去上诉，法官捏着鼻子将她们赶出办公室后，轻蔑地问郭建梅："你怎么给这种人代理？是找不来案子吧？就她，能给你多少钱？"此言让郭建梅很受侮辱，她愤愤地说："我有案源，但我就是愿意代理这个案子！"法官无语，很不理解地白了她一眼。开庭前，郭建梅洋洋洒洒写了8000多字的代理词，写得连自己都被感动了，但她却没有获得宣读的机会，就连她对案情的陈述，也被法官一句"哦，知道了，你不用再说了！"噎了回去。那场官司，郭建梅彻底败诉，去领判决书时，法官没有把判决书递到她手上，而是扔到了地上。当时，她心里的悲愤就像汪洋的水库一样随时等待着开闸，一出法院大门，她再也忍不住，无力地蹲在法院门口，失声痛哭起来……那一刻，她感觉到自己作为一个律师的无力和无助。

尽管，她们遭受的种种白眼和冷遇很多，但她们中心的工作却很忙碌。除了外宾来访、汇报工作、接听热线电话回答各种各样的问题外，上门求救求助的弱势群体也络绎不绝，有不少冤屈巨大的妇女，一进门就抱住她们的腿，声泪俱下，长跪不起。就是从那时候开始，郭建梅的嗓子一刻也不能闲下来，最后因不堪负荷，她的声带出了问题，说话的声音明显地变得嘶哑。至今，她的嗓子，再也没能恢复到当初那种婉转清丽的状态。

她们援助的对象，都是特别贫困的女性当事人，而且不少案例都是具有代表性和普遍性的典型的大案、要案、疑案。这就注定了郭建梅的对手，不仅是刁蛮的凶手，还可能是某个地方的行政阻力，甚至是黑道中人。有一次在外地办案，法庭上聚集了众多对方当事人一方的人，并扬言开庭结束后要教训她们，以此示威；还有一次刚到办案地住下，就听说有人会来报复，半夜三更，她们只好东躲西藏，转移地方，堂堂律师，却反而被搞得像逃犯一样，那一刻，她心中的苦涩感，真是难以用语言表达……

在种种艰难的阻碍下，她们第一年的工作，一直都是败诉、败诉、再败诉，一年后，她们四名专职律师中，就有两名难以承受艰难之重而离开了中心。那一刻，郭建梅也怀疑自己能否坚持下去，看不到任何光亮，工作也成了煎熬。可是，她骨子里，那股如姥姥捡着垃圾骨头却挺得笔直的硬气，使她的意志也变得特坚强，她决不甘心就这么悄无声息地撤退。于是，她咬紧牙关，坚持，再坚持，坚忍，再坚忍。别人都说她是十足的傻子，而她也坦言承认："说我傻，我认了！"

获得"诺贝尔和平奖"提名等众多殊荣

世界上有太多的不公平，但同时又有铁定的公平，那就是：只要你执着付出，你终会有所收获。

1998 年 6 月，希拉里以美国第一夫人的身份，陪同克林顿总统对中国进行国事访问，其间她特别提出要看看郭建梅的法律援助中心。当时，郭建梅和十多个工作人员挤在北大南门附近一间狭小的办公室内，条件很艰苦。她们特意借了隔壁一个条件非常简陋的小会议室，怀着忐忑的心情，接待了远道而来的希拉里。交谈中，希拉里告诉郭建梅，她自己也当过公益律师，也创立了妇女维权组织，并且说她们的办公条件跟她年轻时在阿肯色大学担任法学教授时办的机构出奇地相似。希拉里热情称赞她们的工作是"勇敢的、开创性的"，并说："很感谢你们为推进妇女权益和性别平等所作的贡献。"最后，她在给中心的留言中，写道："地方虽小，意义重大。"随后，还进一步鼓励郭建梅说："我年轻的时候跟你开创事业是一样的！我们是同路人！当事人是不会忘记你们的，历史是不会忘记你们的！"

是的，在每一场官司打赢后，郭建梅都会接到当事人感激涕零赠送的如"维法护权好律师，贫困妇女救命人""无私奉献，捍卫正义"等诸多横幅，而没钱做横幅的当事人，回报给她的，只是几把花生，或煮几个鸡蛋，或热泪翻滚地道谢和无限感激地叩首。看到当事人那一张张因苦难而麻木的脸上终于绽开笑容时，郭建梅由衷地感受到助人的幸福，这种幸福朴素而纯净，深深慰藉着她的心，她喜欢这种幸福。由此，她感觉到自己所做的事情，是一件有价值、有意义的事情。

在郭建梅心中，一直铭记着一句20年前希拉里在世界妇女大会上讲的话："投身于这个世界，使你说的话变得有价值、有影响力！"

20年来，郭建梅一直朝着这个方向努力，她只想为弱势群体说话，只想在这个男权世界中为妇女权利争得一席地位，以抚慰多苦多难的妇女们的心灵，为她们因痛苦而麻木甚至扭曲的脸上添加一抹生动的笑容。与此同时，她为中国多项法律的改进、建立与健全，都做出了积极推动的卓越贡献，为中国公益律师铸造了一个传奇，更为中国 NGO（非政府组织）缔造了一个响亮的品牌。除了希拉里多次到她的中心访问，美国前国务卿奥尔布赖特、英国前首相布莱尔夫人切莉、联合国前秘书长安南夫人娜内女士等，都来过中心看望过她们。在中心创立10周年时，彭珮云为中心题字："再接再厉为保障妇女权益努力奋斗！"

20年来，她领导的中心，已提供免费法律咨询7万多人次，代理案件近3000件，其中，仅出嫁女土地财产权案就办了100多个，惠及妇女5万多人。承办相关培训及研讨会80多场次，提交法律法规专家意见稿70多件，出版专业书籍13部。同时，她们还关注职场性别歧视、男女退休年龄、男女同工同酬、性骚扰、家庭暴力、离婚财产藏匿或转移、妇女劳动权利、妇女劳动保险等，为妇女的尊严和社会地位做着不懈的努力。

就是这样，她带动了一个机构和一群人对理想的追求、对事业的执着、对生命价值的探索以及对法律与正义的思考和见证。

2005 年，郭建梅与全球千名杰出女性，共获"诺贝尔和平奖"提名，获得《南风窗》杂志"2005 为了公共利益年度人物"奖；2006 年获得中国第三届公益事业发展论坛颁发的"公益楷模"奖章；接着又获得"中国法律界 2007 十大社会公益人物奖"，同年，在美国华盛顿肯尼迪中心，郭建梅走上主席台，从希拉里手中接过了"2007 年全球女性领导者"的奖章，那一年，全世界仅有八人获此荣誉；2010 年获法国西蒙·德·波伏娃女权奖，随后，又被最高人民检察院主办的正义网评为"中国十大正义人物"；2011 年 3 月，获得美国"国际妇女勇气奖"，美国第一夫人奥巴马·米歇尔亲自为她颁发了奖牌……

"越来越多的人认可了我们。"面对诸多荣誉，郭建梅欣慰地发出感慨。无比艰辛地付出后，终于有了收获，尤其是她逐渐实现了希拉里 20 年前说的那句话，如今在中国，她说的话，已经"变得有价值、有影响力"了。同时，她满怀深深的感激，她认为：这些荣誉更属于她的团队，属于跟随她一起向前跋涉的 16 位专职律师和工作人员，属于他们这个"家"——在她们办公中心的墙上，悬挂着一个醒目的篆书"家"字。郭建梅解释说："这里不仅仅是她和同事们一直经营的'小家'，也是所有前来寻求法律援助的妇女们的'大家'。"

脆弱时，作家丈夫刘震云始终是她温馨的港湾

在异常艰辛的公益律师路上，郭建梅携着骨子里的那股硬劲儿，一路跌跌撞撞地走来。她最大的感慨就是孤独，这种孤独，是因为读懂她的人太少太少。

让她庆幸的是，她的作家丈夫刘震云，给予了她最大的理解与支持。

就在她当年砸掉铁饭碗改行做公益律师时，身边唯一支持她的人就是刘震云。对于郭建梅的重大决定，刘震云也没有像其他人那样感到多么震惊，平常话就比较少的他，只对她说了一句话："只要你觉得快乐，你就去做！你愿意做的事情我绝对不干涉你。"这句貌似简单的话，其实道出了爱情的真谛——真正的爱，是希望自己的爱人是快乐的。

从 2001 年开始，郭建梅因为长期的体力透支、外界的误解、办案的挫败、潜在的风险、案情触及地方政府利益时当地官员不断找她谈话的阻力，以及冤屈的当事人泪流满面长跪不起的样子和祈求的眼神等种种不能承受之重的超常压力，使一向乐观、坚强的她，不能自控地变成了一个动不动就哭哭啼啼的"祥林嫂"，到处诉说她为什么要做公益律师及一路走来的不易。但是，却没人听得懂，没人能够理解她。这使她突然特别恨这个社会不可救药，恨自己和这个社会格格不入。

那段日子，脆弱伴着她，使她常常忍不住流泪，爱生气，在家里也动不动就冲丈夫刘震云发脾气、嚷嚷，但是，刘震云是个好脾气，无论她怎么嚷嚷，刘震云都不急，笑笑就过去了。其实，从她内心来讲，压根儿就不想把工作的烦恼带回家里，但就是忍不住常常发火、伤心、哭泣。

就在她们中心成立 5 周年的庆典上，她本来是想上台鼓舞大家的士气，结果，一站到台上，她却完全控制不住自己的情绪，泪流满面，哭得一句话都说不出来。之后一位国外专家告诉她，在美国，公益律师需要经常接受心理咨询，过多地接触社会阴暗面而不懂得排遣的话，就容易出问题。之后她去看心理医生，不料，确诊结果为"中度偏重抑郁症加重度焦虑症"。医生开了四个月药量，强令她回家休息。

自打得知妻子得了抑郁症，刘震云立即停止写作，把全身心的注意力都放在妻子身上。他四处为妻子寻医问药，并向抑郁症治愈后的崔永元取经。同时他还一边查阅大量资料，给妻子寻找"快乐处方"，比如对自己大笑、讲风趣幽默的故事、回忆生活中美好的片段等，一边陪郭建梅跑步、打乒乓球和羽毛球、教她下军棋，同时还带她去风景优美的地方旅游散心，倾心交谈并督促她服药，照顾得无微不至。他开导她说："你选择的事业是超前的引领性的，你要相信自己，虽然道路是曲折的，但前途是光明的。你既然选择这项工作，就应该接受它的辛苦和清贫。"为了进一步鼓励妻子，刘震云还给她写了一句励志语录："你是你的敌人，只有你才能打倒你；你是你的天使，只有你才能拯救你！"

那段时间，刘震云在郭建梅的眼里，不仅仅是丈夫和作家，而是一位悉心陪护她的心理治疗师。在丈夫的不断鼓励和自我信心的逐渐调整下，病情开始有了好转，并最终使她重新回到了公益律师的岗位。谈及这段特殊的经历，梅姐脸上洋溢着感激与幸福的笑容，她说："震云照顾人的时候，还是很体贴入微的。如果没有他的照顾、理解和支持，也就没有我的今天。"

如今，每当有人向刘震云问起她老婆的事业，他就毫不含糊地说："她的事业做得红红火火，帮助了很多弱势群体。"在一次聚会上，有人问刘震云："你觉得你老婆怎么样？"刘震云很认真地说："我觉得她特别伟大。"

要我说，他们夫妇俩都很伟大。刘震云是中国作家中被公认的平民作家，他用手中的笔，专注书写着底层百姓的生活；郭建梅是中国第一位公益律师，她用法律援助之手，执着地为弱势群体伸张正义。可以说他们的大方向是夫唱妇随，相得益彰。如果说，他们当初因为同是河南老乡和北大校友走在一起，如今，他们和谐幸福的爱情婚姻，则是因为拥有共同的价值观和人生观而天长地久。他们双双活在理想的精神世界里，活在赋予生命价值的意义里。

当年，郭建梅和刘震云是在北大一位同学的宿舍里认识的。第一次见面，刘震云给郭建梅留下的印象并不好，因为刘震云一开口就说到了托尔斯泰之类的话，郭建梅一听，就觉得中文系的人很酸，玩文字玩高深，比较浮躁，靠不住，当时就想走。但随着多次接触和观察，印象有了很大的改变。那会儿的刘震云，是一个穷得不能再穷的穷小子，一年到头儿穿着他妈妈做的布鞋，穿久了，脚上的大脚趾都露在外面。去食堂打饭，手里总是拿着一个磕得坑坑洼洼的铝饭盆。梅姐说："我留心了一下，他每天都喝粥。当时学校有猪肉馅饼，一毛钱一个，特别香，我都没见他吃过。但是在街上看到要饭的，他都会给点儿钱，五分、一毛，五毛都给过。"梅姐在大三过生日时，刘震云攒钱给她买了两朵八毛钱的塑料花，还有四个有虫洞的梨，就是两毛钱一堆的那种。就这样的梨和塑料花，不知道省了多少天他才省出这些钱来。这使梅姐觉得这些梨特别好吃。有时候，他们一起外出时，在路上遇到农民工，刘震云会说："看，那是我兄弟。"遇到乞讨者，他每次都会掏钱。

后来，郭建梅的妈妈患了乳腺癌，到北京做手术。瘦弱的刘震云背着郭妈妈一趟又一趟上楼下楼，有时实在背不动了，他就站在那里休息片刻，然后再背着走。那时学校的助学金只有 19 块 5 毛钱，他省吃俭用拿出来作贴补；为了给病人买肉包子吃，他就偷偷跑到外头给人抄稿子，自己从来都没吃过好吃点儿的东西。这使郭妈妈忍不住对郭建梅说："小梅啊，这个人真是好，你看他自己不舍得吃，一个肉包子都不尝，都给我们吃，他自己去吃馒头。"……这一切，使郭建梅特别感动。1985 年，郭建梅大学毕业两年后，她妈妈病危。妈妈最后想看到的事情，就是她和刘震云结婚，这样才肯放心地走。就这样，在河南老家，刘震云借来一辆吉普车，穿着借来的呢子衣服，把相隔 50 多里地的郭建梅接走了……

刘震云用他的真诚、善良、憨厚，深深地感动了郭建梅。即使他后来成了著名作家，这些可贵又可靠的品质和骨子里的朴实也丝毫没有改变。

前不久，我跟梅姐聊天，因为她影响力越来越大，有关部门就开始盯梢，这可能是中国特色，凡是在中国出类拔萃的人物，他们都会很感兴趣地盯梢。说起此事，她很直接地说："晴妹，你说我坦坦荡荡，两袖清风，做的事情全是为了底层老百姓，你说他们盯什么盯？真是很可笑！"为此事，她心里自然觉得烦，继而她忍不住给去河南探亲的刘震云打电话，她问："你什么时候回来？"刘震云说："有什么事儿吗？"她说："没事儿，就是觉得烦！"刘震云一听，立即连声安抚她说："很快就回去，很快就回去了，啊！别着急。"郭建梅一听，立即踏实地挂了电话。这一细节，看得我深为感动。表面看只是一个电话，实际上却透着丈夫对妻子的格外在乎和深情，当然，也透着妻子对丈夫在精神上的依赖。正是因为刘震云对家庭用爱和责任营造了温馨的港湾，才使郭建梅感到可靠和踏实，也才使她更加信心十足地向她的公益事业继续挺进。

出类拔萃的女儿妞妞，是她的慰藉

郭建梅和刘震云的女儿刘雨霖（小名妞妞），充分汲取了他们俩的所有优点，长得很是漂亮和水灵。

妞妞上小学时，在鲁迅文学院附近，我经常碰到刘震云老师推着破自行车，任劳任怨地接送妞妞上下学，每次我都忍不住要逗逗小妞妞。有好几次，在红领巾公园，碰到刘震云带小妞妞玩，多次听到小妞妞直呼刘震云的大名，我当时就想，在中国，这样的父女真不一般。

随着长大，每次见妞妞，都觉得漂亮天真的她，变得更美更可爱了。妞妞大学学的是新闻播音专业，2010 年 8 月下旬，她因为喜欢电影选择去美国纽约读导演专业的研究生，她的理想是将来能当一名独立电影导演。

她赴美临行前夕，我去她家为她送行。两年没见，我惊叹她一下子变成大美女了：标准的小瓜子脸，皮肤光洁细腻，漂亮的大眼睛顾盼生辉，身材高挑，婷婷袅袅，惹人喜欢。尤其是，妞妞非常礼貌，有教养，待人热情真诚的言谈举止，透着一股颇有内涵的迷人气质。

对于妈妈的公益律师工作和面临的压力，妞妞非常理解，也很心疼妈妈。她跟着妈妈出差很多次，到过不少穷困的地方。当看到那些穷苦人的生活时，善良的妞妞哭了，哭了好多回，然后把压岁钱都捐给了那些穷人。与此同时，当郭建梅忙着向援助对象了解情况时，妞妞拿着 DV 拍下了她看到的种种事件和情境。回来后，她把拍下的素材，剪辑成了一个短片，取名叫《眼睛》。她在向美国的大学提出留学申请的同时也寄上了她的短片《眼睛》，并如愿以偿获得了去美国深造的机会。她对郭建梅说："妈妈，等将来我学成了，第一个片子就要拍中国的公益律师。"多懂事的孩子啊！女儿的话，让郭建梅倍感欣慰。妞妞不仅很理解妈妈，自己也很独立，就连赴美留学，她都打算不让任何人送，独自远行。妈妈执意要送，她才同意妈妈送她去美国。

当我假设性地问郭建梅，有没有想过让妞妞也学法律、当公益律师时，郭建梅摇头说："从自私的角度讲，我不希望女儿和我走一样的路。太苦了，压力、风险、挑战……我们的生活状态太沉重。对于女儿，我只希望她快乐，做自己喜欢的事情。"

2014 年美国洛杉矶时间 6 月 7 日晚（北京时间 6 月 8 日上午），奥斯卡颁奖典礼在好莱坞导演工会剧院举行。由郭建梅和刘震云的女儿小名叫妞妞的刘雨霖，导演拍摄的中国故事短片《门神》，一举获得第 41 届美国奥斯卡（学生单元）最佳叙事片奖。当我收到郭建梅当天用微信从美国发来的他们一家三口在奥斯卡颁奖现场时的幸福照片时，我真心感动，并为他们欢呼，为他们一家三口的个人成就皆如此优秀卓著而欢呼，为他们幸福和睦的家庭欢呼！

一年赚一百万，跟玩似的，可是……

世界上有一种人，一生只做两件事：一是在你没成功之前他们蔑视嘲笑你；二是在你成功之后他们嫉妒诋毁你。

郭建梅在做公益律师初期，屡屡败诉，受尽了来自各方面的蔑视与嘲笑。曾在北大法律系学习很差的同学，有的成了财团老总，有的是身家上亿的大律师，有的当了司法部门的大官，唯独她这个当年班上的优秀生，却一直很穷酸地行进在公益律师的路上。每到同学聚会，她听到的最多的话，就是谁又升官了，谁办了一个案子挣了几百万，谁又换了辆名车，谁又在某某风水宝地买了更大的别墅，他们言语间无不透着财大气粗的荣耀和金钱带给他们的骄傲。与此同时，有人会用既轻视又同情的口吻对她说："你没有案源吧？我分给你一些案源，一年做两个就可以收入 20 万。"其态度，俨然把她当成了一个没有生存能力而需要别人施舍的困难户和乞讨者。每每此时，她就感到特别寒心和孤独。这不得不让人感叹：燕雀安知鸿鹄之志？！

郭建梅很看不惯现在人们的"主流"价值观，就是钱钱钱。她说："现在判断律师的成功与否，就是你赚了多少钱，你是多大公司的法律顾问，为多少个名人打过官司？我遇到好多男律师，包括我们同学，年收入千万以上，每天头发抹得光光的，小金丝眼镜，西装革履，出去全是奔驰奥迪，飞机全是头等舱，到哪儿去都是温泉泡澡按摩，他们过得高兴死了。他们的娱乐、寄托来源于朋友聚会、喝酒、侃大山，再就是养小蜜，每个人都有好几个。这种处处炫耀奢侈的生活，我受不了，也看不惯。"

如今，她在公益律师路上走成功了，出名了，有影响力了，嫉妒与诋毁也相伴而来。

面对种种非议，她无奈地说："很多人认为我做公益律师是作秀，也有人说我纯粹为了出名，更有人怀疑我能力不行，当商业律师没人要……有时候，听到这样的质疑，真的会感觉自己是在被侮辱。"顿了顿，她一只手伸进头发里，将将头发又说，"晴妹啊，跟你说实话，找我的商业案子多了，随便接一两个，一年赚一百万，跟玩似的，可是，一看到弱势的老百姓，我就特别心疼啊，你不知道她们有多可怜，活得多么没有尊严。"说这话时，她疲倦的脸上，堆满了源自内心的悲悯神情。

就是在她内心一腔悲悯情愫的推动下，随着"中心"的不断发展，以及中国公益律师网的建成，越来越多的律师们也来到她们"中心"做事。各方面的开支都在加大，而她们得到的慈善赞助明显不够用了，用她的话说就是"我得给员工们找吃饭钱啊"。就在这个时候，芬必得公司拿出 100 万元找她拍广告，但她却陷入了矛盾。在她看来，广告是明星们做的事，她一个公益律师，在广告中抛头露面，不知又会招致多少人的非议，尤其是她怕使自己所做的公益事业带上商业的成分。思想斗争了好久后，为了给中心的员工们能发出工资，她终于还是答应接拍了这个广告，所得的 100 万元广告费，她全部捐了出来。在她的要求下，芬必得公司直接把钱打到了她们"中心"的账户上。

2010 年 1 月 11 日，郭建梅在法国领取了西蒙·德·波伏娃女权奖。在颁奖仪式现场，郭建梅表示：将把所获的 15000 欧元的奖金全部捐出来，以促进法律中心的发展。话音刚落，全场掌声雷动。那一刻，她的脸上绽放着十分灿烂的光辉；那一刻，她是世界上最美丽最快乐的女人。

在路上：为理想，为信仰

虽然郭建梅从事公益律师工作已经整整 20 年了，但"公益律师"一词，在中国仍然是一个新概念。可是在国外，这类群体非常多，并且已经形成了完善的制度，包括激励机制、完善的社会保障等。美国总统奥巴马、美国国务卿希拉里、英国前首相布莱尔和她的夫人切丽、美国黑人运动领袖马丁·路德·金等这些为大众所熟知的人，都曾经当过公益律师。公益律师主要肩负两方面的使命：一方面是维护弱势群体的权利，维护法律公平、正义、平等，他们为弱势群体的人打官司是不收费或者只收很少的费用；另一方面，公益律师也肩负着推动社会民主发展、推动法治完善的使命，在美国，一个案件甚至可能改变联邦法律。这就是公益律师们在做的事情。

如今，郭建梅的服务中心，与希拉里当初看到的大不一样了，已经成为拥有 16 名专职律师、50 多名专家以及众多志愿者组成的中国最专业的妇女权益保障非政府组织，并且正朝着像美国一样的公益机构的方向发展。

在郭建梅看来，中国 NGO 的规模和影响力还很不够，公益律师的发展更不够。中国目前的律师有 13 万，对应于 14 亿人口，1万多人中才有一名律师。而需要法律援助的，大部分都是弱势群体，都在下层。

为了改变中国律师在法治功能担当上这种严重失衡的状况，2009 年 3 月，郭建梅和同事启动了"公益律师网络"，希望能联合全国力量，吸纳更多年轻的律师从事公益诉讼的事业。目前，全国已有近百个律师事务所和律师参加到这个网络中来，下一步她们还打算推出一个类似"1 + 1"那样的工程，进一步整合法律援助与公益诉讼资源，以帮助更多需要法律援助的人们。郭建梅说："作为有知识的律师群体，我们应该努力帮助那些在社会中处于弱势的人们，让他们活得更体面、更有尊严。一个文明的社会，应该让不同性别、年龄、民族，有钱或没钱的人平等地享受法治的阳光。"

就此，她谈到了上访，她忍不住激动地说："中国这么多弱势群体，这么多人上访，不能光是堵，把人家给关起来啊，得解决问题啊，不能总是拿人的生命和尊严不当回事儿！"随后她举了一个找她寻求法律援助的例子：一位老妇背着厚厚的材料来找她，老妇已经上访了 12 年，住在京城的南边，靠捡垃圾维持生活。老妇的儿子 12 年前在河南的一个看守所中死去，看守所叫人把她儿子的尸体埋了。老妇去找儿子，通过埋尸体的人带路，才找到儿子被埋的断了两根手指的尸体……类似的例子比比皆是。

对于已经走过的艰辛 20 年，郭建梅总结说："我是中国第一个专职公益律师，已经做了 20 年了。在这 20 年间，我经历了很多困难，遭遇过各种误解，也承受了很多压力。但是，我觉得这 20 年是我人生当中最精彩、最有意义的 20 年。我认为中国确实非常需要公益律师。有人说我们是一群朝圣者，是悲壮的，但我更愿意把我们说成是一群追求理想的、有价值的、快乐的法律人。我们从不停留在困难上，因为我们心里还有一个太阳，还有一束光！"同时，她对中国法律的未来也抱着乐观的态度，"中国法律虽然还存在司法腐败、地方保护、行业保护、黑恶势力、官官相护、行政干预等，但总的来说中国的法律体系是在逐步完善的。最可喜的变化是，公民的法律意识、权利意识、自主意识和维权意识在提高，越来越多的人敢于站出来打官司，即便败诉了，也是对社会的推动。"

在跟梅姐谈及生命的意义时，她说："很多人活着的时候拼啊挣啊挺厉害，但到八宝山看几个葬礼就全明白了。在这个世上，什么是值得你追求的？我自己也没想明白。我觉得自己像一列火车忽地就冲出去了，还没顾得上想为什么。有的人趋名，有的人趋利，像我这样的，是趋理想、趋信仰的。要怎么对待自己的生命？怎么样才不枉费一生？我不想做商业律师，不想做家庭妇女，我就想做公益律师，这样才快乐。人要为精神活着，否则，人生就没有意义。"说完她笑起来，笑容纯净而坚定。随后她还开玩笑说，"在中国，但凡受歧视的标签全都让我给占了：河南人、农村人、女人、不会吸金的公益律师，我就是最典型的弱势群体，但是我们弱势的人在做强势的事。"

虽然她做着强势的事，但她本人却是一个很感性、很细腻、很会关心人的人。譬如，我住的地方离她家很近，坐公交和地铁都特别方便，可是每次去她家离开时，她都要执意叫车送我回家，执意送我下楼，并在我上车后一直目送到车子拐了个弯才回去。

跟梅姐相识十多年了，每次见到她，都感觉她比上次瘦了、黑了、脸上长斑了，说心里话，她的样子很让人心疼，总忍不住要说几句保重身体、健康之类的话，可她总是把手伸进头发中，连续捋两下头发后，扬扬头说："晴妹，没事儿，我没事儿的！"继而笑起来，笑容累累的、倦倦的，但丝毫不影响她的美丽。

在我的手机中，一直保存着她的一条短信："为弱势群体服务是我的信念和理想，说不上多么高尚，只是一种职业选择，也是一种兴趣。愿我们都生活在公正平等的环境里！"短短几言，透着大气，透着她的精神诉求。

2010年6月，美国国务卿希拉里来北京访问，她第七次接见了郭建梅。当她问到郭建梅对未来的规划时，郭建梅泰然自若，胸有成竹，表示就算风浪再起，她也会全力以赴，决不放弃。她的刚毅打动了希拉里，也打动了身边所有的人。

然而，磨难，总是试探并考验着郭建梅的耐心和信心。

2011 年 3 月 25 日，北京大学突然公布"撤销令"，也就是说，郭建梅苦心经营了 15 年的"北京大学法学院妇女法律研究与服务中心"突然被撤销了。

惊闻此消息，郭建梅一遍遍地追问："他们怎么可以这样呢？我们这是在做好事呀！"校方如此突然的决定，让她措手不及，更让她感到"悲凉"。

不过，面对这一突发的困难，郭建梅并不气馁，她说："被撤销，并不是我们面临的第一个困难，只是无数个困难之后的又一个而已。我坚信我们是在做一项伟大的事业，因此在这条路上，我们会无怨无悔地走下去。"

随后，不得不从北大搬了出来，几经努力，重新另立门户注册拥有了自己独立的"家"——北京妇女法律咨询服务中心。

二十年如一日，郭建梅就是怀着这种骨子里的刚毅和精神诉求一步一个脚印地走过来，也将继续这样走下去。就在前几天跟她交流，也可以说是对她的最近一次采访中，她说："做好公益律师是我唯一的目标和使命。现在我非常坚定，不会被其他因素所左右。我会坚持到 70 岁，直到我干不动的那一天为止。"说着，她自信满满地笑起来，笑容十分纯净脱俗，如霁月般清朗。这让我想起芬必得广告中，她紧紧抱着那个弱势女孩子同样笑容纯净地说："我们永远在一起！"那画面真诚、温暖、令人感动。

随着郭建梅的影响力越来越大，很多国外法律机构，以非常优厚的待遇邀请她移民海外，可她却坚定地说："我对移民不感兴趣，我觉得我的事业还是在中国！"这跟那些明星们比赛似的加入海外国籍的景象形成了截然的反差。她是在用实际行动，把公益律师的社会责任扛在肩上，把委托人的信任和感激装在心里，更用推动中国法治进步与发展的美好愿望，眷恋着她自己的国家。

这就是郭建梅，20 年，只做了一件事。她的公益律师脚印，踏在中国的大地上，坚定有力，清晰可见。她 20 年来一步步推动完善中国妇女权益保障的法律制度，被誉为中国妇女权益保护事业前进中的一面旗帜。

她的人，如她的名字一样，是寒雪中绽放的腊梅，美丽、坚韧，逆天问道，傲骨铮铮，20年痴情不改，为理想，为信仰。

在我看来，她这种对理想和信仰的追求，犹如一个虔诚追随上帝的圣徒，背负着沉重的十字架坚强前行，一个又一个深深的脚印，和着泪，印着血，却也映着暖，闪着光……

写到这里，我的心中如设定好的程序一样，自动打开了播放器，《一剪梅》的老歌再次响起，只是歌词，已被我篡改：

> 一剪寒梅傲立雪中，
> 只为弱势群体飘香。
> 爱我所爱无怨无悔，
> 此情长留温暖人间！

（原载《中国报告文学》2016年3月号）

东方黑客

丁一鹤

黑客，又叫骇客，源自英文"Hacker"一词。

这是一个不具有任何褒贬意味的中性词。黑客特指追求技术的计算机高手，也就是网络江湖中具有强大攻防能力的绝顶高手。比如华山论剑的洪七公、欧阳锋、黄药师，武功不分正邪，侠客与败类分正邪，毁誉只在他们用绝世武功做了好事还是坏事。

黑客鼻祖凯文·米特尼克在《欺骗的艺术》一书中，指出黑客的核心精神价值是：被好奇心驱使，被探索技术的欲望与智力挑战的虚荣所驾驭。

好奇心、探索欲、挑战性，这是黑客存在的三个原始驱动力。就像江湖高手的巅峰对决，网络安全的本质就是攻防。在攻防中，黑客分出了正邪。

在黑客世界里，所有黑客被归为三种类型：

一是白帽子，比如洪七公，就是我们所说的正能量的安全黑客，愿意站在公众视野里匡扶正义。他们大多供职于网络安全公司或政府、企业的安全部门，主要工作是监测漏洞、查杀木马、修复系统。白帽子可以识别计算机或网络系统中的安全漏洞，但并不会恶意去用来获利或者进行破坏，而是公布并修补漏洞，防止被黑帽子利用，同时建立起强大的防火墙，阻止恶意攻击。

二是黑帽子，比如欧阳锋，是神龙见首不见尾的充满负能量的黑客，他们大多身处江湖之远，擅长攻击技术，精通攻击与防御，或通过网络盗取他人财富，或攻城略地伤害他人。

三是灰帽子，比如黄药师或者周伯通。他们是以自我为中心率性而为的绝顶高手，研究攻击技术的目的就是惹是生非，属于黑客江湖中亦正亦邪的角色。

这是站在中国江湖语境中，对于黑客的基本理解与分类。

而在现实世界中，黑客发动的网络攻击，已经成为对国家安全层面的严重挑战。

美国著名军事预测学家詹姆斯·亚当斯在《下一场战争》中预言："在未来的战争中，电脑本身就是武器，前线无处不在，夺取作战空间控制权的不是炮弹和子弹，而是电脑网络里流动的字节。"

美军战略司令部前司令、空军少将约翰·布雷德利直言不讳地说："我们现在花在网络攻击上的时间，远超过花在网络安保研究上的时间，因为非常非常高层的人对网络攻击感兴趣。"

早在 2002 年，美国国防部就提出了网络中心战理论，未来战场必然是一场又一场黑客军团发动的没有硝烟的大战！

从克林顿时代开始，美国着手网络安全领域的战略部署，网络安全的主题以防护为主。到小布什时代，在网络反恐主题下展开攻防结合，并建立网军司令部。2005 年 8 月，美国国防部成立了代号为"暴雨"的反黑客行动小组。美军近年来不断强化网络安全意识，一边渲染国外黑客或敌对势力对自己的网络威胁，一边加强筹建各军兵种的网络战部队。美国组建了三支全新的部队——战略"黑客"部队、第 67 网络战大队和网络媒体战部队。

2007 年 5 月，美国空军组建的第一个网络战司令部已经形成战斗力。该司令部升格为一个由四星空军上将领导的一级司令部，成为与空中作战司令部、空中机动司令部等其他 9 个一级司令部平级的单位。按照计划，整个美军的网络战部队将于 2030 年左右全面组建完毕。届时，它将担负起网络攻防任务，确保美军在未来战争中拥有全面的信息优势。

无论美国还是中国，网络安全，都已上升到国家安全战略层面。

你来帮我清理门户

2006 年 12 月，爽朗的南海热风携带着芒果木瓜成熟甜腻的奶香，吹进海口市一座五星级酒店的海景房里。

宽大的双人床上，躺着一个肉乎乎的男孩儿。在微微的鼾声里，他再次进入自己构建过的无数次梦境之中。那是由无数编码和数字组成的梦境，在黑白的数字变幻中，一连串的程序编码向他眼前涌来，像群星闪烁的夜空，又像一张无形的大网，铺天盖地扑向他的眼前。

《黑客帝国》开篇的镜头！没错儿，这个男孩儿梦中的景象与他看过无数次的电影一样！梦中的主人公仿佛电影中的救世主尼奥，可眼前那鲜活的景象，分明是自己，不是虚拟的尼奥！面对铺天盖地汹涌而来的长着触角的章鱼形状的机器人，他挥舞着双手，想撕开那张由编码和数字组成的无边无际的大网，一次次打碎怪兽。可费尽全力，却撕不开那张由万千机器章鱼构成的黑网。

在满头大汗的搏斗中，他挥舞着双手突然从床上坐起来。醒来才发现，除了梦，什么也没有发生。只不过，床上被汗水湿了一大片，额头和身上的汗水，还是热的。

"又是梦！"他自言自语之后，起身去洗手间冲了个凉水澡，换上宽松的海南特有的绿色椰林 T 恤，晃动着微胖的身体坐在桌前，打开笔记本电脑浏览当天的新闻。

网上蹦出一个消息："阿里巴巴奇虎爆流氓软件口水战，谁比谁更流氓？"

"老周不是做流氓软件的吗？怎么又出来杀流氓软件了？又是炒作吧？不好好做软件，整天炒作有什么意思？"他早已厌烦那些网上的口水官司，不过，让他感兴趣的是，网络江湖上传闻，前雅虎中国董事长周鸿祎以前做流氓软件起家，离开雅虎之后，突然做了一个查杀流氓软件的软件，摆出一副清理门户的架势。

"流氓软件之父"金盆洗手，在他看来，这倒是挺有意思。

"管用吗？不会是虚张声势吧？我来试试看。"他顺手下载了一个 360 安全卫士软件，因为他也挺讨厌流氓软件拖慢了电脑速度。

软件下载之后，他按照指令轻轻敲击了两下键盘，360 安全卫士软件快速运行起来，随即蹦出一连串询问弹窗，先是询问是否杀掉 3721 上网助手，接着是百度搜霸。

"疯了吧，真的连自己起家的软件都杀啊？"他用鼠标点击了一下页面的提示后，两个流氓插件迅速被消灭。

这款软件竟然挺好用，他一连串清理了十几个流氓软件。

"这个老周，有点儿意思。"他随后点开了奇虎 360 的官方论坛。他更感兴趣的是，这些制造流氓软件的家伙是怎么挥刀自宫的。

网络论坛上基本都不用真名，每人都用一个化名，也就是"马甲"。

他懒得在论坛上起名，随手打上了马甲的两个首字母 MJ，有人占用，他又加了个后缀 001，发现这个名字也早已被人注册。随即，他又在 MJ001 后面加了一个 1，留下了自己网络江湖的名号 MJ0011。

这个 ID，开始了他在 360 官方论坛的 BBS 征程。

他的兴趣爱好和 19 岁之前的人生跌宕，都是从 BBS 开始的。

他，以及 MJ0011，现实中的名字叫郑文彬，一个不会被轻易记住的普通名字。

郑文彬是安徽舒城人。2002 年，15 岁的郑文彬以超出录取线 100 多分的成绩，考上安徽省重点高中舒城中学。在财政局工作的父亲见儿子成了学霸，一高兴就奖励他一台学英文的电子词典。父亲的本意是让他学英语的，但郑文彬发现词典里竟然有一些编程的功能，可以自己写程序、做游戏。

于是，编程序就成了少年郑文彬醉心的游戏。

等电子词典满足不了郑文彬的需求，父母又给他买来了电脑上网。郑文彬经常沉浸在各个技术论坛里，并从 BBS 的网友帖子中开始了他的技术积累。

父母发现，郑文彬吃过晚饭就钻进自己的房间里，基本上每天到凌晨四五点钟才熄灯睡觉。父母以为他酷爱学习，觉得这孩子懂事、争气，心里美滋滋的，也就没有管他。

可父母哪里知道，晚上不睡觉白天睡不醒的郑文彬，因为沉迷于程序编写，学习成绩一落千丈，从前几名的学霸迅速变成学渣。

舒城中学的高考录取率超过 90％，等到郑文彬高考时，父母傻眼了，学霸儿子竟然只考上了个很差的"三本"。此时，父母才知道电脑害了孩子，伤心欲绝的父母无力回天，郑文彬却一副无所谓的样子。

更让父母如鲠在喉的是，只到合肥读了几个月大学，郑文彬竟然连大学都懒得上了。

在合肥上大学的三四个月的时间里，郑文彬把图书馆里面有关电脑程序的书看了一遍，觉得再也学不到他要的新东西。问老师，老师也不比这些图书更专业更精通。

学不着新东西还学什么劲？他决定退学。

退学能干什么呢？郑文彬早有盘算，他在 BBS 里聊天时，认识一个做电子词典的老板，这个老板正在破解和研发一项新的电子产品。每次遇到困难，都是郑文彬在论坛上帮他解决问题。一来二去，这个老板力邀郑文彬到深圳加盟他的事业。

　　2005 年 11 月，只上了不到 4 个月大学还不满 18 岁的郑文彬开始了人生第一次远行，直接从合肥飞到了深圳。

　　郑文彬帮那位老板做完产品设计之后，很快又无事可做了，便开始在深圳接一些电子设备的程序设计项目。半年后，郑文彬突然发现自己一个月竟然收入达到 5 万元左右。

　　这个从 BBS 上成长起来的天才少年，对金钱并没有什么概念。反正在深圳衣食无忧，他干脆就天天住在深圳上沙一带的酒店里研究程序。正是在这个时期，郑文彬开始深入接触一些底层的编程技术，比如内核驱动、安全攻防。

　　每个男孩儿都有救世主一样的英雄梦想，看过《黑客帝国》的郑文彬，太想当一个救世主了。他的梦想就是成为中国的顶级黑客，像《黑客帝国》里的救世主尼奥，去拯救这个可能即将陷落的世界。

　　对于网络安全攻防的热爱，像南中国的热风一样从未降温。在酒店里住了一年，郑文彬给北京、广西等地的公司、政府都做过外包的电子设备项目。

　　2006 年 11 月，一位做程序的朋友请郑文彬到海口玩。来到海口之后，一边游山玩水，一边在这家酒店住了一个多月，过着海边散步累了回酒店上网的悠闲日子。直到一个月后，闭门不出的郑文彬一场大梦之后，登录 360 官方论坛，成了 360 官方论坛里的活跃分子。

　　郑文彬在论坛上玩得风生水起，很快成为论坛版主。

　　论坛上，不时公布一些连 360 安全卫士都查杀不掉的流氓软件。郑文彬自告奋勇地说："我来试试！"

　　有时候是几天，有时候是几个小时，郑文彬帮助 360 杀毒团队对一些流氓软件进行专杀，并一次次获得成功。

　　MJ0011 成了论坛上的狠角色，立即引起了 360 安全卫士负责人的注意。

　　这位 360 官网的版主与郑文彬惺惺相惜，在论坛上和私下里，两人的聊天从春风化雨循循善诱，再到热血沸腾壮怀激烈。最后，

360 的这位版主向郑文彬发出英雄帖："来北京加盟我的战队吧，这里有你的战场！你可以砍菜切瓜、快意冲杀！"

"杀毒我倒是挺感兴趣，不过我在这边收入还可以，过得也挺好挺自由，不愿意过去。"郑文彬拒绝得很实在，自己一个月轻松就有 10 万元的收入，突然去给别人打工受约束，实在情非所愿。

郑文彬的拒绝，哪里抵得过这位聪明绝顶的版主："不用急着签工作合同，你来看看，要是愿意帮我们做一些东西，我们付费给你，这样好不好？"

此时，正好郑文彬在网上认识的一个苏州朋友，也热衷于网络安全，他也想到奇虎公司看看，力邀郑文彬同赴北京。

2006 年 12 月底，临近元旦的一天，两人相约在北京首都机场相见。

12 月份的海口还热得开空调，胖胖的郑文彬出发前，预想到北京比较冷需要找件厚衣服，找来找去，找到最厚的是一件长袖 T 恤。一下飞机，零下四五度的寒风让郑文彬不禁打了冷战！

不知道此行是吉是凶！管他呢，两人从飞机场打车直奔市区买了一身棉衣，才拨通了奇虎公司那个版主的电话。

两人冒着寒风赶到位于四惠桥西北角的奇虎公司。见面之后郑文彬才知道，这位版主就是当时在网络界大名鼎鼎的 360 安全卫士负责人，时任奇虎 360 安全卫士的产品经理。

360 安全卫士负责人很忙，寒暄了两句后说："我还有别的事儿，今天晚上我安排 360 安全中心的两个哥们儿接待你们。明早你们再来公司，我带你们见老周。"

郑文彬内心微凉，热血沸腾地跑到北京，竟然安排两个陌生人简单接待，岂是待客之道？看来，360 安全卫士负责人并不是他想象的尼奥的伯乐墨菲斯。

陪他的人中有个叫余和的技术员，郑文彬与余和聊天后才知道，360 整个安全团队只有区区 10 个人，的确忙得不可开交。

郑文彬释然了。

第二天，360安全卫士负责人带着郑文彬见到了奇虎公司董事长周鸿祎。

没什么寒暄，聊了几句，周鸿祎就一眼看出了郑文彬的疑虑，他抛出一个问题："在论坛里面帮网友解决问题，你跟他都是版主，你俩比较一下，一天最多能回多少个解决疑难问题的帖子？"

郑文彬如实回答："不眠不休，三四千个吧。"

周鸿祎微微一笑："在论坛里帮人解决问题，每天三四千是极限了吧？如果我给你一个更大的平台，是不是更有意思？"

"多大的平台？"郑文彬显然被吸引了。

"一天帮几千万人，将来甚至几亿人吧，感兴趣吗？"周鸿祎笑眯眯地看着郑文彬。

一句话把郑文彬给镇住了，帮几亿人，这不就是拯救世界吗？他几乎没过脑子一般，抢着回答说："感兴趣！感兴趣！"

周鸿祎说："除了兴趣，更重要的是责任。你得用自己的技术和经验保护用户信息安全。如果用户上网没有防护，就如同一个小孩儿抱着黄金在大街上裸奔，网络安全工程师就是匡扶正义、除暴安良，责任就是帮助和保护用户。你要做的不是炫技，而是成为网络安全英雄，这是我们与黑客的最大区别。"

"这没问题，为了你说的那个责任，我决定了，跟你干！"一直专注于技术的郑文彬，头一次听到自己的技术可以帮助成千上万人，甚至能成为网络安全英雄，他内心里小小的英雄情结被激发出来，几乎没做任何考虑，就答应下来。

直到要签订入职合同的时候，热血沸腾的郑文彬在朋友的提醒下，才想起来根本没跟周鸿祎谈报酬问题。

"我冲的是周鸿祎，又不是冲钱去的！"本来对金钱就没什么概念的郑文彬，毫不在意。他在意的是，周鸿祎可能是那个认定他是救世主的伯乐墨菲斯，会引领他在黑客江湖中快意恩仇！

话是这么说，那时候郑文彬单打独斗，每月能赚10万元左右，到奇虎公司的收入却只有区区几千元，差别还是挺大的。

他在警方之前揪住了熊猫烧香

所谓互联网安全技术，就是"互联网＋安全技术"。

加盟奇虎公司之后，郑文彬成为奇虎 360 安全团队的一名技术员，负责 360 流氓专杀软件。

此时的 360 安全卫士团队全部加起来只有 10 人，除了负责整个项目管理的产品经理，再去掉运营、客服等，杀毒一线的技术人员只有郑文彬等三四个人。

后来 360 公司成为国内最大的网络安全产品及服务供应商之后，很多人感兴趣的是，谁是奇虎公司向流氓插件开第一枪的人。在郑文彬的记忆中，开第一枪的那个人叫余和，也是郑文彬加盟奇虎公司之后亦师亦友的好伙伴。

坐在郑文彬对桌的同事余和，是郑文彬进入杀毒领域的第一任导师，他为人平和，不怎么爱说话。

进入 360 之后，郑文彬才发现，在此之前他帮别人做电子设备，使用的是底层编程语言。而余和开发安全程序，使用高级编程开发软件，郑文彬完全不会。这就相当于两个世界的语言，只懂中文的郑文彬面对操着流利英语的余和，完全傻掉了。

"怎么办呢？"郑文彬挠着头。

"学呗，我来教你，有不懂的你就问我，反正我就坐在你对面。"余和也不多说。

只能边学边干了。晚上回到租住的房子，郑文彬熬得通宵达旦。第二天到单位，把不懂的问题提出来，余和再逐条地教给郑文彬。

即便这样，也会遇到这样那样的问题。一旦写程序卡住了，郑文彬只好问余和："又卡了，下一步该怎么写？快来教我。"

余和基本不抬头，接茬儿告诉他一个指令，问题立即迎刃而解。

在写程序时，大多数程序员能记住经常用的程序指令，但不经常用的技术参数怎么用，差不多所有程序员都需要查手册。

在请教的过程中，郑文彬才领教了余和这位程序高手的厉害。在 Windows 手册中，有几万个功能接口，余和竟然能把所有接口的功能和指令背得滚瓜烂熟，操作起来根本不用去查。郑文彬只要遇到某个功能接口搞不清楚，一问余和这个功能需要什么指令，余和随时都会不假思索地告诉郑文彬。

这种过目不忘的天才，郑文彬也只是听说过，但亲眼见到还是第一次。

而郑文彬的学习速度，也让天才余和惊诧不已。

在余和的调教下，郑文彬几个月就很快打通了两种程序语言的障碍，开始杀毒软件的设计。就像一个中国孩子到了美国，不但三五个月内学会了英语，还突然做起了博士论文。

实际上，这种令人惊诧的学习进度，付出的是超乎常人的精力消耗，得到的却是极大的身体伤害。郑文彬每天只休息三四个小时，而只比他大 10 岁的余和更是长期失眠，整日整夜睡不着觉。到医院一查，余和患有长期高负荷工作带来的严重神经衰弱症。

正是这种肉体上高强度的付出，才使他们在网络安全领域总是快人一步，也让郑文彬在安全软件的构架上有了初步感觉。

郑文彬发现，与一般流氓软件不同的是，大公司的流氓软件多数都有很强的内部保护。如某著名网络公司的上网插件，是一个德国专家帮他们设计的一套保护系统，国内没有这么高的技术把它清掉，一般的杀毒技术也杀不掉它，导致很多的网民有插件也清除不了。

打通编程语言关口的郑文彬，就像练武术打通了任督二脉，开始在余和带领下专注于研究新的杀毒技术，清除顽固病毒的底层保护。

经过半年左右的清理，师徒两人联手，基本干掉了所有的流氓插件。

360 安全卫士在低调中成长，增加了漏洞修复、查杀木马、装机必备、体检等功能。到 2007 年，360 安全卫士每天安装量高达 40 万，安装总数达到数千万。

360 安全卫士名动天下，少不了国外杀毒软件卡巴斯基的功劳。360 安全卫士推出时，考虑到奇虎公司自身毕竟不是专业做安全的，贸然抛出一个自己开发的流氓克星软件，背后没有强大的安全技术支持，必然会全军覆没。进入安全领域之初，奇虎公司找到曾经的合作伙伴卡巴斯基，与他们达成协议，延续了以往的合作模式：奇虎每年向卡巴斯基支付数百万元，卡巴斯基提供杀毒软件，把卡巴斯基与 360 安全卫士捆绑起来，提供给用户。

奇虎公司进入安全市场，之所以把目标锁定在流氓软件上，是因为当时杀毒厂商并不认为流氓软件是病毒，所以并不查杀流氓软件。而周鸿祎是公认的流氓软件之父，他出面清理流氓软件，别人也会认为是自己清理门户，不会招致大多数杀毒厂商的抵制。

事实上，大部分流氓软件是国内互联网的大牌公司做的，杀毒厂商跟这些互联网公司都有切不断的联系，因此互联网界有一个不成文的默契：杀毒厂商不把流氓软件当病毒，也不会去查杀。因为谁查杀流氓软件就是断人财路，自己又不得利。

清理流氓软件意味着把同行得罪光。每个有名的流氓软件背后都是一家大公司，剜大公司的心头肉，这和一场火并差不多。

郑文彬作为冲锋在前的杀毒战士，又必须打好这一仗！

与此同时，普通用户盼望清理流氓软件，就像受压迫受剥削的老百姓盼救星解放军一样！

当时的互联网用户，几乎所有人都为流氓软件头疼不已，无论是开机还是上网聊天查找资料，都卡得不行，而且随时都会跳出一些流氓软件，引导用户一不小心就点进黄色网站，而且无论怎么删都删不掉，多数用户无奈之下只好重装系统。有的用户几乎每个月都要不厌其烦地重装一次。360 安全卫士一出场，立即受到欢迎，大部分流氓软件都被删除。

因为 360 安全卫士瞄准的是流氓软件，推出之始并没受到传统杀毒厂家的很大阻力，他们都以为周鸿祎这是在清理自家门户，抢不了自己的地盘。

但最后，360安全卫士因为查杀了雅虎助手插件，最终升级成了道德指责和封杀，升级成了一场官司，升级成了一次互联网界的震动。这是郑文彬始料未及的。

清除流氓软件看似是周鸿祎的小试牛刀，但奇虎公司迅速成为互联网世界里杀出的一匹黑马，令同行惊诧。尽管与瑞星、金山和阿里巴巴等几家互联网公司争到了法庭上，但360安全卫士爆发式增长，很快成为装机量最大的安全软件！

奇虎360闯入安全市场正是生逢其时，在清理完流氓软件之后，郑文彬匆匆找到周鸿祎报告："一种比蠕虫更厉害的新病毒，最近非常猖獗！"

"什么病毒！"周鸿祎仿佛发现新猎物一样两眼放光。

郑文彬解释说："这种病毒叫木马！就像特洛伊木马一样，伪装进入电脑程序后散布病毒，这种病毒跟人身上的癌症一样，只要发现就是晚期，不但能直接搞乱电脑，甚至能远程控制电脑程序。黑客可以通过木马控制盗取银行账号、游戏密码，远程控制他人电脑等手段，窃取网民信息，把整个互联网搞得阴云密布。我敢断定，木马背后肯定有着巨大的利益驱动！也肯定不是以往独行侠式的黑客单打独斗，而是很多黑客联手作战。"

"咱们有没有办法干掉它？瑞星、金山那些杀毒厂商有没有好招数？"周鸿祎问。

"木马泛滥速度很快，有人在网上叫卖木马。传统杀毒厂商也措手不及，因为木马变种很多，暂时都还缺乏有效的杀毒程序，只能出来一个杀一个。不过，我相信瑞星、金山会很快开发出来杀毒程序，我们团队人少，但估计也不会比他们晚！"郑文彬谨慎地说。

周鸿祎说："传统的杀毒厂商采用的模式，是先卖一个光盘，用户装在电脑上之后，再适时更新病毒库，木马可能在任何一个时间段进入用户电脑，而用户不可能不间断地升级杀毒程序。即便跟他们同时开发出来杀毒软件，我们也可以第一时间发布，可以与瑞星、金山来一个赛跑!"

肆虐互联网的木马让郑文彬打了鸡血一样兴奋，就像江湖高手面对另一个高手，忍不住挑战一样，他对周鸿祎说："我打算编写一套针对木马的专杀程序，怎么样?"

"当然，马上开工，现在就干!"周鸿祎说。

从 2006 年年底到 2007 年年初，短短的两个多月时间，憨态可掬的熊猫图标占领了无数电脑的屏幕，一个名为"熊猫烧香"的病毒不断入侵个人电脑、感染门户网站、击溃数据系统，亿万用户叫苦连天，杀毒厂商焦头烂额，病毒作者被黑客江湖追捧，甚至《2006 年度中国大陆地区电脑病毒疫情和互联网安全报告》中，也把熊猫烧香评为"毒王"。

"跟上去，看看这个熊猫烧香有什么特点?"余和站在郑文彬背后，两人盯着面前几台电脑上频繁出现的熊猫图标。

"熊猫烧香病毒几乎一夜之间控制了全国数百万台电脑，熊猫一声号令，中毒的电脑就乖乖献出账号密码，并充当它攻击网站的打手。因感染手段丰富，熊猫烧香病毒很快四处传播，病毒大潮犹如洪水，惊涛之下，无人能挡。"郑文彬解释说。

满头大汗的郑文彬噼里啪啦敲击着键盘，突然，他指着电脑屏幕上的一串字符，回头对余和说："沿着这个病毒的相关信息，我捕捉到熊猫烧香病毒的源代码含有一个 whboy 字样的符号。在此之前，含有 whboy 源代码符号的系列病毒曾经出现过，不知道是不是一个人开发的。"

余和说："很可能，目前的木马病毒是根据国外病毒的源代码改写的，真正原创的成分非常少。"

郑文彬说："以前与 whboy 符号相关的病毒出现时，并没有明显的特征，所以我没怎么注意。根据这个源代码，我怀疑熊猫烧香与以往昙花一现过的木马病毒一样，可能出自同一个作者之手。"

"你再查查，相较于其他感染性木马病毒，熊猫烧香的感染性怎么样? 危害程度大不大?"余和着急地问。

"这个木马病毒比较胆小，除了窃取密码之外，没做任何破坏性操作。不过奇怪的是，以往的木马病毒很少用某种符号来公开显示病毒，大多用户只有在丢了账号之后，才会发现自己的电脑中毒了。而熊猫烧香不一样，只要感染电脑，就会显示熊猫烧香的图案，高调到唯恐别人不知道。这小子有暴露癖？反正有点儿炫耀的意思！"郑文彬说。

"只要是炫技的家伙，一般武艺都不怎么高，花拳绣腿就会有软肋。如果去掉修改图标这个过于明显的中毒特征，熊猫烧香感染电脑的数量，在所有木马病毒里并不是最大的，危害也并不像媒体报道的那么巨大。你查查这小子有没有留下注册人的信息。"余和笑了。

沿着 whboy 这个代码，郑文彬找到了熊猫烧香病毒的首页。在首页上，郑文彬几经搜索，竟然找到了注册人的信息。打开一看，是一个武汉的地址。

"快看，whboy，就是武汉男孩儿！老周就是湖北人！"郑文彬笑着指着电脑上的一串字符说。

"要注册域名就要填家庭住址和电话，你继续搜索下去，看看能否找到这个黑客的蛛丝马迹。"余和顾不上跟郑文彬开玩笑。

郑文彬噼里啪啦敲击了一串儿电脑字符之后，指着电脑说："武汉男孩儿竟然填写了真实的个人信息。你看，他留下了真实的名字李俊，还有自己的家庭住址。估计这是个初出江湖的黑客，他也许并不知道，对于高手而言，这是暴露身份的致命线索。这个雏儿，用他的这段代码扭曲和暴露了自己。"

余和不屑地说："黑客炫技！这个武汉男孩儿只不过是通过制作一个让人记住的形象，来证明他是网络世界的熊猫。比起你郑文彬，他哪里是熊猫？狗熊而已，你才是熊猫呢。既然找到了它的致命要害，你赶紧把这个病毒查杀了吧！"

后来"名动天下"的武汉男孩儿李俊，此时当然不知道，当他把自己和同伴共用的代号"whboy"写入病毒的时候，就给自己的犯罪留下了蛛丝马迹，这个踪迹在李俊被警方抓捕之前一个月，就被郑文彬与余和查到了。

遗憾的是，那时候杀毒行业并没有构建一个有效的报毒规则，各家安全公司的高手发现病毒之后，都到软件更新评测的网站去发布消息，提醒业界注意，或者共享自己的杀毒程序。追踪到熊猫烧香的木马病毒之后，郑文彬把自己的这个发现发送到中文业界资讯网站 CnBeta 上。

郑文彬公布了熊猫烧香相关信息之后不久，湖北省公安厅 2007年 2 月 12 日宣布，湖北公安厅网监部门一举侦破了熊猫烧香病毒案，抓获了 25 岁的武汉新洲区人李俊。从病毒泛滥到被抓获，李俊通过自己出售和由他人代卖的方式传播熊猫烧香病毒，在网络上将病毒销售给 120 余人，非法获利仅仅 10 万余元。

也就是从李俊开始，很多人通过熊猫烧香才第一次知道黑客的生财之道。

2007 年 9 月 24 日，熊猫烧香计算机病毒制造者及主要传播者李俊等 4 人，被湖北省仙桃市人民法院以破坏计算机信息系统罪判刑，李俊被判有期徒刑 4 年。

李俊被判刑后，余和与郑文彬聊天说："这个李俊虽然谈不上黑客高手，但他的教训足够深刻。就像他自己说的，想过普通的生活，就会遇到普通的挫折，想过上最好的生活，就一定会遇上最强的伤害。你想要最好，现实世界就一定会给你最痛。能闯过去，你就是赢家；闯不过去，那就乖乖做普通人。"

郑文彬笑笑说："那我还是乖乖做普通人好了！"

2009 年 12 月，提前出狱的李俊高调进京求职，瑞星、江民直接端出了"闭门羹"。李俊也来到奇虎求职，面试之后，证实了郑文彬跟余和当初的判断，李俊只不过是入门级的黑客。奇虎婉言谢绝了李俊的求职。

失落的李俊黯然离京，仅仅两年之后，李俊与他的伙伴在浙江丽水开设网络赌场，所涉赌资超过 7000 万元，案件为公安部督办大案。李俊再次被法院以开设赌场罪判刑 3 年。

当余和与郑文彬聊起李俊被再次判刑的消息时，余和慨叹地说："没有浪子回头的温情，没有国家招安的人生转折，李俊的黑客人生也被病毒侵蚀了。他一次次以极端的方式冲上巅峰，然后迅速跌落。这个自以为天才的黑客，在人生路上反复染毒，为什么？"

"证明自己的方式有很多种，就看他选择什么样的人生。他选择了做怪物，我们只好做打怪的奥特曼！灭病毒的尼奥！"郑文彬跟余和相视一笑。

"成为黑客还是网络安全英雄，其实仅仅差之毫厘。在黑客的世界里，只要你是技术高手，其他人都会佩服你，追捧你，崇拜你。就像进入江湖世界，那里有高手的自尊、侠客的成就，也有令人不齿的江湖败类。不过，我现在关心的是，你从这次熊猫烧香的泛滥，发现了什么？"余和问。

"熊猫烧香引发了用户对杀毒程序的依赖，但杀毒软件价格动辄在百元以上，中国个人用户都没有花钱买软件的习惯，杀毒软件普及率偏低，所以很多人就遭到木马侵袭。"郑文彬分析道。

"我们能不能做一款覆盖率很高的杀毒软件，免费提供给用户，这样的话，像熊猫烧香这样的病毒，就不可能大面积爆发了。"余和说。

"我赞成免费！不过，这样一来，就断了黑客的财路啊，断人财路，必遭报复啊！"郑文彬直言不讳。

余和笑了："魔高一尺，道高一丈。有咱们在，怕什么？大不了把这些黑客高手招到我们麾下，由你这个'韩信'做总指挥，带着他们去冲锋陷阵。韩信将兵，多多益善嘛！"

对阵机器狗

写病毒的黑客，永远不缺乏媒体关注。不少媒体有意无意地把这些病毒作者捧为"电脑天才""超级黑客"，这种现象不仅出现在国内媒体中，甚至国外也有类似的现象，比如被热捧的号称世界头号黑客的米特尼克、CIH病毒的作者陈盈豪。

然而，很少有人关注到，在与黑客博弈的战场上，郑文彬这些默默无闻的网络安全英雄们，却时刻枕戈待旦，守卫着网络的安全。

在熊猫烧香之后，郑文彬还成功阻击了一种更为猖獗的"机器狗"病毒。

2007 年前后，中国大街小巷冒出了数以万计的网吧。很多买不起电脑、家里上不了网、父母不让上网的年轻人，纷纷涌进了网吧。

网络游戏吸引了众多上网的年轻人。网络游戏都需要密码，密码关联着购买网络武器的虚拟货币，盗走游戏密码等于盗走了玩家的货币，这是一个巨大的损失。

当时，网吧对付病毒和木马的撒手锏是一张还原卡。如果电脑不幸染毒，就用还原卡重启一下，电脑就会自动还原成正常程序。网吧里的电脑之所以不怕中病毒，靠的就是这张还原卡。

但不久之后，很多网吧集中反映，一种新的病毒以迅雷不及掩耳之势，冲击了中国几乎所有的网吧和大多数个人用户。郑文彬上网查看后发现，这个病毒没有名字，中毒后显示的图标是 SONY 的机器狗阿宝，就像之前的熊猫烧香一样，网民给它起了个名字叫"机器狗"。

而与之相关联的，还有另一种"机器狗战士"，破坏性极强，2006 年由美国波士顿动力公司研制。它功能强大，稳定性以及方向感方位感极强，可以跟随士兵在崎岖地带作战。网民随即把这种病毒称作机器狗。

全球反病毒监测中心也发布紧急病毒预警：机器狗新变种大规模爆发！短短几天时间，郑文彬他们接到数百位用户的求助电话。

郑文彬立即把这个情况报告给余和说："这个机器狗的厉害之处在于，它是一个典型网络架构的木马型病毒，病毒将自己保存在系统中，定期从指定的网站下载各种木马程序，来截取用户的账号信息。"

"被这个病毒感染是什么状态？"周鸿祎问。

郑文彬说："机器狗的中毒症状是，用户打开'我的电脑'，或者打开浏览器，在只开一个窗口的情况下，机器狗木马就会把打开的窗口关闭，桌面进程就会重启，而在这个过程中，玩家的游戏装备就会被疯狂盗取。"

余和说："网吧的电脑上不是装了还原卡吗？你的意思是，这个病毒穿透还原软件后进行感染和攻击？"

郑文彬解释说："机器狗除了疯狂攻击电脑之外，谁也不知道它从哪里来，到哪里去。网吧和个人用户大面积被感染。机器狗病毒新变种频出，互联网面临一场狂犬病考验。"

余和分析说："那用户的办法只有一个，只能选择重装系统。感染硬盘，盗取游戏密码，这很可能是针对网吧的用户设计的病毒，黑客的身后有着巨大的利益。"

郑文彬回答说："对，机器狗就是一种病毒下载器，它可以给用户的电脑下载大量的木马病毒、恶意软件、插件等。一旦中招，用户的电脑便随时可能感染任何木马病毒，这些木马病毒会疯狂地盗用用户的隐私资料，比如账号密码、私密文件，也会破坏操作系统，使用户的机器无法正常运行。它还可以通过内部网络传播、下载 U 盘病毒和攻击病毒，引发整个网络电脑全部自动重启。机器狗就像潜伏到电脑内部的特务，随时发出信号召唤敌人来攻击，这招太损了。《传奇》《魔兽世界》《征途》《奇迹》等多款网游账号和密码都被盗，这严重威胁游戏玩家数字财产的安全。"

余和说："那我们要注意这批黑客的动向了。从病毒的升级进化分析，第一代黑客是炫耀技术引起关注，这样的高手我们可以招到麾下；第二代黑客是制造病毒破坏系统训练攻防，这也不可怕，也可以为我所用；但第三代黑客有一部分已经完全从量变到质变，他们写病毒的目的只为一个字，钱。他们写病毒、传播销售，再到洗钱分账。黑客制造病毒，在李俊之后已经形成黑色的地下产业链，触目惊心啊。你经常泡在反病毒论坛里，要密切关注那些高手们的帖子，他们是杀毒高手，也可能是制毒高手。"

黑客打造的黑色地下产业链之嚣张，令余和与郑文彬怒不可遏，就像江湖高手面对敌手的恶意挑战，必然亮剑一搏！

郑文彬的判断没错，机器狗就是剑指网吧而来，而且是针对所有的还原产品设计的，破坏力很快超过熊猫烧香。

就在广大网友对机器狗病毒深恶痛绝之时，机器狗作者竟然浮出水面，而且公开在网上叫卖，公然留下联系方式，甚至在博客里叫嚣：够网络警察玩几年！

"别麻烦警察叔叔了，有我在，就先把你给收拾了！"郑文彬微微一笑。

在机器狗病毒作者专门注册用来出售木马病毒的网站上，木马病毒生成器的价格从数千元到数十万元不等。这些制售木马病毒的作者们牟取的黑色利益显然相当不菲，可想而知，在购买了这些高价的"重型武器"后，木马病毒作者们会变本加厉，疯狂地盗窃、抢夺普通网民的虚拟财产。

地下黑色产业所带来的巨大经济诱惑，让一批无良黑客铤而走险，有恃无恐。机器狗横扫各大网吧，盗取网游账号无数，堪称病毒界的血滴子，一杀一个准。

郑文彬在完整版的机器狗出售说明上，还看到这样的文字：

1. 如果您已经决定购买代码请联系客服付 5% 的定金。

2. 买一张到 USA 的机票，具体地址我们告诉您，告诉我们您到达的时间我们好去接您。

3. 到我们团队的驻地拿代码，我们为您现场调试，您在我们驻地的消费以及往返机票费用我们全包。

USA？难道这是一个藏身在美国制作木马病毒的专业犯罪团伙？

如果机器狗的作者果然藏身美国，遥控着国内的木马病毒，同时又向国内木马病毒制作者高价贩卖先进的病毒木马技术，不禁令人觉得毛骨悚然！

郑文彬连续跟踪，发现机器狗制作者相当狡猾，只留下了一个电子邮箱用于联系，但仅凭这个电子邮箱找不到任何有用的信息。追踪机器狗作者藏身之处，希望极其渺茫。

倚天不出，谁与争锋？眼下最要紧的是先阻止这个病毒的肆虐。

郑文彬连夜熬通宵，研究机器狗木马病毒症状之后发现，机器狗主要有两个中毒症状：一是如果360安全卫士无法打开或者打开之后被关闭，系统变得非常慢，系统时间莫名其妙被更改，"我的电脑"图标不正确，输入法无法打开；二是打开 C：\ WINDOWS \ system32 文件夹，如果在属性窗口中看不到文件的版本标签，说明文件已经被病毒替换，已经中了机器狗病毒！

机器狗病毒生命力相当顽强，仿佛是打不死的"小强"。

针对这款病毒的特性，郑文彬很快开发出了360安全卫士"打狗秘籍"。《360顽固木马专杀大全》一经推出，立即成为机器狗的天敌！

这款《360顽固木马专杀大全》，集成了数种顽固木马专杀工具，用户可以"一箭多雕"，只要下载一个，就可以查杀数十种顽固木马病毒。

自此之后，360确定了一个杀毒原则：木马不过夜！

机器狗病毒为祸互联网，也引发了一场杀毒厂商的集中大围剿。在360安全卫士挥动"打狗棍"围猎机器狗之后，同仇敌忾的各大杀毒厂商，也有效针对机器狗病毒的传播特点，纷纷推出专杀工具。

一时间，杀毒厂商众志成城，有效阻击了机器狗入侵。机器狗在猖獗了一个阶段之后，气焰渐渐消散。

但很多没有安装杀毒软件的电脑，不幸成为机器狗的猎物。机器狗肆虐期间，香港演员陈冠希轰动一时的艳照门事件，很多人怀疑是被机器狗木马控制之后，盗取了有关图片视频。

郑文彬怀疑，机器狗病毒不是一个人而是一个专业制售木马病毒的犯罪团伙，他希望公安部门能够介入，打击并消灭这种可能藏身国外、专门贩卖木马病毒的黑色产业，还广大网民一个干净的网络环境。随后，郑文彬将相关信息报告给了警方。

但警方介入之后发现，随着 360、金山等各大杀毒厂商纷纷推出了自己的打狗软件，机器狗病毒便不再猖獗，作者隐身于江湖再未现身，去向成谜。

自此，机器狗病毒成了一桩悬案。

奇虎抓耗子

藏身于国内的木马病毒作者，却没有机器狗作者那么好的运气了。在机器狗之后，郑文彬等一众杀毒战士，联手警方逮出了一批"小耗子"，挖出一条完整的木马产业链。

木马病毒猖獗时，很多反病毒论坛、贴吧上，一些黑客高手竟然公开发布招生广告，宣称长期收徒，传授灰鸽子、抓鸡、DDOS 攻击、木马制作、网站入侵、网站挂马、木马脱壳、免杀、捆绑服务器的制作与维护、网吧安全与入侵等，甚至还有大量黑客打出广告，表示有能力承接各类黑客业务，只要付上足够的价钱。

木马病毒倏忽来去，隐藏在角落里的黑客自以为能够逍遥法外。但在 360 确定的木马不过夜的杀毒原则之下，360 早在警方立案调查之前，就和一种叫"小耗子"的木马展开了交锋。

2007 年 10 月 7 日上午 9 点开始，湖北省麻城市黄金桥区电信互联网突然中断，长达 3 天的时间里无法正常运转。中断网络的包括麻城市公安局、检察院、法院在内的 45 家单位和 5 家网吧。

几乎所有单位都涌到麻城市电信部门查询，但技术人员无论如何也查不到原因。

与此同时，网吧老板小赵跑到公安局报案说："我收到一条信息，黑客让我给 8000 元消灾费，买他的软件就能恢复网络，否则就让我的网吧瘫痪。"

麻城公安局网监大队抽调技术高手，迅速介入此案。

警方侦查发现，这个信息就发自湖北麻城，说明敲诈者身在麻城，甚至可能熟悉赵老板，更可能是对网吧非常熟悉的上网人员。于是，警方在麻城网吧展开秘密监控。

很快，24岁的高麻城被警方抓获。警方以为抓到了一个大家伙，但审讯时发现这只不过是一只小耗子，他满腹冤枉地说："打电话发短信要钱是我干的，赵老板跟我有仇，我才想出这一招敲诈他的。但网络攻击不是我发动的，是山东人韩青岛干的！"

"韩青岛是干什么的？你们怎么认识的？"警方继续追问。

高麻城委屈地说："我也是发动攻击前一天刚在黑鹰网上认识的，韩青岛说他是小耗子木马的全国总代理，专门干的就是控制'肉鸡'，攻击小城市网吧的。我在网上跟他聊天，才突发奇想，试试能不能在麻城赵老板的网吧出出气顺便赚点儿钱。我本来有工作单位，不信你们去查。"

警方一查，这小子果然没说谎。

"那你们是怎样发动攻击的？"警方继续审讯。

"我就是打探到赵老板的电话，查到了他们网吧的IP地址，然后告诉韩青岛，由他发动攻击，造成网吧传输阻塞、掉线。总共集中攻击了两次，10月7号一次，第二天又发动了一次。"高麻城说。

"你有韩青岛的联系方式吗？"警方问。

"只有QQ号，别的没有。"高麻城如实回答。

韩青岛发动的这次木马攻击，在湖北麻城造成直接经济损失13万余元，间接损失无法估算。麻城警方层层上报后，公安部将此案列为督办案件。

审讯高麻城之后，麻城警方迅速调集警力展开对韩青岛的追击，但韩青岛像人间蒸发一样，在网络上消失了。

茫茫人海，要奔赴山东去追查一个名字都不知道真假的韩青岛，谈何容易！

由于网络攻击证据采集很困难，起诉证据不足，麻城警方只能将这起网络攻击案暂时搁置，但侦破工作并未就此完全停止，韩青岛的动向始终被麻城警方重点监控。

召唤"肉鸡"是远程控制木马发动网络攻击的主要方式。所谓"肉鸡"，就是那些没有安全保护而被木马控制的电脑终端，被控制的"肉鸡"是黑客取之不尽的财富宝库。在黑客网站上，"肉鸡"被公开叫卖，每只"肉鸡"的价格低至 0.1 元，高则 1000 多元。

郑文彬发现，"肉鸡"之所以受欢迎，一是黑客买到"肉鸡"后，首先将"肉鸡"的银行账号、游戏账号、密码、游戏装备、游戏币和 QQ 币等盗出来，然后打包批发卖给销售商，销售商再去非法销售。

二是黑客可以控制"肉鸡"点击广告、提升一些网站的流量和排名，从广告主那里收取广告费。

三是指挥"肉鸡"发动网络攻击。黑客能控制数万甚至数十万只"肉鸡"充当网络战士，在同一时间段内攻陷某一网络站点，使一些网吧和中小企业不得不破财免灾，只要交了"保护费"，网络马上就会恢复平静。

韩青岛在湖北麻城搞过一次闪电突击之后，扔下同伴高麻城遁入地下。但他对在麻城的战果念念不忘，终于在时隔一年半之后的 2009 年 3 月，韩青岛再次向麻城发动了攻击。这次他通过木马窃取了女孩儿小周的"艳照"，敲诈 5000 元。

心里没鬼的小周马上报案。麻城网监警察在小周的电脑内，发现大量小耗子等远程控制木马程序，而且攻击手段与上一次的攻击非常相似。网监警察仅用了 4 个小时，就锁定了韩青岛的位置。

2009 年 4 月，麻城网警抓获了韩青岛。警方从他的电脑中发现大量木马程序，小耗子木马下载器也在其中。

韩青岛被捕后十分抗拒，他只承认敲诈了小周，却拒不承认发动"肉鸡"攻击网吧。他侥幸地认为，那个案件已过去近两年，电子证据已毁灭，况且他与高麻城也只是网上联络从未谋面，警方不可能查到他。

但他还是低估了网络警察的实力，办案民警连续几昼夜工作，终于在韩青岛的电脑中发现了两个电子银行登录记录，而其中一个电子银行账号，正是敲诈麻城赵老板网吧时留的银行账号。在铁证面前，韩青岛低下了头。

在审讯中，韩青岛承认说："我是小耗子的全国总代理，小耗子可以秒杀一般的安全软件，但唯独360安全卫士很难对付。所以小耗子的作者'落雪的瞬间'非常痛恨360，每次升级程序在绕过360杀毒程序时，都要绞尽脑汁。"

"'落雪的瞬间'是谁？他在哪里？"警方继续追问。

"我也不知道，我只知道他网名叫'落雪的瞬间'。"韩青岛如实回答。

"没有任何联系方式吗？"麻城警方紧追不放。

"只有一个网名，别的什么都没有。都是他主动联系我，我从不主动联系他。"韩青岛说。

抓不到幕后黑手，这个公安部督办的大案就不圆满，起码是最大的遗憾！

"再黑的黑客也有惧怕的对手啊！马上向公安部网络安全保卫局汇报，通过国家计算机应急中心联系360的专家，挖出幕后黑手！"麻城警方领导作出指示。

麻城警方立即赶赴北京，通过公安部网络安全保卫局找到奇虎360公司。根据警方提供的线索，360公司立即责令郑文彬等杀毒高手，全力配合麻城警方。

听完麻城警方提供的木马分析和查杀数据之后，郑文彬说："最近一个时期小耗子木马猖獗，为了绕过我们的狙杀，变种频出。每次出现新的变种，我们都会在第一时间将样本截获，不断强化防御能力。我们还破解过小耗子代理商韩青岛的统计后台，发现仅通过韩青岛，小耗子木马一天时间就感染了5781台电脑，控制的'肉鸡'电脑总量达到17万台，这足以说明小耗子十分猖獗。但它们再猖獗，也逃不过我们猎手！"

"能不能帮我们抓到写病毒的幕后黑手？"麻城警方关心的是小耗子背后的作者。

"应该没有问题。"郑文彬信心满满。

随后，郑文彬配合警方调取了大量关于小耗子木马的数据。他对小耗子进行分析后发现，小耗子用于升级的服务器，竟然隐藏在广东省东莞市的电信机房中。尽管韩青岛已经落网，但写病毒的幕后黑客仿佛并不知情，仍然不断更新着木马的变种。

郑文彬发现，小耗子木马在半年内就赚取了超过 200 万元的巨额黑色利益。

沿着这个线索，郑文彬循线追踪，很快查到写病毒的人隐藏在安徽。麻城警方随即赶赴安徽，将小耗子木马的作者杨滁州抓获。这个只有 20 岁的小伙子，就是网名"落雪的瞬间"的黑客！

在郑文彬的帮助下，麻城警方又从河北石家庄抓到两名销售小耗子木马的下线。

郑文彬发现，小耗子传播木马的主要途径，是向深圳一个流量商购买流量挂马。随后，麻城警方顺藤摸瓜在深圳将流量商抓获。

郑文彬对麻城警方分析说："流量商是这条产业链中最大的推手和幕后大老板，在木马产业链中扮演着非常复杂的多重角色：首先是向一些网站站长收购流量，这部分流量既可以出售给小耗子木马的下线传播者，也可以由流量商自己挂马。所挂的木马也分为两种，一种是直接窃取网游账号获利，另一种是推送伪造的 QQ 中奖消息，结合钓鱼网站进行网络诈骗，而这些木马通常也是由流量商以低价雇用程序员来编写。"

麻城警方调查后发现，深圳的流量商一个月的收益达到 10 多万元。

至此，可以说本案已经大获全胜了！然而，更大的惊喜还在后面！

只有 20 岁的杨滁州在黑客界颇有名气。在对杨滁州的审讯中，警方好奇地问："你小小年纪，在哪里学来如此高超的黑客手段？"

杨滁州自负又满腹怨气地说："在黑鹰网啊，我也是在黑鹰网和韩青岛认识的。我们分工明确，我写木马，他销售。我没拿到什么钱，钱都让韩青岛赚了。"

"黑鹰网？"麻城警方再次听到这个韩青岛与高麻城相识的网站，立即警觉起来，连忙讯问，"这是个什么网站？"

"黑鹰安全网，专门培训黑客的网站，全国公认的规模最大的三家黑客培训网站的老大啊。"杨滁州得意地说。

大鱼背后有大鱼？麻城警方立即再次提审高麻城和韩青岛，发现他们都是黑鹰网里的同门师兄弟。

麻城警方立即上报黄冈市公安局和省公安厅，同时上报公安部。黄冈市公安局、麻城市公安局成立"猎鹰行动"专案组，由公安部统一协调指挥围猎黑鹰，打掉这条黑色地下产业链！

经过郑文彬等奇虎360公司的杀毒人员测定，黑鹰网所租用的服务器分别位于浙江温州、安徽黄山、河南漯河，而主要犯罪人员在河南许昌。公安部立即协调四地警方，统一行动。

郑文彬他们配合警方调查时发现，河南人李许昌曾是一名黑客高手，2006年年初在网上与张河北相识。张河北听说做黑客能赚大钱之后，两人商议成立一家实体公司，通过制造和传播电脑病毒赚钱。

2006年3月，李许昌、张河北联合成立了黑鹰科技有限公司，注册资金100万元。李许昌担任董事长，张河北出任总经理。在3年时间里，黑鹰网共发展收费会员1.2万余名、普通注册会员17万余名。成为该网站收费会员的，每人每年需向该网站交纳200元至996元不等的会费，才能学到各种类型的黑客技术。黑鹰安全网开办以来，收取会员会费逾700万元。

为了招收更多会员，让他们尽快掌握各类木马程序，黑鹰网开办了网络教学，利用新浪网的UC聊天室进行团体授课，开设营销课程，教授学员如何赚钱，如何使用木马软件，同时还定时对木马程序更新、升级。而在黑鹰安全网上，先后提供了3000余款木马病毒程序，供会员下载使用。

黑鹰安全网成为全国最大的黑客培训网站。

在公安部的统一指挥下，专案组前往河南许昌"猎鹰"。浙江温州、安徽黄山、河南漯河等公安机关统一配合行动。

2009 年 11 月 26 日，警方在河南许昌将李许昌、张河北抓获，查扣黑鹰网所有服务器，冻结涉案资金 170 余万元。随后，公安部又分别捣毁了全国三大黑客培训网站的另外两家。

围猎黑鹰一战，6 名涉嫌木马制作、代理、传播和销赃的案犯尽数落网，这是国内首次成功破获一条上下游完整的木马产业链。

2009 年 2 月 28 日施行的刑法修正案确定了提供侵入、非法控制计算机信息系统程序罪这一新罪名。据公安部通报，"黑鹰安全网"案名列全国十大网侦精品案件之一，是全国打击黑客培训网站第一案、打击黑客犯罪适用新刑法修正案第一案。

先行落网的黑客韩青岛和高麻城，因犯破坏计算机信息系统罪，分别被判处有期徒刑 2 年和 1 年。随后，麻城市法院做出一审判决，李许昌、张河北犯提供侵入、非法控制计算机信息系统程序罪，被判处有期徒刑 1 年 6 个月。

而周鸿祎老家的湖北网络警察，在奇虎 360 的帮助下屡破网络大案，成为全国网络警察中无坚不摧的一支劲旅！

卡巴斯基退场逼出双引擎杀毒

几场围猎木马的战役打下来，周鸿祎在公司会议上说："木马地下黑产业的危害远远超过我们的想象，互联网上没有安全软件的电脑就像在风雨中裸奔，大量裸奔的电脑成了木马赚钱的乐园，这对网民的上网安全构成了极其严重的威胁，我们必须无偿给他们提供安全保障！"

"只有用免费安全软件把全体网民都武装起来，让木马赚钱越来越难，才能真正遏制木马产业的危害。但目前的格局是，各大杀毒厂商都在收费，我们如果收费，很难做大做强。如果不收费，那就意味着向各大杀毒厂商宣战！要慎重考虑一个合适的策略！"很多人纷纷质疑。

"不管三七二十一，先搁置争议，做起来再说。有不同意见，可以坐下来慢慢谈！"周鸿祎说。

然而，令周鸿祎万万没有想到的是，内部的争论还没有平息，外援就来叫板了。曾经合作愉快的外援卡巴斯基，眼看一年的合约到期，向奇虎360公司提出了要求，要终止合作。

周鸿祎不得不坐下来跟他们谈判："有什么要求，提吧。"

卡巴斯基负责人回答得很真诚："一年从你这里拿几百万太少了。卡巴斯基现在的装机量中国第二，所以我们准备回到收费模式。"

周鸿祎毫不客气地指出："知道不知道，你们这装机量的中国第二，是我老周拿钱买来免费送出去。知道吗？没有360安全卫士带你们玩，你在杀毒市场根本排不上队！"

对方有装机量垫底，也毫不退让："除非你能答应我们的条件，提高卡巴斯基的使用费，否则，没什么可谈的！"

周鸿祎当即怒了："当年你们吃不上喝不上，我给你吃了口饱饭，你还当起少爷来了？对不起，老子不伺候了！我带你玩是看得起你，以后我还就不带你玩了。"

双方的合作就这么崩了。

卡巴斯基的退场，就像作战时两翼撤出，主力失去了护卫。又像对阵的拳手，自己露出了软肋，即便有再强大的拳头，防守出了问题，也会被对手轻轻击倒。

形象一点儿说，杀毒软件需要一个发动机，就是所谓的杀毒引擎。作为杀毒软件供应商，做杀毒软件就像造飞机，360掌握了飞机的制造技术，却不掌握核心的发动机制造专利，这是人家国外才有的知识产权。当务之急是需要把这个发动机买过来，装在奇虎这架飞机上，奇虎才能飞起来。

奇虎自己的技术人员只有十几个人，临时制造一个发动机，仓促上阵研发，在时间上显然等不及，怎么办？

无奈之下，奇虎公司买来罗马尼亚 Bitdefender 公司一个杀毒引擎，先临时救急。随后，周鸿祎紧急飞往德国去找一家叫小红伞的公司。

小红伞（Avira AntiVir）是一套由德国的 Avira 公司所开发的杀毒软件。这是一款国际知名的杀毒软件，在系统扫描、即时防护、自动更新等方面表现不俗。小红伞采用高效的启发式扫描，可以检测 70% 的未知病毒。在专业测试中，是所有自主杀毒引擎的防病毒软件中侦测率最高的。

然而，飞到德国的周鸿祎却扑了个空，人家老板没在国内，周游列国去了。

回到国内之后，周鸿祎心里更凉了。郑文彬向周鸿祎的汇报更是雪上加霜："我们用 360 安全卫士整合罗马尼亚搜索引擎的过程中，出现了很多问题。在扫描病毒时，经常不知道什么原因就突然死机了。因为对方的软件很复杂，谁也搞不懂出了什么问题。"

彻夜未眠的郑文彬红肿着眼睛，满头大汗地坐在电脑前冥思苦想，周鸿祎拍拍郑文彬的肩膀问："想到什么解决办法了吗？"

郑文彬说："没有。跟对方沟通没有反馈，唯一的办法就是赶紧飞到罗马尼亚跟他们沟通！"

但公关部门回答说："这个办法行不通，我们已经想过很多办法了，但是签证办不下来，罗马尼亚的签证太难弄了。即便疏通关系，签证也要等很久才下来，再想别的法子吧。"

周鸿祎对郑文彬说："要不，你去一个罗马尼亚附近的国家，然后想办法偷渡过去，怎么样？"

郑文彬可不管这些，当即答应说："这个好玩，行啊。"

周鸿祎说："我记得你们团队有个侦察兵出身的吧，就让他跟你一起去，给你当保镖，去罗马尼亚把问题给我解决了。"

"真的？行啊！"郑文彬抢着答应下来。

"行什么行？赶紧想别的办法跟罗马尼亚那边沟通，看看怎么解决。"周鸿祎开了个玩笑，眼见郑文彬当真，他自己也笑了，"你这小子一根筋啊，你真带着侦察兵偷偷跑去了，我是等着警察来，还是等着外交部的人来？"

郑文彬失望地笑着说："那算了，依靠别人的技术，不如自己开发。杀毒搞不过外国人，我就不信了！"

周鸿祎拍拍他的肩膀说："跟你商议个事儿，行吗？"

郑文彬问："你说，老周。"

周鸿祎神秘地笑笑："爱吃西餐吗？"

无肉不欢的郑文彬不明就里："爱吃啊。"

周鸿祎继续神秘地笑："想吃小灶吗？"

郑文彬如实回答："想吃。"

周鸿祎笑笑："天天、顿顿，24 小时，你想吃啥，我找人给你做啥，行吗？"

郑文彬笑了："老板，你开玩笑呢吧？"

周鸿祎突然拉下脸，装作严肃的样子说："不准喊老板，就喊老周。但身为老板，我不能跟你开这玩笑，老板的话在吃饭这个问题上就是金口玉言，一个字不能改的。"

郑文彬嘟囔说："那我信了吧，谁让你是老板来着。"

周鸿祎板着脸说："不能白吃，知道吗？"

"怎么，还要钱啊？公司吃饭不是免费吗？"郑文彬说。

周鸿祎笑了："天下哪有免费的午餐？但你可以有免费的全天候餐。现在罗马尼亚这个软件就是一粒种子，你把它的基因给我破解了，搞出一个杀毒引擎来。记着，要比罗马尼亚那个高级，好不好？思路上的问题你随时来找我，吃饭的问题你找王师傅！"

"哪个王师傅啊？"郑文彬望着周鸿祎转身而去的背影，还没忘了吃的问题。

"丽都饭店大厨王师傅，专做西点的大厨！我给你挖来了！"转身走远的周鸿祎甩下一句话。

郑文彬当然没偷渡去罗马尼亚，最后只能熬过无数个通宵分析遇到的问题。过了一段时间，罗马尼亚的工程师飞来中国，帮助郑文彬解决问题时，惊奇地发现郑文彬已经把这个软件的核心内容破解出来了。

一年之后，郑文彬带领团队，设计了独立的搜索杀毒引擎，要比罗马尼亚的版本更高级。

周鸿祎没有食言，他果然从丽都饭店挖来大厨王师傅，员工们只要饿了随时到食堂，随到随吃。周鸿祎还特意嘱咐王师傅对郑文彬网开一面，24 小时随时可以下楼找王师傅要吃的。

王师傅跟郑文彬混熟了之后，悄悄对他说："大家吃饭的时候你不要来，你等饭点过了再来，我给你开个小灶，单独炒个菜，好不好？"

"这有什么不好的？"吃饱喝足的郑文彬，乐得屁颠屁颠地走了。

后来奇虎 360 上市，王师傅也拿到了与其他员工同样多的股票。在互联网公司中，拿公司股票的厨师，好像除了老王之外并不多。

周鸿祎之所以坚决要掌握杀毒技术的自主知识产权，是因为他认为依托国外杀毒技术开发的产品，说到底还是个卖软件的，终归受制于人。如果能够打造一款自己的杀毒引擎，就等于自己能造发动机了，即便买来的杀毒引擎突然"空中停车"，自己的杀毒引擎依然保证能够杀毒，等于一架飞机有了两个引擎。

尽管后来 360 依然与罗马尼亚这家杀毒软件有着良好的合作，但 360 使用的已经是由郑文彬他们开发的杀毒引擎了。

给微软找漏洞打补丁

2007 年 4 月，360 安全团队突然接到大批网友求救。网友说，一进入网站，只要点击一个网页或者下载软件，就立即中招，电脑马上瘫痪。

客服人员立即将这个情况传递给了郑文彬。

"多少人报告中毒？又是木马吧？"郑文彬问。

"没法儿数了，你去论坛看看吧！"客服说。

当时求救的方式就是在论坛上发帖子，当时 360 使用的论坛系统能容纳 10 万到 20 万网民同时在线浏览聊天，但是发生了这种爆发性的病毒事件，大量网民同时来论坛求助，论坛系统撑不住，就打不开了。郑文彬进入论坛后发现，几十万网民在论坛上留了求救帖子，用户们纷纷称：什么也没有干，就是上网下载不知道什么东西，就中了流氓软件。

按照网民的求救，郑文彬进入网站发现，这些木马主要利用含有漏洞的图标进行攻击，进入一个网站后，只要浏览到网站里的图标，就会中病毒，而且网民无论是通过浏览器浏览，还是用各种看图软件打开，或者在即时聊天窗口、电子邮件、Office 文档里查看这些图片，就会中招！

哪怕只是看了一个 QQ 表情！

用户自己当然不知道是怎么回事，郑文彬沿着用户的踪迹进入几个网站搜寻，发现这些网站和网页都被挂了木马，就像被人们常常走过的路上埋满的各种各样的地雷一样。

郑文彬发现，这次挂马的范围不但包括 IE 浏览器、Office 软件以及 Windows 自带的图片浏览工具，还波及了几乎所有能查看、展示主要图片格式的第三方软件，包括主流聊天工具、浏览器、看图软件和视频播放软件。

这种大面积的挂马，以前还很少发现。根据经验，郑文彬立即做出判断："攻击者将木马藏在文件中，很可能是浏览器有漏洞！这是一种新的病毒攻击模式！"

"漏洞是什么？"客服人员对于漏洞知识了解并不多。

郑文彬解释说："通俗一点儿说，漏洞就是那个隐藏在草丛之下的蚂蚁洞，平时根本看不到，只要洪水到来，千里之堤毁于蚁穴，结果是洪水肆虐，哀鸿遍野！"

"那这个漏洞哪里来的的？"客服人员听郑文彬突然用这么诗意的语言说了一番，还是有些蒙。

"说白了，漏洞是微软一出生就带来的缺陷，而且是不可避免的缺陷，就像你个子高我长得胖一样，每个软件都带有独特的遗传基因，攻击者就是利用这个固有的弱点挂上木马，有针对性地进行攻击。比如长城，漏洞就是万里长城上那块松动的砖，或者是肉眼看不到的细小裂缝，朔风吹过，孟姜女的泪水就可以泡倒！只需要一个小口子，整个国家就会被强虏的铁蹄踏遍！江堤不能杜绝蚁穴，长城无法防止裂隙，在网络世界里，漏洞永远不可避免。黑客就是瞄准漏洞攻击的那成千上万的蚁群，无处不在的风声。"郑文彬的话突然变得充满诗情画意。

"那就没办法了？微软那么强大的技术实力，难道他们不知道自己的软件有漏洞吗？"客服说。

郑文彬说："他们当然知道，也每月发布一次软件，补上他们发现的漏洞。但美国人定了规矩就是用来执行的，绝不走样儿，不像我们东方哲学的随机应变。正是这个每月一次的死板规定，让那些黑客钻了漏洞，挂马攻击！浏览器的漏洞难以避免，比如说你访问一个网站，你很小心，不会去下载软件，但其实一打开浏览器你就中招了。就等于只要出现一个新漏洞，全国几亿网民都有被攻击的危险。作为网络安全公司，我们有责任来给用户提供保护。"

"那你打算怎么办？"客服问。

"衣服破了就要打补丁补上，我们做个临时补丁打上呗，堵上漏洞，黑客就没法儿挂马，问题就会迎刃而解。"郑文彬说。

很快，郑文彬针对这个漏洞设计了一个临时补丁。

为正规软件打完补丁之后，郑文彬发现还是没法儿完全解决这次漏洞危机。后来经过调查才发现，很多用户使用的是盗版的微软操作系统。

中国文化中有一种比较厉害的绝招是山寨，无论什么样的东西都能很快做出山寨版。收费很高的微软操作系统当然也会有山寨版，但山寨版的操作系统有一个致命缺陷，就是打不了补丁。所以，操作系统的盗版用户大面积受到这次震荡波木马的攻击，威胁到系统的安全。

郑文彬没那么强的是非观，在他看来，只要是电脑用户都是上帝，不论是正版还是盗版用户，都要先保护下来再说。

在此之前，微软会针对发现的漏洞，在后台为用户打上补丁，因此没有出现大面积的漏洞被攻击的事件，普通用户对漏洞补丁更没什么概念，觉得不打也无所谓。直到这次受到大面积木马攻击，用户们还不知道被攻击的原因。

因为微软是一个月补一次漏洞，这次因漏洞引发的攻击，微软没有及时打上补丁，用户只能眼睁睁看着自己受攻击而束手无策。郑文彬通过分析，查找出微软的这个漏洞，立即开发出针对这个漏洞的补丁，通过 360 安全卫士提供给了用户。

查漏洞打补丁的功能一面世，立即受到普遍欢迎。

查漏洞打补丁的技术含量很高，当时国内只有为数寥寥的顶级高手才能做到。为了不至于让微软感到难堪，郑文彬起名为临时补丁。因为微软是在每月的第二周固定推出，郑文彬就在微软发布之前的空当推出临时补丁，等微软解决问题的补丁发布、用户补上了系统后，再撤回临时补丁。

以微软睥睨天下的技术实力，其他安全公司提供个临时补丁，他们并不觉得是多大的事情。他们能做的就是在网上发布一份声明，对打补丁的高手进行口头上的奖励。

即便这样的口头表扬，对全球所有网络安全英雄而言，都是天大的荣誉，每一次微软的致谢都是一枚硕大的勋章。

帮全球网络界老大拾遗补阙，这种荣耀不是谁都能得到的。

当然，随着郑文彬等网络安全英雄不停地给他们的漏洞打补丁，微软也意识到临时补丁的重要性，开始学会变通，慢慢也开始推出临时补丁。后来，针对一些特别紧急的高危漏洞，微软开始发布超常规补丁。

查漏洞打补丁除了杀木马之外，一个意外的收获是，每次系统漏洞遭到攻击之后，就有很多用户下载 360 安全卫士，极大带动了360 安全卫士的装机量。

每次针对突发状况，郑文彬总是在第一时间独家推出完整的解决方案，能够同时修补 Windows 系统和第三方软件中存在的漏洞。

每一次成功打补丁，微软公司都会在网上发布致谢。这是唯一的奖励。

截至 2016 年 5 月，这个数字为 103 次！郑文彬清楚记得自己受到微软表彰的次数。这份荣耀，国内无人匹敌！整个东方无人匹敌！

而在过去的岁月里，郑文彬带领的 360 安全团队向谷歌、微软、苹果等全球各大 IT 巨头，仅在 2015 年就提交了上百个漏洞报告并获得公开致谢，发现漏洞数量仅次于谷歌安全团队，位列世界第二，被誉为"东方最强白帽子军团"。

帮微软打补丁，就像帮秦始皇修长城，给长江找蚁穴，这种成就感，只有站在峰巅的人才会领略到。

在连续发现几次非常危急的漏洞并成功狙击了黑客的侵入之后，在郑文彬的建议之下，2013 年 360 公司组建了一支专门挖掘漏洞的攻防团队，郑文彬成为这个特殊团队的核心与领袖。

在此之后，郑文彬从单打独斗变成小分队作战，抢在黑客之前发现这些漏洞。只要发现任何一个黑客在利用漏洞发动攻击，即便微软尚未知觉，360 漏洞团队就会第一个抢在黑客前面提供补丁。除了微软自身之外，当时中国只有 360 公司义务帮助查漏洞打补丁。随着防线越来越牢固，黑客利用漏洞的机会越来越少。

微软没有给郑文彬发工资，但却给 360 带来了巨大的合作机会。

2015 年 7 月 29 日，微软正式发布新一代操作系统 Windows 10。新系统将统一 PC、平板、手机和 Xbox 等多个平台，在性能、安全性和用户体验方面都有全面提升，并对系统底层、开始菜单、操作中心等做出多项改进。"Windows 10 是迄今为止最好的 Windows 版本。"微软首席运营官 Kevin Turner 在公开场合曾这样表示。

与以往不同，此次微软选择与 360 公司合作，为中国用户提供了升级服务。360 针对 Windows 10 推出了包括一键升级、24 小时救援热线电话、专家在线全程陪护和 10 万线下维修店升级等完善的服务体系，全程护航国内用户升级、安装和使用 Windows 10。

除此之外，Windows 10 还加强了安全性的设计。Windows 10 的内核版本直接从 6.4 升级到了 10.0，操作系统的底层架构和安全特性发生了多项重大变化。郑文彬负责这次与微软的安全合作，微软系统中显著加强了对于字体解析引擎的安全防护，引入了非系统字体禁用和隔离用户模式字体渲染引擎两项举措。

此次两大巨头合作的结果是，用户只要确认需要升级，一觉醒来，电脑可能就变成了 Windows 10 的新程序。

"我原来的应用还在吗？我原来的用户习惯还在吗？我的数据会不会丢失？"不少用户提出这样的疑问。郑文彬称，360 为 Windows 10 用户提供安全护航，可以提供安全备份、极速下载、技术专家全程指导服务，甚至如果用户不满意新系统，还可以一键还原到原系统。

据最新统计报告显示，目前中国国内使用 Windows 操作系统的电脑市场份额不低于 97.1%，而目前超过 96% 的中国电脑用户都在使用 360 的安全产品。

从郑文彬帮助微软用户打补丁开始，已经为中国用户打补丁累计超过 1800 亿次。这个数字，应该可以用天文数字来形容。

如果说郑文彬亲自掌控的挖漏洞的攻防团队是他的撒手锏、血滴子，那么他统领的近 500 人的安全团队，就是 360 的御林军。我们电脑上常用的 XP 盾甲、360 云查杀、360 云防御等都是出自他们之手。

经过近 10 年的磨砺，郑文彬对于网络安全，也从兴趣转为责任。他经常对同事说："网络安全的攻防永无止境，只有不断创新和进步，才是最好的安全解决方案。"

郑文彬进入奇虎 360 之后，一清插件，二灭木马，三补漏洞，很快在 360 内部成了大神级的人物。当时的 360 安全卫士属于安全辅助软件，并不是严格意义上的杀毒软件。360 挥刀杀入安全市场，就必须帮没有装杀毒软件的用户解决杀毒问题。

奇虎 360 调整市场策略确定进入杀毒市场决策之后，原 360 安全卫士负责人成为 360 杀毒软件开发的负责人，但在 360 杀毒软件上线的紧张时刻，他突然提出辞职。

在周鸿祎与 360 安全卫士负责人的博弈中，周鸿祎的底线之一是：你走可以，但不能挖走郑文彬，把他给我留下！

360 安全卫士负责人爽快地答应了。事实上，在 360 安全卫士负责人决定离开时，也跟郑文彬谈过，但郑文彬婉言拒绝了："老周对我不错，我决定留下！"

360 安全卫士负责人出走后，奇虎公司正式挥师杀毒领域。奇虎高层注意到，在此之前，中国互联网软件推广过程中，共发生了两次"收费 PK 免费"的战争，前两次战争分别发生在电子邮箱、电子商务领域，每次战争都是以免费的胜利而告终，并带来更好的产品、服务和商业模式。奇虎公司内部达成共识，互联网安全软件免费是大势所趋，至于带来什么新的商业模式，谁都不知道，但有一点是实践证明了的，只要有用户支持，就会创造新的商业模式。

周鸿祎力排众议，做出推出免费杀毒软件的决策。尽管周鸿祎觉得这个决策事关自己的声誉与梦想，但多数人都认为周鸿祎在进行一场豪赌！

2008 年 7 月 17 日，奇虎公司召开新闻发布会，宣布正式推出杀毒软件，并宣布永久免费。周鸿祎在发布会上豪情满怀地说："杀毒软件市场，到了重新洗牌的时候了！"

周鸿祎当然明白，推出安全免费软件，就等于把以前做安全的公司全得罪了。瑞星、江民、金山，人家可都是靠卖安全软件生存的。而且那时候，这几家杀毒厂商都是大款，周鸿祎的奇虎公司却是个穷小子，公司一分钱没挣呢，全靠投资人给钱做公司。而听说周鸿祎要搞免费杀毒，着急上火的投资人恨不得给周鸿祎下跪！

而用户们最关心的是，你奇虎 360 宣称免费，会不会永久免费？好不好用？

很快，奇虎公司为仓促上阵而吞下苦果。360 免费杀毒软件推出不久，很多用户发现，这款杀毒软件只是将罗马尼亚厂家的软件汉化后，就投入市场，并没有更多的创新与进步，安装后不是死机就是查杀不了病毒。郑文彬他们在做杀毒第一个版本时遭遇了滑铁卢，当时引进罗马尼亚的一个软件，采用的方法是包装罗马尼亚的杀毒引擎，再加上360的杀毒程序帮用户解决问题。

本来360安全卫士挺受欢迎，但360杀毒的第一个版本做得实在很差，推出之后，网上骂声一片。便宜没好货，很多用户发现不好用的时候，立即边骂边卸载了360杀毒软件。

把心提到嗓子眼的杀毒厂商们，本来拉开架势准备与周鸿祎一决雌雄，这下都纷纷笑了：傻小子睡凉炕，全凭火力壮，周鸿祎闯进杀毒市场，完全是蹚浑水来搅局了，这下丢人现眼了吧。

当一种产品免费的时候，用户选择你很容易，卸载也只在举手之间。新上线的杀毒软件因为存在缺陷，很快被用户弃用。眼看着360杀毒软件装机量一路走低，奇虎公司高层急得像热锅上的蚂蚁。

此时的奇虎人心浮动，风雨飘摇。360安全卫士负责人出走之后，再次遭遇用户的信任危机，360安全团队虽然勉强聚拢起来，但人心已经完全涣散，让这个团队攻城拔寨去打攻坚战，谁心里都没底。

为确保攻克杀毒软件，奇虎公司拉开架势，从奇虎搜索团队临时抽调了几个可靠的帮手，与郑文彬他们成立了360杀毒应急小组展开攻关。

攻关成功也就罢了，一旦失利怎么办？那就意味着满盘皆输！周鸿祎在电光火石之间想到了他担任天使投资人时期曾经投资过的一个人：波波虎公司的掌门人朱翼鹏。

攻克杀毒软件难关，必须同时展开内外两条战线作战。奇虎360力邀外援朱翼鹏加盟，请他带领突击小分队连续突击。

在奇虎360内部团队，总负责人是周鸿祎，其他参与者全是奇虎公司的一流高手。

其次是首席技术官李钊，他是周鸿祎上大学时候的师兄，更是引导周鸿祎进入方正的引路人，是资深技术大咖，鲜有敌手的程序高手。后来 360 上市，李钊一人占了公司 1% 的股份，可见他在业界的分量。

第三个技术大咖叫赵君，业界名头响亮，现在是 360 公司独当一面的业务经理。

第四个是郑文彬。

救火队长朱翼鹏果然不负众望，他带领四个人的突击队外线作战，重新打造出了一款全新的 360 杀毒软件。随后，郑文彬团队在朱翼鹏开发的杀毒软件基础上，进行了细致的测试，并把杀毒软件的容量缩小，以便快速下载安装同时少占内存。这款软件不但能够查杀硬盘和网络病毒，同时也能查杀 U 盘等外接硬件的病毒，阻断可能携带病毒的外接硬件对电脑的侵袭。

时隔一年之后，奇虎 360 再次发布杀毒软件。这次经过两个团队用一年时间打造的杀毒软件一上线，市场就迅速产生巨大变化。瑞星、江民、金山等三大杀毒软件的市场份额均出现了不同程度的萎缩，360 的用户数量暴增，大有跃居行业第一的趋势。

仅仅半年之内，360 在杀毒市场上就占有了三分之一的份额，超过了带头大哥瑞星，跃居行业第一。而在此前的 9 年时间里，瑞星连续排名第一。

周鸿祎踌躇满志地对媒体宣称："网民是互联网商业价值的创造主体，360 杀毒的使命就是彻底扭转花钱才能买到安全的历史。"

周鸿祎一手推动的免费杀毒，必然会爆发一场与杀毒厂商的战争。此后 360 与众多杀毒厂商展开了旷日持久的大战。

开创中国网络安全云时代

2008 年 8 月，新款杀毒软件推出之后没多久，郑文彬下楼的时候一脚踩空，200 多斤的体重瞬间转移到一条腿上，郑文彬只听到耳朵里传来咔嗒一声，这刺耳的声音伴着剧疼和冷汗，瞬间把郑文彬击倒在地。

去医院一拍片子，腿骨折了！

打上夹板和石膏的郑文彬，再也动不了了。

重伤也不能下火线，郑文彬的工作场地从办公室搬到自己的出租屋。郑文彬来北京后，在公司附近租了一套 90 多平方米的两居室。郑文彬之所以看中这套房子，原因是有一个 30 平方米左右的客厅，摆满巨大松软的沙发，回到家他就随时可以把自己摔进沙发里。

这个客厅随着郑文彬腿部骨折，很快成了 360 的会议室和研发中心。每天一上班，周鸿祎安排好公司的事情，就带着团队直奔郑文彬家，几个人往沙发里一坐，就开始争论上了。

在郑文彬家的客厅里，周鸿祎抛出了一个令人挠头的问题："杀毒软件推出之后，我发现一个大问题，传统杀毒软件包括我们的软件，杀毒速度普遍很慢，而且天天要更新。这个问题不解决，我们就无法在这个行业处于领先位置。我们最早是做搜索的，我们的服务器做云端的能力很强，能不能把杀毒软件放到云端？"

"全世界还没有人做这种杀毒技术的，如果发挥我们的长处，这个思路应该是我们做杀毒产品的思路。"郑文彬接话说。

赵君补充说："安全对于每个用户来说都是很重要的事情，谁也不想让自己的电脑瘫痪。以前的杀毒软件普遍存在一个问题，就是只利用了互联网的传输功能，并没有太好地利用互联网的计算功能。用户还是每次上网之后连接到杀毒软件厂商的网站上，下载病毒库，然后依靠自己的电脑进行查杀。这对用户来说是一件很麻烦的事情。长此以往，客户机上的病毒库会越来越大，占用越来越多的计算资源，最后使得系统越来越慢。我们在使用电脑的时候就有这个体验，往往是把某个杀毒软件卸载之后，速度明显提升了一个档次。"

"因此，老的杀毒模式可能已经走到了尽头，我们必须拿出一个新的杀毒模式。能不能把原来放在客户端的分析计算能力，转移到服务器端上？这样，客户端的容量大大减小，电脑速度就快了。"

周鸿祎提出了他的设想。

郑文彬不无担忧地说："这对我们提出了更高的挑战，意味着我们必须在最短的时间内分析出用户的电脑是否已经被病毒感染了。但是单纯依靠收集病毒特征，被动地防御还是挺难防住的。要知道，每个小时全世界会产生两万多个新病毒。"

郑文彬说出自己的担忧后，见周鸿祎、赵君等几个人没有插话，只好直接说出自己的见解："我的设想是，在病毒进入计算机之前进行拦截。因为病毒进入计算机，需要经过传输，而在传输过程中，只要我们发现并提示是否有病毒，并且阻止病毒进入电脑，一切问题迎刃而解。国外有专家提出过这个人工智能的设想，就是利用云端技术，而我们恰恰擅长这个技术。"

周鸿祎分析说："我们做搜索，云端技术已经很成熟，比如要搜索东西，怎么分类，已经做得很好。但我们需要看看，全世界最牛的安全公司，他们怎么样杀毒？他们有很多的分析员，有的杀毒公司在菲律宾就招了2000多人，那边的人力成本便宜，请他们专门分析病毒。2000多人什么概念？当然我们招不了这么多人，我们可以利用人工智能，去学习一些分析病毒的方法。"

赵君说："我们都不太懂人工智能技术，但可以找一些人工智能专家，讨论一下这个问题，看能不能用人工智能帮助我们杀病毒。"

周鸿祎说："我也注意到了，国外有最前沿的杀毒公司在论文中提到这个设想，但他们只是理论上的探讨，谁也没做出产品来。所以我们可以先来实践一下，看看能不能实现。"

郑文彬天生就具有一种直觉，能从成千上万的可能性中挑出最好的路径。他说："那就真的是机缘巧合了，一个做搜索的公司去做杀毒软件，有先天优势。我们在搜索中先有人工智能的云端技术，再加上杀毒技术，两项技术合并起来，说不定搞出个核裂变。"

郑文彬一激动，顾不上腿疼，一下子站起来："这样一来，就把人力解放出来了，我们把病毒的所有特征和指标做出来，就等于一个过滤网，无论什么软件从这里过一下，人工智能就能分析判断是不是病毒。这办法很多人想过，没在杀毒上做过，都停留在理论的阶段模型上。我们有几个亿的病毒样本数据，用人工智能调整模型，提高判对判错的能力。我看过国外一本书，说的是一位非常优秀的画家同时做顶级黑客。我觉得做安全软件一样，不仅仅是技术的事情，如果把技术思维和艺术家的奇思妙想结合起来，就会出来很新奇的点子。"

这个观点得到了大家的赞同，在大家看来，病毒的发展激励着反病毒思维和技术的进步。周鸿祎说："现在通过提前给病毒画像，病毒来了再作对比的情况就会越来越少。主动防御成为更为广泛的杀毒手段，因为病毒都有一定目的和行为，我们可以利用先进的技术分析它的行为，防御此类以及与其类似的病毒。我们的安全团队已经构建起一套自动化的病毒处理系统，大多数的病毒检测、分析和处理都能靠这套系统解决，系统由云端控制，到时候只需要升级云端就行。这样就可以省出更多的人力负责开发安全产品或者分析更为复杂的病毒。"

"站在云端俯视大地，就像雄鹰在高处，可以随时发现猎物的出现，这样可以根据病毒威胁的趋势变化，进行数据挖掘，具有实时发现、动态调整和快速剿灭的特性。"郑文彬说，"无论是快速爆发的大规模攻击威胁，还是针对特定用户的定向攻击，都可以第一时间发现并进行处理，这可以解决传统反病毒技术的时间差问题。"

"既然问题谈透了，你们这就着手去做吧！"周鸿祎一锤定音。

2008 年，"云"成了 IT 行业最热门的名词。自从 Google 推出"云计算"以来，IT 行业的各大厂商无一例外地卷入了一场"云的战争"。从"云计算"延展开来，很多 IT 厂商也根据自己所处行业的实际情况推出了相应的"云计划"。

所谓"云"，其实指的是后端（服务器端），也就是平时我们很少能够看到的那一端，正因为平时难得看到，所以有一种虚无缥缈的感觉，也许就是因为这个原因，才被称为"云"。我们平时能够看到的是什么呢？当然是自己用的电脑和手机，也就是所谓的

"客户端"。

传统的病毒查杀技术落后，是云查杀兴起的原因之一。传统的通过病毒库来识别病毒这种技术远非完美，经常会出现新病毒查不出、不是病毒却被冤枉的现象，给 IT 界带来很大的损失和纠纷。

云安全思维确定之后，郑文彬带领杀毒团队联手人工智能专家，很快把人工智能杀毒模型做到稳定的水平，领先于全球各大安全杀毒厂家。

云查杀是对传统安全技术杀防能力的一次解放。云查杀是在传统特征查杀的基础上，结合云计算和大数据分析，进行创新和改进。客户端收集本地样本在各个维度上的信息，发送到云端进行鉴定识别。

而发动攻击的黑客，难以快速定位安全软件的检测方式，也就无法快速进行免杀和变形。同时，识别和杀毒在云端完成，避免了传统杀毒软件将病毒数据库存储在用户计算机上所消耗的性能和存储成本。无论是快速爆发的大规模攻击威胁，还是针对特定用户的定向攻击，都可以第一时间发现并进行处理，解决了传统反病毒技术的时间差问题。

云安全打通了病毒的发现和处理两个部分的障碍。也就是说，病毒还没到电脑上呢，就在云端被识别和查杀了。等于有个孙悟空腾云驾雾，手搭凉棚给所有用户站岗放哨打妖怪。

随后，360 推出了使用人工智能机器学习的方式，自动分析和鉴定恶意软件的 QVM 技术，并将其应用到本地防御与扫描引擎中。

人工智能技术本身并非高不可攀，但如何教会机器准确地利用人类的经验，确保在误报和漏报之间实现平衡，是基于人工智能技术的恶意软件识别能否成功的关键，也是这些探索和尝试的最大难点。而帮助郑文彬突破这一难点的关键，正是云安全技术积累的海量样本，以及通过大数据的方法对海量样本的分析和处理。

最终，借助人工智能技术，通过海量云端数据训练锻造的QVM 引擎不仅针对恶意软件的检出能力远远超过绝大多数其他安全产品，在误报比率上也比传统安全软件低了很多，真正实现了高速、精准识别的目标。目前，QVM 引擎的开发已经到了第三代，并被部署到了云端的自动分析系统上。

互联网安全技术正在经历颠覆与重塑，360 敏锐地抓住了这样的趋势，实现了技术上的弯道超车。

沿着这个思路，360 在国际上首次推出了云查杀。这款智能防御安全软件的优势在于，在病毒还没有进行破坏的时候，安全软件就发现它有问题，把它给拦住。就像大街上的万人之中有一个小偷，他没下手的时候你不能抓他，但你可以随时盯着他。只要他刚刚把手伸出来，孙悟空就在云端看到这个微小的动作，然后一棍子将妖怪撂倒在地。

无论是白帽子还是黑帽子，所有的黑客都是创造者，像建筑师、作家一样。

云查杀上线之后，郑文彬发现，有一些新出来的软件和病毒，云查杀无法分辨是好是坏，也不敢杀它，但在云端可以实时监控。如果是病毒，只要发现它做违规的操作，就立即抓住它。但另外一个问题是，如果不是病毒呢？整天监视着别人的正常软件也不是个事儿啊，尽管机器不是人，但监控那么多海量的软件也累啊。

怎么处理这个问题呢？

360 的解决办法是，形成独有的云安全技术体系、智能引擎和白名单收集技术。

用户屡屡中招，是因为现在的病毒更狡猾。郑文彬注意到，在此之前的杀毒模式是找到病毒后给它画个像，如果再遇到攻击，就通过启发式方法找到它。但现在的病毒木马和漏洞更复杂，只是通过画像来寻找病毒的方式落后了。

另外，层出不穷的木马病毒、漏洞在类型上也有了变化。郑文彬注意到，以前是感染性的病毒占主流，但现在窃取用户虚拟资产或网上银行的木马病毒增多，恶意流氓软件、插件、钓鱼网站越来越让用户烦心。

传统杀毒技术是基于本地病毒库来防护和查杀的，也就是俗称的黑名单。传统杀毒软件体积庞大，占用用户大量电脑资源，同时病毒库保存在用户电脑上，更新速度很慢，一旦用户忘记更新，杀毒软件基本形同虚设。这样的先天缺陷导致杀毒软件很难第一时间对付最新的病毒，所以才会发生震荡波、熊猫烧香之类的大规模电脑中毒事件。用户当时的深刻感觉是花钱买了杀毒软件，不管用还导致电脑很卡。

区别于传统杀毒软件，360 云安全体系在服务器上不仅有黑名单，还收集了国内最全的白名单，覆盖了 99％ 以上网民常用的操作系统和应用软件。也就是说，只要一个文件不在白名单中，它就很可能是新的木马病毒，360 云查杀引擎会限制它的敏感操作，而且尽快进行安全性鉴定，一般在 30 秒以内就能捕获网上新出现的木马病毒。因为大部分运算都在服务器上进行，不会像传统杀毒软件那样用起来很卡。给用户的直观感受就是杀毒软件变小了，不用总更新病毒库，但防护能力却更强了。

在 360 白名单机制和云查杀技术刚刚推出时，并不被业界看好，但随着 360 产品迅速被用户和市场接受，国内外一些老牌安全厂商纷纷开始效仿、跟随 360 的网络安全新理念，白名单机制和云查杀技术如今已经成为国际上安全软件的一个标配。

这不仅让中国网民率先免费享受了世界领先的安全技术，而且也是中国互联网行业罕见的引领某行业互联网产品世界潮流的成功案例。

做程序在很多人眼里是很枯燥的，但对郑文彬来说，却是一种艺术创作。技术做到一定高度，最后就变成了艺术。

2010 年 1 月 27 日，360 安全卫士发布第二代木马"云查杀引擎"，向各种经过"免杀处理"的木马程序全面开火。第二代云查杀引擎采用了 360 独创的"程序分级控制"技术，可将电脑中的所有程序按安全级别进行分级管理。该技术彻底改写了传统杀毒软件无法识别未知木马的历史，即便是那些经过免杀处理的未知木马，也难逃 360 的超级法眼。

　　所有木马都在做两件事，首先是想方设法潜入用户电脑，然后挖空心思让自己运行起来，进而盗取用户财产和隐私。传统杀毒软件对付木马的做法是一刀切，能识别的木马就杀掉，识别不了就放过，自然就漏掉了大量未知木马。而采用了程序分级控制技术的新版360云查杀引擎，不光能查杀近亿种已知木马，还能有效管理所有陌生程序的危险行为。

　　郑文彬说："如果把木马比喻成藏在用户身边的炸弹，360云查杀引擎就能确保把炸弹引信拆除，让它变成不会起爆的哑弹。"

　　新版云查杀引擎再度通过技术创新，大幅增强了对未知木马的查杀能力，可实时秒杀所有木马、恶意软件等风险程序。

　　"我们不敢说能够百分之百检测一个陌生程序是不是木马，但绝对能够保证把所有木马变成无害的死马，真正保护用户的上网安全，至少现有的木马技术，还没有能突破360木马云查杀引擎的特例。"郑文彬自信地表示。

超级火焰

　　郑文彬发现，艺术家、建筑家、发明家等创造力丰富的族群，似乎特别容易做梦，经常能从睡梦中得到灵感。德国著名的有机化学家凯库勒，在睡梦中看到一条蛇咬着自己的尾巴旋转，就提出了由6个碳原子构成的苯环的概念。

　　做梦，本来，郑文彬生活中的一种特殊状态，在一个时期内，却变成了一种常态。

　　十年来，郑文彬每天的睡眠时间基本维持在四五个小时，只有状态比较好的时候才能有六七个小时的睡眠时间，只要差一点点就睡不着。就像时刻盯着前沿阵地防止敌人打冷枪的哨兵，郑文彬在与黑客的战斗中，长期处于高强度的精神状态之下，慢慢把自己修炼成了神经衰弱。

　　他最大的奢求是能够多睡一点儿，但一进入梦乡，就会有黑客袭来，就会进入梦中的战场。每次醒来，他都认为睡得很沉，但实际上睡眠质量因为梦的打扰，其实并不好。

梦多了，以至于他经常分不清现实和虚拟世界。

在没醒来之前，郑文彬看到的世界，都是程序建造的。他甚至通过每个窗户，看到窗户后面所写的程序代码。有些程序，仿佛是在梦中完成的。

直到完全醒过来，回到现实世界，他还能够清晰地回忆起来。在他看来，无论是现实世界还是虚拟世界，都是息息相关的，这个世界的一切都是通过程序安排的。

日有所思，夜有所梦。当郑文彬整天琢磨程序的时候，所有的程序代码在梦里出现的时候，就变成具象的实物，他眼前的整个世界都是可以自由操纵的数字化世界。

郑文彬之所以成为业内高手，是因为痴迷，热爱是成功的要素。没有深入就没有深情，没有深情哪里来的梦幻？

甚至在现实生活里，他都像是在梦游的状态中。

在 360 工作的 9 年时间里，郑文彬名满天下，在内部也是神一样的存在，但他走在四惠桥或者酒仙桥的 360 总部的楼道里，能认出他的人很少，他所认识的人也极少。事实上，这位 360 公司的首席工程师，生活中也是很平凡的一个人，他木讷、憨厚、可爱、不谙世事，可他是黑客江湖中令人闻风丧胆的超级防火墙。

只是在技术上比普通人走得更远，影响了更多人，比如我们电脑上用的 XP 盾甲、360 云查杀、360 云防御都是出自他手。但是在生活中，正如他所说的那样，只是职业不同而已，其他和普通人并没有什么不同。也许这个世界上并没有那么多的不平凡，有的可能只是一份执着的追求，一份不懈的努力。

九年来，郑文彬几乎每天都在与网络木马和漏洞过招。同时，郑文彬也明白，即便能够主动防御，即便有先进的云查杀系统，即便有难以逾越的防火墙，也无法百分之百阻挡病毒。与病毒制作者你来我往地交手，是一个艰难的博弈过程。

2012 年 6 月 2 日，全国各大媒体转载了来自新华社的消息：席卷全球的"超级火焰"病毒已入侵中国。

由新华社发布消息宣布一种病毒的来袭，是前所未有的，可见这种病毒的猖狂与可怕。这则消息称，政府机构、大型企业一旦感染，将迅速蔓延，面临机密信息泄露的风险。国外多家网络安全团队指出，超级火焰病毒很可能是由某些国家投入大量资金和技术支持而研制的，目的是用于网络战争。

郑文彬迅速投入超级火焰的阻击战中！

郑文彬研究发现，如果说以往的蠕虫、木马等病毒都是小毛贼和江洋大盗，那么，超级火焰这种用于网络战争级别的病毒，就是正规军，就是战争机器，这是令所有网络安全人员都不寒而栗的。在此之前，伊朗国家计算机紧急情况应对小组发布声明说：经多月调查，已确认一种名为超级火焰的新型电脑病毒，这种病毒可能与伊朗境内部分机构出现的大规模数据丢失事件有关。

超级火焰入侵伊朗、以色列、巴勒斯坦、叙利亚、黎巴嫩、沙特和埃及等中东国家和地区的大量电脑，收集信息情报，已经查明有几千台电脑中招。位于日内瓦的国际电信联盟称，这个病毒超过已知任何一种电脑病毒，是一种危险的间谍工具，世界范围内受感染电脑数量会更高。

郑文彬注意到，超级火焰区别于其他木马程序的主要功能是，超级火焰只收集情报和数据而不进行破坏性攻击。俄罗斯网络安全公司卡巴斯基实验室发言人维塔利·库柳克介绍：这一病毒呈现木马病毒和蠕虫病毒的部分特征，可谓目前结构最复杂的电脑病毒。它的独特之处在于，普通电脑病毒往往采用精练的编程语言，以达到瘦身隐藏的目的，而火焰病毒是一个庞大的程序包，包含20多个模块，其大小约为20MB。这种病毒不会中断终端系统，其目的只是收集情报；除了具备普通电脑病毒的数据窃取手段之外，该病毒还能记录来自电脑内置话筒的音频数据；通过蓝牙信号传递指令也是火焰病毒罕见的功能，它能启动被感染电脑的蓝牙设备，使它成为攻击周边蓝牙设备的灯塔。

郑文彬研究发现，火焰病毒的设计十分复杂，普通开发者不可能独立完成，而且病毒的攻击范围很窄，主要针对企业、学校和科研机构。它既没有被用来盗取银行账号，也有别于黑客常用的工具。

郑文彬惊奇地发现，火焰病毒借助局域网络、打印网络和 USB 接口等传播。在北美、欧洲和亚洲等地区，大约有 80 个服务器被超级火焰操控。这种强大无比的病毒，从复杂程度和功能效力，均超过已知的任何病毒。从规模上看，超级火焰作为一种网络间谍战武器，背后必然是一支看不见的黑客军团。

通俗一点儿说，超级火焰就像《潜伏》里的余则成，更像执行斩首行动的美军特种部队，在悄无声息中完成谍报行动。

超级火焰引发了各国的恐慌，也引起国与国之间的口水战。伊朗怀疑以色列参与设计了该病毒，伊朗媒体公开指称，美国和以色列具备设计"火焰"病毒的能力，利用电脑病毒攻击伊朗关键行业及核设施系统是西方应对伊朗核计划的手段之一。而以色列分管战略事务的副总理摩西·亚阿隆则直言不讳地宣称："通过超级火焰等电脑病毒发起攻击等方式阻止伊朗核活动的做法合理。"不过，以色列随后否认他们与超级火焰病毒有关。

但多数网络安全技术人员推测，从火焰病毒的复杂结构和广泛攻击范围看，超级火焰背后可能有某国官方机构支持。

对此，中国顶级密码专家王小云在初步分析超级火焰之后认为，这种间谍级的病毒，用正确的方法开发出来需要 8 到 10 年，而破解它，即便方法正确，也需要 8 到 10 年！

破解超级火焰从时间上来说显然已经来不及了，唯一可行的办法就是找到它入侵的漏洞打补丁，阻止超级火焰的入侵！

这是一场事关国家安全、命运的阻击战。郑文彬研究发现了一个有趣的现象，超级火焰病毒竟然采用游戏语言编写，而且与超人气游戏"愤怒的小鸟"的语言相同。构成火焰病毒的主文件有很多个，各病毒文件各司其职，共同完成系统入侵和情报收集。一旦感染病毒，就像奇袭白虎团的侦察排一样，无往不利！一旦发动攻击，无坚不摧！

更令人胆战心惊的是，这个病毒早已启动入侵程序！之所以最近才被网络安全行业发现，主要因为火焰病毒利用微软数字签名欺骗漏洞，伪装为微软签名的文件。

也就是说，即便被火焰病毒入侵并盗走了文件，几乎所有用户都茫然不知！

亡羊补牢，犹未为晚，必须针对超级火焰病毒拿出解决方案。郑文彬立即根据病毒特征找到漏洞，360安全卫士在第一时间为全体用户推送了补丁，保证中国网民的电脑能够有效"灭火"。360安全卫士建议所有用户，特别是政府和企业用户，尽快使用此专杀工具彻底查杀。

与此同时，微软也已针对漏洞发布了补丁。国内瑞星、金山等多家杀毒厂商同仇敌忾，纷纷推出了自己针对超级火焰的专杀工具。

超级火焰从中国的计算机用户中盗窃了什么，对中国造成的损害有多大，目前没有任何机构做出确切统计，实际上也难以统计，因为超级火焰来去无踪，谁也不知道自己丢过什么。

而在对超级火焰的阻击战中，以360为代表的国内各大安全厂商群情激奋、合力阻击，在第一时间内御敌于国门之外，却是罕见的同气连枝。

人机大战中的东方白帽子军团

网络安全的本质是攻防对抗。在网络安全攻防中，郑文彬具有一种钻墙打洞的直觉，就像高手对决时一出手便能分出高下。

简单来说，只有了解攻击的方法，才能升级防御的手段；只有开辟接受攻击的试验田，才能促进安全防护的水准。

随着对网络安全问题研究的深入，郑文彬开始把视野拓展到国际黑客大赛上。自从2013年360公司组建以郑文彬为核心的攻防实验室之后，这支阵容豪华的战队跃跃欲试，准备到国际擂台上一展身手。

Pwn2Own 是全世界最著名、奖金最丰厚的黑客大赛，由美国五角大楼网络安全服务商、惠普旗下 TippingPoint 的项目组 ZDI（Zero Day Initiative）主办，谷歌、微软、苹果等互联网和软件巨头都对比赛提供支持，通过黑客攻击挑战来完善自身产品。

这是全球顶级的黑客大赛，也是郑文彬梦寐以求的战场！

在 2015 年 3 月的 Pwn2Own 大赛上，郑文彬率领的团队名为 360 Vulcan Team。

Vulcan 是著名科幻电影《星际迷航》里象征着理性和智慧的星球瓦肯星，Vulcan 人素以高智商和冷峻的逻辑思考著称。"生命不息，破解不止"，这是 360Vulcan Team 所有成员的极致追求。

出战之前，郑文彬给自己队友鼓劲说："你要了解攻击者是怎么思考的，如果不懂得攻击，就不知道如何防护。攻防都是互相影响的。我们之所以参加这个比赛，就是看对手是怎么攻击我们的，就可以学习到很多技能。当然，我们也要给他们猝不及防的完美攻击！"

郑文彬的打法很简单，斩首行动！就像美军三角洲特种部队直取敌人中枢！

首次参赛，360 战队利用他们独立发现的多个高危漏洞，仅用时 17 秒就成功攻破了 Win8.1 系统和 64 位 IE11 浏览器，成为赛事历史上首支拿下 IE 最高级别浏览器的亚洲团队。

没有经久不息的掌声，因为黑客们都是一群极端自负的家伙。面对这支来自东方的白帽子军团，西方黑客们只有久久合不拢的惊愕的下巴。毕竟，在所有网络安全领域，浏览器安全是不可动摇的基石，就像作战时的指挥部。

郑文彬战队一出手，就端掉并控制了对手的指挥部，不能不令国外同行刮目相看。

大赛主办方惠普以及多家西方媒体给予 360 战队高度评价，微软安全专家 Gorenc 甚至用"令人惊奇"来形容 360 战队的攻击技术。郑文彬战队被外媒称为"东方最强白帽子军团"，成为亚洲唯一可与西方匹敌的安全团队！

郑文彬在国际赛场上小试牛刀便大获全胜。2015 年 11 月 6 日，在韩国首尔举行的 POC 网络安全大会上，郑文彬带领他的安全战队再次出战，利用一个远程代码执行漏洞，通过对 Edge 浏览器的沙箱逃逸操作，成功攻破了 Windows 10。郑文彬因此获得"最重磅黑客奖"，外媒称，中国超级黑客郑文彬，再一次让人难以置信。

2016 年 3 月，郑文彬带队再次出征加拿大，仅用 11 秒就攻破谷歌机器军团！

2016 年开年之后，人机大战的消息就从未间断。谷歌研究开发的人工智能阿尔法以 5 比 0 完胜欧洲冠军、职业围棋二段樊麾，并在 2016 年 3 月向世界最顶尖的围棋天才李世石发起挑战。消息一出，全球关注。

人们关注的，实际上是人类存在的价值。

人类在机器程序面前有一个劣势：在长时间较量后，人类会犯错，但机器不会。而且人类的运算速度远远不如机器，所以从理论上说，机器程序只要经过足够的训练，就能击败所有的人类选手。

在历次人机大战中，人类在电脑面前最终一败涂地。人们对自身智力的安慰就是，还有变幻莫测的围棋。毕竟，围棋是机器难以完全模仿的东方智慧！是上升到哲学层面的智慧！

2016 年 3 月 9 日至 15 日，在韩国首尔进行的韩国围棋九段棋手李世石与人工智能围棋程序阿尔法之间，进行了五场比赛。最终结果是，谷歌开发的人工智能阿尔法围棋以总比分 4 比 1 战胜人类代表李世石。

在这次人机大战中，谷歌完虐李世石。谷歌的技术底气，来自于他们拥有世界上最多最强的技术专家。

在黑客领域里的技术突破永远没有极限，随时都有可能出现更高的安全难关。但郑文彬更相信，他和他的团队还会创造更大奇迹。

3 月 17 日，另一场大赛悄无声息地进行着。新的一场世界黑客大赛 Pwn2Own 在加拿大温哥华举办。这次亚洲共有 5 个代表队出战，腾讯派出 3 个安全团队，360 战队依然由郑文彬带领，还有韩国一位传奇的独行黑客。

郑文彬带领的 360 战队，放开其他可以轻松摘取的奖牌，直奔难度系数最高的决赛而去。郑文彬的打法依然是不与底层部队交手，直接命中对方神经中枢！

比赛现场，主办方将一台经过层层防护的笔记本放在现场指定位置，通过一根网线将笔记本连接到 360Vulcan 团队的笔记本上。主办方用浏览器打开 Vulcan 团队笔记本上的网页，Vulcan 攻击 11 秒后控制了主办方的电脑。

用时 11 秒！郑文彬团队攻破了本届赛事难度最大的谷歌 Chrome 浏览器，并成功获得系统最高权限，控制了浏览器。

这是中国安全团队在 Pwn2Own 历史上首次攻破 Chrome。

谷歌浏览器代表着谷歌安全防御技术的最高水平。除了全球闻名的"黑客天团"以外，谷歌还拥有上千台服务器以深度挖掘技术对谷歌浏览器等产品进行漏洞测试，其计算能力完全不亚于刚刚在围棋"人机大战"中战胜李世石的阿尔法。

同时，谷歌浏览器还拥有全球唯一能够锁定 Windows 内核攻击面的沙箱系统。当沙箱上锁后，攻击代码对外部的资源不再具有访问权限。谷歌浏览器也因此在历届 Pwn2Own 大赛中成为黑客面临的终极挑战。最新版的谷歌浏览器安全系数相比以往更高，攻破谷歌浏览器并获得系统控制权，几乎被认为是"不可能完成的任务"。

沙箱是近年兴起的一种防范漏洞攻击最有效的安全技术。如果在电脑中运行危险代码，会通过沙箱隔离令其不能随意获取电脑中的数据和操控权，从而达到保护电脑安全的目的。苹果的操作系统、谷歌的浏览器和 360XP 盾甲都采用了沙箱技术，以防范未知漏洞的攻击。目前在国内，只有 360 在 XP 上实现了完善的沙箱防护。

也就是说，即使黑客发现新的漏洞，没有沙箱逃逸技术，也难以利用漏洞侵害 360 用户。

由于安全大赛是为了促进各大公司改进自己的产品，所以历次大赛中被攻破的漏洞详情并不会对外公布，而是会交给厂商进行修复。所以目前掌握这套漏洞的人，只有 360 战队和谷歌。

尽管被攻破，但郑文彬令人惊诧的攻防手段，却令谷歌团队赞赏不已。毕竟，360战队能够攻破谷歌浏览器漏洞，大大降低了漏洞被外界发现的概率。

谷歌的阿尔法，打败李世石用了四个小时，而中国黑客战队，攻破谷歌浏览器只用了11秒。

黑客大赛上东方力量的崛起，已经成了圈子里津津乐道的话题。

这次胜利代表了中国顶尖黑客在国际较量中完虐其他国家的黑客，他们值得拥有欢呼和掌声。

当然，郑文彬他们之所以用如此快的速度攻破谷歌浏览器，是因为在赛前他们做了充分的研究。在比赛现场，只要把预演的攻击流程重新呈现出来就可以了。

郑文彬团队当然有他们与众不同的绝招，他发现使用单一的漏洞攻击很难攻破谷歌浏览器，这次攻击，他使用了四个漏洞的组合攻击。就像韩信围住项羽，玩了一次四面楚歌。

从2006年12月进入网络安全领域，郑文彬用不足10年的时间，成为国内外知名安全专家。在中国国家信息安全漏洞库中，有14位特聘专家，郑文彬是最年轻的一个。在业界，他还有很多称谓，"国内内核第一人""驱动神童""东方最强白帽子军团核心"。

这次出战加拿大，中国有4支白帽子军团出征，腾讯一次就派出三个安全战队出战，中国安全战队都获得了不俗的战绩。但只有郑文彬率领的360战队把主要目标锁定在坚不可摧的谷歌浏览器，至于之前的其他项目，则纯属热身，郑文彬根本就不屑一顾。

连续两年，360战队都果断挑战了世界黑客大赛的最高难度奖项，两次都为世界奉献了令人惊艳的表现。在世界舞台上，证明中国拥有领先的网络攻防技术实力。

郑文彬和他的东方白帽子军团，为何总能创造奇迹？

360战队有一句团队座右铭，或许可以给出最简洁的答案，那就是"生命不息，破解不止"。

这听起来仿佛有点儿愚公移山的意思。也许一个数字就能说明问题。

很多人眼里的郑文彬是神童，是天才，但郑文彬说："哪里有什么天才，你想比别人牛，你就得付出比别人更多的努力和时间，我所有的能力是付出的时间比较多。美国有个作家说过一万小时定律，不管你做什么，投入一万小时，就能成为专家。其次是要细心且有耐心，研究任何东西，必须一直跟踪下去，直到把这个细节核心剥出来。同时，还有责任感的驱使，服务几亿网民，那种英雄主义的荣誉感是无法替代的。"

爱好、专注与全身心的投入，这些都是所有人能够成功的基本要素。但在实践中，还要善于将奇思妙想付诸实施。郑文彬并不是人工智能专家，但凭直觉，他认为人工智能可以与安全杀毒结合起来。尽管人工智能不是郑文彬的特长，但他想到了，然后联手人工智能专家，把自己的奇思妙想，通过跨界变成了现实。

郑文彬安全团队奉行的"一万小时定律"，来自于美国作家格拉威尔关于成功学的著作《异数》中的一个重要结论：要成为某个领域的专家，需要在专业上花费一万个小时。

郑文彬之所以有今天的成功，是每天超过 10 个小时钉死在电脑面前，按照这个时间计算，他 9 年时间里足足在电脑前面坐了 3 万个小时。

郑文彬对很多人说："如果你下到了这个功夫，你也可能成为顶级专家！"

成功本来就没有秘诀，正确的方法加上足够的时间付出，愚公也能移山！郑文彬坦言："在黑客领域永远存在未知的技术难关，不断挑战不可能的极限，才是我们的使命与追求。"

下一步是什么

在很多人看来，郑文彬像一座壮实的铁塔，一堵密不透风的防火墙，这一点毫不夸张。当他像推土机或者坦克一样移动到你面前时，凭借经验你会闪到一边，与如此孔武有力的人发生肢体冲突可不是什么好事情。

实际上他看似壮硕的身体，因为长期熬夜已经受到严重损害。因此我说的不是他的蛮力，而是他装着无数奇思妙想的硕大脑袋里，不知道下一步会有什么样的新想法蹦出来。他对产品的苛求，已经上升到美学和艺术的层面，他用程序构筑的网络世界，提供给我们的不仅是一种工具，而是一种艺术。

因此，值得我们追问的是，究竟是什么样的动力，让郑文彬如此追求完美不舍昼夜。

在他面前，成功的定义不是技术创新，而是只有他本人才能完成的登峰造极的攻防艺术。

郑文彬不论做软件还是查杀木马，他的想法简单又极具颠覆力，不断创造出一些别人没想过的产品，影响他人、改变世界。他说，当一个人朝着自己梦想的方向拼命奔跑的时候，路上的风、天上的雨、身边的路人，都不再是你的对手，因为此时对手只有你自己！

网络安全攻防，在《黑客帝国》等影视剧里，这个职业充满了紧张与刺激，但现实中的网络安全攻防远没有那么戏剧性。郑文彬说："事实上这个领域里的同行们，99％的人永远也不会取得成功。"

在漏洞攻击的过程中，为了找到一处可能存在的漏洞，郑文彬和他的团队先后会尝试几十种攻击方法，经常夜以继日地破解几个月。如果一种攻击路线在最后的关键两步被证明是不可能的，那么只好第二天从零开始再找下一种破解方法。只有如此坚持很长时间，才可能成功攻破一个漏洞，并找到打补丁的方法。

郑文彬说："现在看来，当初选择这个领域是有很大风险的，可能永远不会取得实质性的成果。我只是对探究未知事物充满兴趣，就像一个淘气的孩子喜欢去掏鸟窝，至于是掏出鸟蛋还是一条毒蛇并不重要，我享受的是爬树的过程。"

大量的网络泄密事件和信息安全事故均与漏洞的存在息息相

关。随着国家对网络安全问题的认识越来越清晰深刻，郑文彬的重要性越来越凸显。为了实现漏洞资源共享，有效降低漏洞风险，2013 年，中国信息安全测评中心组建了中国国家信息安全漏洞库（CNNVD），开展漏洞分析相关的技术研究。

作为国际顶级安全专家，郑文彬成为中国国家信息安全漏洞库14 位特聘专家中最年轻的一位。

网络安全问题至关重要，这不仅关乎个人信息安全，更是国家安全战略的需要。最令郑文彬高兴的是，作为东方最强白帽子军团的核心，在他和同行推动下，国家网络安全体系正在行业标准化道路上不断前进。

过去 10 年间，网络安全技术经历了一场深刻的变革。基于特征码识别的传统软件杀毒技术退出历史舞台，取而代之的是云查杀。以郑文彬为代表的东方白帽子军团，在互联网技术与互联网思维的运用中，颠覆、重塑了传统安全产业的商业模式和技术模式。

不过，当所有人都被网在互联网之中，网络普及带来的是安全形势的急剧恶化：恶意程序数量爆发式增长与进化，海量的新型网络攻击方式威胁着万物互联互通的发展，间谍级、军队级病毒发动的网络战定向攻击，以及未知的核裂变级别的高级病毒威胁。

下一步是什么呢？

郑文彬预测，以大数据分析、未知威胁检测和"云＋端＋边界联动"等为代表的新型安全思维，将成为引领网络安全发展的潮流。而在下一场新技术变革中，互联网技术与互联网思维的交叉碰撞，必将成为网络安全变革与发展的核心。

（原载《中国作家》纪实版2016 年第 7 期）

法学会的故事

李蒙　闫帅

中国法学会的前世今生

党的十八大以来，以习近平同志为总书记的党中央高度重视法治建设，提出了"法治是治国理政的基本方式"的科学论断。党中央全面推进依法治国的战略部署和新一轮司法体制改革的深入进行，使中国法学会进入了前所未有的发展机遇期，也对法学会的工作提出了新的更高的要求！

打铁还需自身硬。中国法学会对全国四级法学会干部史无前例的大规模培训，是立足于全面依法治国的新形势、法学会事业发展对干部队伍提出的新要求而确定的。正如王乐泉会长在开班式上所说："学习才能赢得未来，干部决定事业成败。"只有大兴学习之风，练就过硬本领，才能为法学会事业的蓬勃发展、为全面依法治国的伟大实践贡献自己的聪明才智！

潮平两岸阔，风正一帆悬！

史无前例的干部培训

"今年是法学会系统的培训年。"2016 年 5 月 17 日，在中国法学会干部培训班上，中国法学会会长王乐泉如是说。

2016 年 4 月 25 日，全国政法队伍建设工作会议在北京召开，习近平总书记就新形势下政法队伍建设作出重要批示，提出明确要求。5 月 17 日至 21 日，中国法学会在吉林省长春市吉林检察官培训学院举办全国法学会干部 2016 年度第一期培训班，王乐泉出席开班式并讲话。他强调，要认真学习贯彻习近平总书记关于政法队伍建设重要指示精神和全国政法队伍建设工作会议精神，把握机遇、明确使命，以政治性、先进性、群众性为标准，全面提升法学会干部队伍的综合素质和业务水平，努力为全面依法治国、建设法治中国作出新贡献。中国法学会党组书记、常务副会长陈冀平主持开班式并授课，党组成员、副会长鲍绍坤、张鸣起、张文显、王其江、张苏军分别主持有关议程并授课。

接受培训的学员共 262 人，有的来自中国法学会机关，更多来自地方法学会，既有省级法学会干部，更有地市、县的法学会干部，职位从司局级一直到普通干部，其规模之大、覆盖之广、层级之透，在中国法学会历史上是空前的。如此大规模的覆盖全国所有省、自治区、直辖市的干部培训活动，在中国法学会历史上也是第一次。但这还只是今年的第一次培训，6 月 26 日，同样规模的第二次培训又将举行。

中国法学会党组和领导对此次干部培训的高度重视，也是有目共睹的。会长和所有副会长都来到长春，副会长全部授课。王乐泉跟学员们一起认真听了全部授课内容，没有缺席一分钟。以他 70

多岁的年龄，以他曾担任中共中央政治局委员的政治地位，如此认真地听课，无疑感染激励着在场听课的每一位学员。全部培训过程既严肃认真，又生动活泼，学员们都觉得收获巨大，有恍然大悟、茅塞顿开之感。

在陈冀平的授课中，他讲授了党中央高度重视法学会的发展，讲授了中国法学会的定位、优势和特色，要求全国各级法学会坚持问题导向，不断加强和充实法学会工作。授课之初，他回顾了中国法学会的发展历程和历史沿革，将学员们的思绪带回到不久远的过去……

中国政法学会时期

中国法学会的历史，要追溯到1949年，但在"文化大革命"前，叫"中国政治法律学会"。

1949年6月，经毛泽东倡议，由董必武、林伯渠、沈钧儒、陈绍禹、谢觉哉、邓颖超、罗瑞卿、史良、王昆仑等90多位社会著名人士发起，建立了新法学研究会筹备会，沈钧儒为筹委会主席，陈绍禹为副主席。新中国成立前夕，新法学研究会筹备会与新政治学研究会筹备会、社会科学联合会等共同作为发起成立全国政协的单位之一。当时，新法学研究会在全国有近两千名会员，周恩来总理是第一批会员。

1951年12月，毛泽东、周恩来又请董必武牵头，在新法学和新政治学研究会筹备会的基础上，合并成立中国政治法律学会。1953年4月举行了第一届中国政治法律学会会员代表大会，大会通过中国政治法律学会章程，推举中共中央政治局委员、政务院副总理董必武任会长，沈钧儒、张志让、谢觉哉、王昆仑、柯伯年、钱端升等任副会长，并在全国设立了上海、武汉、西安、南京、重庆、苏南等6个地方分会。这是新中国成立后的第一个全国性法律团体，当时，中国政治法律学会与工会、共青团、妇联、文联、科协、对外友协、外交学会等人民团体一起，列为全国八大人民团体。

中国政治法律学会于1953年4月、1956年3月、1958年8月、

1964 年 10 月，举行过 4 次会员代表大会，产生了四届理事会，也相应地有过四届党组。第二届会长董必武，副会长沈钧儒、张志让、谢觉哉、王昆仑、吴德峰、张友渔、包尔汉、钱端升，秘书长吴德峰。第三届会长董必武，副会长沈钧儒、谢觉哉、包尔汉、吴德峰、张志让、张友渔。第四届选举董必武、谢觉哉为名誉会长，吴德峰任会长，包尔汉、张志让、张友渔、张苏、武新宇任副会长。1965 年增补王吉仁为副会长。

从第三届开始，设立了书记处，吴德峰任书记处第一书记，下设研究部、国际联络部、编辑部、办公室等工作机构。当时编制有 45 名，主要任务是组织法学研究活动、进行编辑出版工作、开展国际交流活动等。中国政治法律学会原归口政务院政法委员会党组领导。外事活动由外交部管，历届国际联络部主任由外交部条法司负责人兼任。

这一时期的政法学会，积极参与社会主义民主与法制初创时期的各项工作，在废除旧法统、建立新法制、制定新中国第一部宪法、确立社会主义法制的基本原则以及加强与国际法律工作者交流等方面，发挥了独特作用，作出了重要贡献。

1963 年 11 月，在几内亚举行的亚非法律工作者会议执行委员会，决定由中国、日本、印尼、几内亚、阿尔及利亚等国的代表组成亚非法律工作者会议的常设机构——书记处，中国政治法律学会派书记处书记赵石生去几内亚为常驻代表。中国政治法律学会先后参加了亚洲法律工作者会议和第一、二届亚非法律工作者会议，声援亚非人民的正义斗争。同时，接待了来自 29 个国家的法学法律工作者。

"文化大革命"期间，中国政治法律学会受冲击，并在 1969 年被撤销。

改革开放后的中国法学会

党的十一届三中全会后，在邓小平和彭真同志的倡议下，于 1979 年年末着手恢复重建中国政治法律学会工作，彭真提出，由司法部具体负责筹备工作。1980年6月，经中央批准，成立了以杨秀峰为主任的筹备委员会，并于1981年2月决定更名为中国法学会。

1982年7月，经彭真、彭冲同意，由习仲勋提议，中央书记处例会讨论了中国法学会领导成员任职名单，明确"中国法学会是中央一级的法学群众团体，党组属部一级，对中央负责。归口于中央政法委员会，由司法部代管"。随后，中国法学会召开恢复重建后的第一次会员代表大会，邓小平、彭真、韦国清、万里、习仲勋、杨尚昆等党和国家领导人亲临大会接见了全体代表，彭真作了《发展社会主义民主，健全社会主义法制》的重要讲话。大会选举产生第一届理事会理事167名，推选杨秀峰为名誉会长，选举武新宇为会长，张友渔、王一夫、梁文英、王汉斌、朱剑明、项淳一、甘重斗、钱端升、宧乡、陈守一、王叔文为副会长。12月28日，增补王仲方为中国法学会理事、常务副会长，曹海波为副会长。

第一届法学会在短短四五年里，组织了146次调查研究和350多场学术研讨会，参加的法学法律工作者3万多人次，提交论文和调查报告1万余篇；主办《中国法学》杂志和《法律咨询》月刊，编辑《中国法学图书目录》；参与了宪法、民法通则、中国合资经营企业法等一系列重要法律法规和地方性法规的起草、修订和讨论；办理了200多起咨询项目；编辑出版27种普法读物，组织撰写发表普法文章600多篇，举办1000多次培训班、专题讲座、报告会，听课人数近40万人次；接待外国法学法律团组23个230多人次，派出团组16个64人次；发展团体会员29个，个人会员2600多名，地方法学会会员18万多名，在28个省（区市）、74个地市、37个县市建立了法学会，设立了法学基础理论、宪法学、行政法学等8个研究会。

之后的1986年、1991年，中国法学会举行了第二届、第三届会员代表大会。第二届名誉会长张友渔、钱端升、刘复之，会长王仲方，副会长朱剑明、任建新、顾明、李石生、高西江、鲁坚、梁国庆、张彦宁、王叔文、盛愉、张国华、高铭暄、甘绩华，秘书长陈为典。第三届名誉会长张友渔、王汉斌、任建新，会长邹瑜，副会长朱剑明、林准、俞雷、佘孟孝、邹恩同、高西江、梁国庆、王叔文、孙琬钟、王家福、罗豪才、高铭暄、陈光中、巫昌祯，秘书长宋树涛。

第二届、第三届法学会，各方面工作都取得了一定进展。第二届法学会举办了 32 次全国性理论研讨会，对数十个法律法规草案进行了 456 次讨论，直接参加了修改宪法，起草民法通则、行政诉讼法、香港基本法等法律工作；在对外法学交流方面，举办 11 次双边、多边学术讨论会，共 480 人出席，参加了第 13 届世界法律大会，参加了北京举办的第 14 届世界法律大会的筹备组织工作，接待 29 个国家的访华团组 586 人次，与 25 个国家和地区的 30 多个法学组织或机构建立了友好往来和学术交流。第三届法学会向中央报送《要报》220 多期，先后提出 100 多项建议，包括纪念宪法颁布十周年活动、修改宪法等重大建议；召开 451 次研讨会，对 428 个法律法规草案提出 3528 条修改建议；接待 36 个国家 1425 人次来访的团组和法学法律人士，派出团组 64 个、251 人次，访问了 26 个国家，与国际法律团体广泛交流。

1997 年 1 月，中国法学会召开第四次会员代表大会，江泽民同志出席大会开幕式，接见全体与会代表并作了重要讲话。这篇重要讲话，深刻地揭示了"法令行则国治，法令弛则国乱"的历史规律，提出了依法治国、建设社会主义法治国家的构想。1999 年 11 月，在中国法学会建会 50 周年之际，江泽民、李鹏、朱镕基、李瑞环等中央领导同志分别为中国法学会题词。江泽民同志"繁荣法学研究，推进依法治国"的题词，进一步明确了新的历史条件下中国法学会的基本任务。

第四届法学会，名誉会长王汉斌，会长任建新，副会长佘孟孝、孙琬钟、邹恩同、梁国庆、罗豪才、张秀夫、陈冀平、牛平、王叔文、王家福、高铭暄、陈光中、巫昌祯、罗锋、卞耀武、魏振瀛、孙在雍、宋树涛，秘书长宋树涛。

第四届法学会组织了"为什么要依法治国？怎样才能建设社会主义法治国家？"大讨论，举办了数百次研讨会，撰写论文数以千计，召开了全国性的推进依法治国进程研讨会；为制定合同法、物权法、民法典提供理论支持；为解决加入世贸后的贸易争端机制提供研究；为中美撞机事件、日本篡改历史教科书事件提出法律对策建议；组织了 31 个国家和地区 2759 名法律界人士来访，派出 451 人次出国考察访问和参加国际学术会议；承办了联合国人权公约与中国法制建设研讨会、亚太地区法哲学大会等许多国际法学会议；学科研究会达到 26 个，会员总数超过 10 万人。

这一时期的法学会，在群众团体属性、归属关系、机构编制和工作任务等方面，日渐明确并伴随着中国特色社会主义事业的推进不断发展，组织和推动法学法律工作者坚持从中国的实际情况出发，认真总结我国法制的经验教训，为社会主义市场经济法律体系的框架，为依法治国、建设社会主义法治国家基本方略的形成作出了应有的贡献。

进入新世纪的中国法学会

进入新世纪后，法学会工作伴随着中国特色社会主义新实践，不断与时俱进，创新发展。

党和国家领导人高度重视和关心中国法学会的发展。2003 年 11 月召开的中国法学会第五次全国会员代表大会、2009 年 1 月召开的中国法学会第六次全国会员代表大会和 2013 年 11 月召开的中国法学会第七次全国会员代表大会，党和国家主要领导同志都到会祝贺，并由一位中央领导同志代表党中央致祝词。习近平总书记不仅参加中国法学会第七届全国会员代表大会，还亲自听取了新一届中国法学会会长的工作汇报，对法学会的各项工作给予关怀和支持。

第五届法学会，会长韩杼滨，副会长刘飏、牛平、王景荣、石泰峰、刘法合、刘家琛、孙谦、孙在雍、朱苏力、宋大涵、宋树涛、张文显、陈冀平、周成奎、罗锋、段正坤、夏勇、徐显明、袁曙宏、曾宪义，秘书长宋树涛，刘飏为党组书记、常务副会长。

第六届法学会，会长韩杼滨，副会长刘飏、王利明、王其江、石泰峰、刘继贤、安建、朱孝清、吴志攀、宋大涵、张文显、张苏军、李林、李清林、沈德咏、陈冀平、周成奎、胡忠、孟宏伟、徐显明、袁曙宏等，秘书长林中梁，刘飏为党组书记、常务副会长。2011 年 11 月，中央政法委决定陈冀平任中国法学会党组书记、常务副会长，刘飏任党组副书记。

第七届法学会，会长王乐泉，常务副会长陈冀平，党组成员、副会长鲍绍坤、张鸣起、张文显、王其江、张苏军，副会长王利明、朱孝清、任海泉、江必新、孙谦、李伟、李林、吴志攀、郎胜、姜伟、袁曙宏、徐显明、黄进，秘书长鲍绍坤，陈冀平为党组书记。

进入新世纪后，中国法学会的领导管理体制得到了进一步明确。2000 年 1 月，中央机构编制委员会办公室致民政部办公厅《关于明确中华全国总工会等 21 个社会团体免于登记的复函》，明确中国法学会免于进行社团登记。2000 年 12 月，中央关于《21 个群众团体机关机构改革意见》（中办发〔2000〕31 号），明确"中国法学会改由中央书记处有关领导联系，中央政法委员会代管"，理顺了领导管理体制。2006 年 8 月，中央组织部、人事部关于《工会、共青团、妇联等人民团体和群众团体机关参照〈中华人民共和国公务员法〉管理的意见》（组通字〔2006〕28 号），明确中国法学会机关参照公务员法管理。对中国法学会领导班子建设，中组部明确相关部门的在职领导可兼任副会长。

2001 年 3 月，在改变领导管理体制后，中央政法委首先明确了代管的内容和范围以及中国法学会自行管理的内容和范围，同时努力理顺中国法学会干部管理、外事管理、经费管理、党务管理以及地方法学会的领导管理体制问题。为进一步加强法学会建设，中央政法委先后出台或转发了四个重要文件，分别是《关于加强地方法学会建设的意见》《关于转发〈中国法学会关于实施新章程进一步加强法学会建设的意见〉的通知》《关于转发〈中国法学会关于进一步加强省级法学会建设若干问题的意见〉的通知》《关于转发〈中国法学会关于加强市县法学会工作的指导意见〉》，进一步明确了法学会建设的意见要求，提出要充分发挥法学会的独特优势和重要作用，做到与政法工作同部署、同检查、同考核、同落实。

在党中央的亲切关怀下，发展到现在，已有各级地方法学会2000 多个，中国法学会所属的学科、专业、专门研究会 57 个，个人会员达到 30 万人，与世界上 100 多个国家和地区的法学法律组织建立了多种形式的友好交流与合作关系，在国家政治生活、经济生活、社会生活和法治建设中，发挥着越来越大的作用。

组织的中国法学家论坛、中国法学青年论坛、中国法治论坛这三大全国性法治论坛和"东北法治论坛"等七大区域法治论坛，七届"全国十大杰出青年法学家"、三届"中国法学优秀成果奖"、三届"董必武青年法学成果奖"等重要奖项，每年组织编写的《中国法治年度报告》等报告，都具有重大影响。每年的"百名法学家百场报告会"活动、"青年普法志愿者法治文化基层行"活动，为弘扬法治精神、建设法治文化发挥了重要作用。两届金砖国家法律论坛、两届东亚－拉美法律论坛、四届中国－亚欧法律论坛、六届中非合作论坛－法律论坛都产生了重要的国际影响。

早在 1983 年，中央政法委、人事部、财政部就联合发文（政法〔1983〕11 号），下达给地方法学会 300 个政法专项编制。目前，中国法学会机关有参照公务员管理行政编制 67 人，设有办公室、研究部、对外联络部、会员部、机关党委（人事部）等 5 个内设机构，另有中国法学杂志社、民主与法制杂志社、中国法律年鉴社、中国法学学术交流中心、中国法律咨询中心、培训中心、法律信息部、机关服务中心等 8 个事业单位，事业编制 227 个。党中央、国务院一直很重视中国法学会的经费问题，法学会经费在财政部列为一级财政。2011 年经费为 4900 万元，2013 年换届后，在中央领导的关心下，特别是 2014 年在财政经费普遍压缩的情况下，财政部又给中国法学会增加了 2700 万元的项目经费，加上工作津贴、补贴等自然增加，现在行政经费总数达到 9100 万元（其中，财政拨款 8200 万元）。这都充分反映了党中央、国务院对法学会的重视和支持。

　　党的十八大以来，党中央对加强和改进新形势下党的群团工作高度重视，多次研究并提出了明确要求，作出了全面部署。2015 年 7 月，中央召开了党的群团工作会议，这在我党历史上还是第一次，具有里程碑意义，为党的群团事业发展开启了新阶段，为我们在全面建成小康社会、全面深化改革、全面依法治国、全面从严治党的新形势下更好地发挥法学会作用提供了历史机遇，明确了前进方向，注入了强大动力。陈冀平指出，贯彻党中央部署，做好新时期中国法学会的工作，关键要围绕习近平总书记重要讲话精神，认清职能定位，发挥自身优势，强化问题意识，把握规律特点，把中央的部署落实好，推动开创法学会事业发展的新局面。

　　党的十八届三中全会以来，司法体制改革成为全面深化改革的重要内容，党中央出台一系列改革文件，这在我国司法史上是少见的。中国法学会紧紧围绕习近平总书记就政法工作作出的防控风险、服务发展、破解难题、补齐短板"十六字"重要指示，提高用法治思维和法治方式维护国家安全和社会稳定的能力水平，通过有效的方式积极参与，紧密围绕实现司法公正，履行着政法战线重要组成部分的职责使命！

继往开来的中国法学会

法学会里都有哪些人？

　　中国法学会现有 57 个所属学科、专业、专门研究会，2000 多个地方法学会及其所属 600 多个研究会，30 多万会员，是加快建设中国特色社会主义法治体系、建设社会主义法治国家的重要力量。

　　1953 年 4 月，中国法学会的前身——中国政治法律学会正式成立。当时，设 4 个内设机构，编制 45 人。1982 年 7 月，恢复重建后的中国法学会也是 4 个内设机构，没有明确定编。

　　之后，在党中央、国务院亲切关怀下，中国法学会的干部队伍不断壮大。2001 年 11 月，中央编办印发了《中国法学会机关主要

职责、内设机构和人员编制方案》，中国法学会机关人员编制为 59
人。2006 年 8 月，中组部、人事部发文明确中国法学会机关列入参
照公务员法管理。

全国各省级法学会，大都成立于上世纪 80 年代初期。1983 年，
中央政法委、人事部、财政部联合发文，下达给地方法学会 300 个
政法专项编制，这是省级地方法学会干部队伍的基础。截至目前，
全国 32 个省级法学会，共有编制 394 个，其中行政编制（政法编、
参公编）238 个，事业编制 142 个。省级法学会中，北京市法学会
编制最多，43 个；上海、河南、湖北、广东等法学会都有 20 个左
右。此外，全国还成立了 15 个副省级城市法学会，目前共有编制
115 个，其中行政编制 48 个、事业编制 67 个。

相比于省级法学会，市县级法学会建设起步较晚。虽然一些市
县也较早成立了法学会组织，但较多的还是近 10 年来才建立的，
特别是县级法学会，大部分是在中国法学会第七次全国会员代表大
会，也就是 2013 年年底后才走上“快车道”的。截至目前，全国
共有地（市）级法学会 364 个，县（市）级法学会 1600 多个。据
不完全统计，这两级法学会共有工作人员约 2500 人，由于种种原
因，这些人员大部分是由兼职、聘任人员组成，有编制的不
到 20%。

法学会的性质和职责

中国法学会是党领导的人民团体，是法学界、法律界的全国性
群众团体和学术团体，是我国政法战线的重要组成部分，是党和政
府联系广大法学法律工作者的桥梁和纽带，是加强社会主义民主法
制建设，推进依法治国、建设社会主义法治国家的重要力量。

我国现有 650 余所法律院校，在校生 50 多万人，教师 6 万人，
还有公检法司等机构人员，初步估计，在职的全国法学法律工作者
的总人数在 600 万以上。同时还有为数较多的退下来的法学法律工
作者。作为法学法律界的群众团体，法学会肩负着团结、凝聚、引
领广大法学法律工作者的重大责任。

　　法学会的工作范围涵盖立法、执法、司法、普法等领域，涵盖法学教育、法学研究、法律实务部门，不但面向全社会，也面向全世界，资源非常丰富，平台优势突出。

　　我国的法治建设实践，迫切需要法学教育和法学研究人员深入实际、开展研究，为决策提供智力支持。法学教育和研究部门也迫切需要通过法治实践，并针对法治实践中亟待解决的问题，开展教学和研究工作。让法学教育和法学研究部门通过法学会这个平台，与法治实践和法律实务部门紧密结合起来，这也正是法学会的一大工作优势。

　　法学会负有组织推动法学研究、引领法学研究方向、开展对内对外学术交流、营造良好学术环境、不断推出优秀法学研究成果和培养造就高素质法学法律人才的重任。学术团体是法学会区别于其他群众团体的显著标志。法学会与法学界、法律界的联系十分紧密，团结凝聚了一大批优秀人才。作为法治建设领域的"思想库""智囊团"，法学会为法律的立、改、释、废，为解决法律实施过程中出现的问题献计献策。

　　法学会主要职责有九条，分别是：

　　1. 总体性要求一条，即团结广大法学工作者、法律工作者，服务于全党工作的大局，发挥党和政府联系广大法学工作者、法律工作者的桥梁和纽带作用。

　　2. 负责组织开展的工作有五条：（1）制订法学研究的规划和计划，指导各研究会和各地方法学会开展法学研究活动，为社会主义民主法制建设提供理论支持。（2）发展同国际的、区域的及港澳台地区的法学团体和法律团体的联系与合作，发挥对外法学交流的主渠道作用。（3）发挥人才、智力优势，为社会各界提供法律信息、法律咨询、法律培训服务。（4）负责对会员的管理与联系，维护会员的合法权益，及时、准确、全面地反映法学界、法律界的意见。（5）负责对直属学科、专业、专门研究会的工作指导，负责对直属企事业单位的管理工作。

　　3. 参与的工作有两条（四项）：参与法律法规的草拟、论证工作；参与国家政治协商、科学决策和民主监督。参与法制宣传和法学教育；参与培养法学人才、法律人才的工作。

4. 完成交办的有关事宜一条，即完成党中央、国务院交办的有关事宜。

此外，中国法学会还有一项重要职责，就是受国务院委托，履行主管法学研究和法学交流社团的职责，做好监督和管理工作。

在此基础上，2013 年 11 月 30 日，中国法学会第七次全国会员代表大会通过的新的《中国法学会章程》，将上述职责细化为 13 项工作任务，主要是根据新时期法学会工作特点和承担的任务，作适当修改和规范，增加了坚持正确的政治方向、组织法学法律工作者深入实际进行调查研究、组织评选及表彰优秀法学人才和优秀法学成果等活动、指导协调团体会员和地方法学会的工作等内容。

省级法学会在做什么？

中国法学会第七次全国会员代表大会以来，各省（区市）法学会建设进入了新时期，取得了重大发展。在 2016 年 5 月 17 日到 21 日的全国法学会第一期干部培训班上，吉林省法学会会长李申学、河南省法学会会长刘满仓、上海法学会会长陈旭、广东省法学会会长梁伟发参会发言，报告了所在省级法学会的工作成绩和发展情况。

2013 年以来，吉林省法学会积极参与推动依法治市、依法治县工作，与辽源市、松原市和农安县、抚松县签订了法治市县共建协议，组建了专家团队，帮助两市两县制订法治市县建设规划，协助当地党委政府抓好法律顾问、咨政建言及基层法律服务工作。省法学会同检察学研究会主办了检察改革研讨会，邀请省内外 30 多位学者专家就吉林省检察院改革试点进行研讨。2012 年，省法学会提出在全省乡镇、社区建立法律服务站，并在辽源市组织进行试点。经过三年多的发展完善，全省不仅实现了乡镇、社区法律服务站全覆盖，而且开始拓展到涉外、军营、拘留所和监狱等领域和部门。仅 2015 年，就向群众提供法律咨询 65195 人次，法治宣传 3366 场次，提供法律援助 2169 件，化解矛盾纠纷 29044 件。

上海市有 21 所法学院校，拥有专业法学教师 3000 余名，每年培养法学专业学生近万名，为上海法学研究储备了人才。上海法学会开展创新研究，在自贸区法治研究方面举办了首届东方法治论坛，在司法改革研究和基层法治研究方面也举行了多场次专题研讨。当前，美欧日正力图通过 TPP、TTIP、PSA 等形成新一代高规格的全球贸易和服务规则，来取代 WTO，围猎包括中国制造在内的新兴经济体产能，逼迫我们二次"入世"。上海法学会在自贸区法治研究方面，既突出上海"试点"中的开创性和独特性，也考虑到国家战略所需要的宏观性、普适性，特别在可复制、可推广经验的积累和形成方面，具有一定的战略高度。

2015 年 9 月底，河南全省 158 个县市区全部成立了法学会，实现了县级法学会全覆盖。原有 11 个省级研究会，在换届后新成立了知识产权法学、郑州航空港法律政策等 22 个研究会，研究会总数达到 33 个。组建了河南省法治智库，遴选 150 名理论功底深厚、实践经验丰富的专家学者组成智库，包括省外专家 50 名。2015 年 12 月至 2016 年 3 月在全省范围内集中开展"法律服务进基层"活动，共举办法治讲座 6670 余场，集中宣传活动 6230 次，提供法律咨询 160 万人次。

广东是经济人口大省，GDP 和财政收入连续 27 年全国第一，流动人口 3000 万人，地处开放前沿，毗邻港澳，社情复杂，产业转型升级任务艰巨，市场经济发育较早较快，人民群众的法治意识、法治观念较强。广东省法学会组织编写《广东法治建设年度报告》，2015 年获准创办《法治社会》期刊。2014 年与广东省人大常委会办公厅合作组建"广东省立法社会参与与评估中心"，圆满完成《广东省安全生产条例》《广东省信访条例》立法后评估工作项目。依法依规成立"广东中立法律服务社"，挑选了 25 个律师事务所的资深律师和 10 名退休老法官、老检察官、老警官、法学专业老教师开展公益法律服务，助力化解社会矛盾。自 2015 年 1 月开业以来，共接待解答法律咨询案件 537 件、563 人次。从 2014 年 11

月起组织了"南粤法治报告会"新平台，每年举办 12 讲，目前已举办 19 场报告会，听众达 23000 人。

梁伟发认为，法学会当前面临的是历史上最好的工作环境，即最好的机遇，但必须增进大家的共识：一是十八大尤其是十八届四中全会作出了"全面推进依法治国"的重大决定，随后，党中央又明确提出了"四个全面"（全面建成小康社会、全面深化改革、全面推进依法治国、全面从严治党）的战略布局。二是中国法学会的工作是空前强势，包括会领导的空前强势、推进工作尤其是培训工作力度的空前强势、在党委政府工作中话语权的空前强势和自身建设举措力度的空前强势，等等。三是各级党委、政府乃至全社会对实施依法治国，对建设法治国家、法治政府、法治社会的信心空前增强。

诚如梁伟发所言，法学会工作进入了最好的历史机遇期，能否把握住机遇谋发展作贡献，为全面推进依法治国的战略部署发挥出不可替代的作用，不辜负这个伟大的时代，不辜负党的期望和人民的期待，需要全国法学会干部和所有会员的共同努力！

市县法学会在干啥？

市县法学会全覆盖是一个重要的工作目标

2013 年 11 月中国法学会第七次全国会员代表大会以来，中国法学会非常重视市县法学会建设，将其当作事关法学会长远发展的工作重点。王乐泉会长在各种会议、调研活动中，反复强调推进市县法学会建设的重大意义，多次主持召开专题会议研议相关事宜。党组书记、常务副会长陈冀平经常听取工作进展情况回报，及时研究解决工作中存在的困难和问题。其他副会长也在分管工作范围内抓好具体工作。中国法学会各部门充分发挥职能作用，密切配合，形成了齐抓共管的良好局面。

为什么这么重视市县法学会建设呢？长期以来，由于职能定位方面的原因（比如侧重组织法学研究、联系法学界多、联系法律界少等），县级法学会建设成为法学会工作中的短板和薄弱环节。全国从事法学教育和法学研究的人员大概有 6 万人，企业从事法务的人员大概有 20 万人，政法队伍有 300 多万人，其中基层县一级政法队伍就占了 180 万人。如果没有县级法学会，这部分的工作就很难覆盖。组织不能全覆盖，工作自然无法全覆盖。也由于缺少县级法学会，使得法学会的很多工作悬在空中，不能落地。在县级建立法学会组织已经成为当务之急，关系到法学会能不能完成好新形势下的新任务。

从 1982 年 7 月中国法学会恢复重建到 2009 年 1 月，差不多近 30 年时间里，地方法学会主要建在省一级，有些地市州也零星地建了一些法学会。当时中国法学会章程对此没有规定。2009 年 1 月，中国法学会第六次全国会员代表大会对章程进行了修改，把地方法学会由团体会员改为中国法学会的地方组织，按照行政区划，在省、自治区、直辖市和地市州设立。2013 年 11 月，中国法学会第七次全国会员代表大会再次对章程进行了修改，提出在县一级设立法学会。

2015 年，中国法学会在广泛调研、深入研讨的基础上，起草了《中国法学会关于加强市县法学会工作的指导意见》，对工作原则、主要任务、机制保障、加强领导和督查等作出了具体规定。中央政法委转发该《意见》，并要求各级党委政法委加强对法学会工作的领导，定期听取工作汇报，帮助解决工作中的困难和问题，与政法各项工作同部署、同检查、同考核、同落实。2014 年、2015 年，中国法学会分别在深圳和郑州召开工作座谈会，对一些典型经验做法进行了集中交流，促进了各地工作开展，取得了良好效果。

从全国范围看，地市级法学会已基本实现了全覆盖，县级法学会已经超过 1600 个，其中天津、河北、辽宁、吉林、河南、重庆、云南等 7 个省市实现了县级法学会的全覆盖。一些省级党委政法委和法学会印发了加强市县法学会建设的文件，召开了专题工作会议。一些市县法学会成立了党组，建立了有关工作机制。很多市县法学会结合当地实际，围绕党委政府中心工作大局，积极主动开展工作，在加强法治问题研究、提供法律咨询服务、开展法治宣传普及等方面，发挥了积极作用，得到了当地党委、政府和有关部门的认可与肯定。

目前，市县法学会全覆盖工作还没有完成，已经成立的市县法学会大多数也才刚刚开始开展工作，处于起步阶段。全国2782个县级行政区划中，成立法学会的只占到四分之三。很多省份的县级法学会建设还存在大量空白，比如四川有147个县、山东有112个县、新疆有93个县、贵州有84个县、黑龙江有83个县、安徽有76个县、内蒙古有73个县、湖北有73个县、陕西有71个县、浙江有58个县尚未成立法学会。多数市县法学会仍处于初始阶段，虽然组织了一些活动，但并不活跃，也缺少有影响力的品牌，职能作用并没有充分发挥，甚至有的市县法学会无工作人员、无办公场所、无活动经费，难以保障正常开展工作。

建立市县法学会的三种模式

中国法学会近期对15个省（自治区、直辖市）县级法学会的情况进行了调查分析，包括天津、河北、山西、辽宁、吉林、浙江、安徽、福建、江西、山东、河南、重庆、广西、云南、宁夏。目前这15个省（自治区、直辖市）已建立1014个县级法学会，从组建情况看大致有三种模式：

第一种模式：由编制部门批准，有机构、有编制、有财政经费。这种模式的县级法学会是比较理想的模式，队伍比较稳定，工作开展也有保障。这种模式的县级法学会有237个，在这15个省份中占23.4%。中央要求，各地区各有关部门要把更多资源和手段赋予群团组织，要确保群团组织有钱办事、有人干事、有阵地提供服务。按照《中国法学会关于加强市县法学会工作的指导意见》的要求，市县级法学会建立要达到"有人员负责、有办公场所、有活动经费"的基本要求，这些要求与中央的精神完全一致。

第二种模式：由编制部门批准，有机构，但没有编制，与市县委政法委合署办公，人员、工作经费由政法委一并安排。这种模式的县级法学会有 171 个，占到 16.9%。

第三种模式：由政法委批准成立，与政法委合署办公，人员、工作经费由政法委统一安排。这种模式的县级法学会有 606 个，占到 59.7%，天津、重庆、云南等省（直辖市）的全部或部分县即是这种模式。在云南省 129 个县级法学会中，怒江傈僳族自治州贡山县法学会由编制部门批准成立，做到了有编制（副科级）、有人员、有经费，其他县级法学会都是由党委政法委批准成立，由县委政法委代管，合署办公，有工作人员，有工作经费。这种模式一般是法学会牌子挂在县委政法委，工作人员由县委政法委相关部门人员兼任。

可喜的是，市县级政法单位有很多具有一定领导能力和水平的同志，按照当地规定，五十二三岁就从领导岗位转到非领导岗位，处于赋闲状态，这些同志是党和人民的宝贵财富，完全可以到法学会来工作。

分管市县法学会工作的中国法学会副会长王其江指出，要把司法和行政执法部门的力量调动起来，还可以把那些刚到龄退出一线，有经验、有威望、身体健康的法律工作骨干吸收到法学会来，专司其职，既出主意，又抓落实。按照中央党的群团工作会议精神，在工作人员的使用上要不拘一格，无论年龄大小、学历高低，体制内还是体制外，专职还是兼职，只要在德才上具备条件，都可以考虑。

各地市县法学会的新成果

2015 年 9 月，中央政法委转发了《中国法学会关于加强市县法学会工作的指导意见》，这是首次以中央文件的形式，规定了市县法学会工作原则、主要任务、机制保障、加强领导和督查等方面内容，以及参与立法咨询、开展法治实践、参与法律顾问工作、开展法律服务、参与法治宣传教育、参与社会治理、建立健全联系机制、培养优秀人才等八项职能任务。一年多来，各地市县法学会按照中央指示精神和中央、省法学会的工作部署，努力进取，奋发有为，结合各地具体情况和特点有针对性地开展工作，涌现出很多好做法、好模式，值得借鉴推广。

开展法治问题调研方面：吉林省辽源市法学会参与依法治市实施意见的起草，邀请法学专家对实施方案进行研讨论证，并主动承担了6项工作任务；组建了12人的政府法律咨询服务团队，为市委、市政府重大决策提供法律服务，并积极建议政府购买法律服务，从而促成市政府购买5个律师事务所的法律服务，为推进依法治市建设发挥了很好的作用。江苏省南通市法学会建立了由132名法学法律人才组成的专家库，承担党委政府及其职能部门重大决策的风险评估等工作，积极参政议政，针对法治实践中出现的问题开展深入调研，提出的重要意见建议形成人大代表议案或政协委员提案，修改行政诉讼法的建议被全国人大采纳。浙江省舟山市法学会聚焦海岛开发建设、海洋环境治理、渔民权益保护等方面的涉法难题，开展专题调研，多项研究成果进入立法层和决策层。

参与基层法治建设方面：广西壮族自治区百色市法学会推行律师与法学法律工作者参与法律咨询服务和信访代理机制，在12个县（区）法学会设立法律咨询服务和信访代理工作室，以第三方身份参与信访案件的化解，着力解决信访群众不会访、重复访、多头访、缠访闹访等突出问题，这既服务了党委政府，服务了群众，也促进了社会和谐。四川省广安市法学会组织推荐会员参与全市矛盾纠纷大调解工作，开展大调解工作国家级服务综合标准化试点以及重大、疑难、复杂信访问题化解听证工作研究，解决了很多实际问题。

开展基层法治服务方面：黑龙江省哈尔滨市法学会建立地校合作机制，将高等教育法律诊所模式嫁接于社区，推动13个区县法学会普及社区、乡村、企业、医院等四种类型法律诊所365个，在区县政府服务大厅辟出专门场所，组织法学法律人才进所，以广场义诊、专家门诊、综合会诊、入户巡诊、危重急诊等方式开展法律服务。江苏省扬州市江都区法学会组织了 160 余名会员，分别成立了法律咨询服务队、法律援助服务队、矛盾调解服务队，为基层群众提供"紧贴式"法律服务。

参与法治宣传教育方面：河南省三门峡市法学会积极承担市委政法委交付的政法宣传工作，开办三门峡法学网、三门峡平安网，加强与政法系统网站的链接与合作，开辟宣传渠道，开展"法治文化周"活动。四川省眉山市法学会举办"十大法治人物"评选表彰活动，广泛宣传候选人事迹，积极推进依法治市。甘肃省张掖市甘州区法学会把法治宣传教育作为参与社会治理的具体行动，与区电视台协作，制作"政法专题"电视节目，每半个月播出一期，以"以案释法"的形式进行宣传，取得了较好的教育效果。

参与法律顾问工作方面：辽宁省朝阳县法学会依托乡镇司法所和派出所，扎实推进基层法律顾问站建设，聘请退休老法官、老检察官、老警官、老司法所长、老公证员和律师或法律工作者进站担任法律顾问，服务基层单位和基层群众。重庆市渝北区法学会联合区司法局，在全区推行"义务法律顾问进村（居）活动"，为全区 21 个镇街、321 个村居配备法律顾问，免费为村居群众提供法律服务。

建设会员人才队伍方面：湖北省武汉市法学会积极探索会员管理服务新路径，选定武汉市检察系统作为开展会员小组活动的试点，在四个检察院分别成立了刑事司法改革研究、刑事诉讼监督研究、刑事政策研究和犯罪防控研究等四个专业委员会，积极推动会员在专业委员会中有序开展法学法律研究交流活动。

法学会是党领导的群团组织，要始终把法学会工作置于党的领导之下。2015 年 6 月，《中国共产党党组工作条例》就社会组织建党组做出明确要求，各地法学会党组建设也有不同的模式。从全国各级法学会来看，建党组的任务很重。目前 32 个省级法学会中还有 14 个未成立党组（内蒙古、黑龙江、安徽、福建、江西、山东、湖南、海南、重庆、四川、贵州、云南、西藏和新疆生产建设兵团），已批准待成立的有 5 个（天津、江苏、陕西、宁夏和新疆）；

在 15 个副省级城市法学会中还有 10 个未成立党组（长春、南京、杭州、宁波、厦门、青岛、广州、深圳、成都和西安）。未成立党组的省级副省级法学会将在今年内完成成立党组的工作。辽宁省朝阳市朝阳县法学会在 2015 年 10 月 19 日成立了朝阳县法学会党组，是全国首个县级法学会成立党组的。

市县级法学会会长由政法委书记兼任，有利于发挥优势，开展工作，推动政法全局工作与法学会工作紧密结合。王其江副会长指出，凡是工作做得好的法学会，都有一个能充分发挥作用的会长。吉林、广东、河南、上海、云南、辽宁、北京、天津、青海、哈尔滨、百色、朝阳等法学会都是这样。江苏省南京市委常委、政法委书记、市法学会会长刘志伟为推动各区成立法学会，主动协调市委市政府主要领导和编办等部门，多次组织召开各区县委政法委书记会议进行部署和督促，制定下发《关于加快区法学会建设的意见》，促使南京市所辖的区全部成立了法学会，实现县级法学会全覆盖，并落实了每个区均有 1 至 2 个行政编制，配备了科级领导职数，每个区每年解决 30 万至 40 万元的活动经费。

王其江副会长指出，中国法学会将加强对市县法学会工作的总体指导，总结和推广市县法学会工作典型经验。省级法学会应当把市县法学会建设工作列入重要议事日程，协调有关部门，积极帮助解决工作中的问题，建立健全考核机制，把市县法学会年度工作纳入平安建设考核体系，促进市县法学会各项工作的落实。

最高法诉服大厅来了志愿专家

2016 年 3 月，最高人民法院立案庭诉讼服务中心和中国法学会中国法律咨询中心签订了《选聘诉讼服务志愿专家协议书》，并举行了向首批 22 名志愿专家颁发聘书的仪式。仪式现场，最高人民法院院长周强、常务副院长沈德咏、副院长景汉朝，中国法学会常务副会长陈冀平、副会长张鸣起，亲自为首批 22 名志愿专家颁发聘书。

2014 年 8 月，为促进司法公正，提高诉讼服务水平，依靠全社会力量共同推进法治中国建设，受最高人民法院的委托，中国法律咨询中心启动了在最高人民法院立案庭诉讼服务中心为全国各地来访群众提供免费法律咨询的服务。经过近两年的努力，到目前为止，法律咨询中心共组织志愿专家 576 人次，接待来访群众 2542 人次，咨询案件达 2782 件。社会第三方专家提供的咨询服务，得到了来访群众的普遍欢迎和认可。

严谨高效的团队管理

最高人民法院涉诉信访案件，往往经过三级法院裁判，案件周期长、案情复杂，矛盾长期积压。如何选聘志愿专家、安排轮值以及做好沟通协调和服务，是为来访群众提供法律咨询服务的基础和首要任务。

中国法律咨询中心旨在组建一批政治立场坚定、热心公益且能长期坚持、专业素质强的志愿专家队伍。在人才来源上，一方面，志愿专家人选由中国法学会研究部、会员部、信息部和北京市法学会以及法学院校推荐产生；另一方面，主动与各大高校和律师事务所进行联系接洽，动员法学专家和律师参与诉服工作。选拔标准上，制定了《最高人民法院诉讼服务志愿专家选聘考核管理办法》等文件，要求法学专家须具备博士学位，从事教学研究工作且具有中级以上职称；律师要求具有较高专业水平、行业声誉和五年以上执业经验。选拔程序上，又分为推荐、申请、审核、备案四道程序。经过层层选拔，目前志愿专家队伍人数稳定在 86 人，包括法学专家 33 名、资深律师 53 名，其中有不少来自北京大学、清华大学、中国人民大学等全国著名院校法学院的中青年法学专家。

对志愿专家人才的合理分配，也是促使咨询服务高效开展的基础。目前，法律咨询中心创建了"最高法院诉讼服务法学专家数据库"和"最高法院诉讼服务律师数据库"，按专家研究领域和职业领域交叉安排值班，尽可能做到对民事、刑事、行政、执行和国家赔偿等各类案件的全覆盖，确保来访群众能得到专业对口的法律咨询服务。

增强志愿专家间的沟通交流，才能促进工作提质增效。由于通信设备和移动互联网的发展，如今线上交流成为大势所趋。法律咨询中心创建了"最高法院诉服志愿专家"微信群，负责共享诉讼服务的注意事项、值班安排、工作动态等信息；方便志愿专家进行即时交流沟通案件接谈情况，交流工作心得、成果和经验，做到信息及时发布。而在线下，则通过座谈会、研讨会和交流活动等多种方式，当面沟通、解决存在的问题，增强队伍的凝聚力。

通过严谨的程序选拔专家队伍，通过合理的安排配置专家资源，再通过线上线下的交流接受专家反馈，强有力地推进了最高人民法院志愿专家诉讼服务平台的建设。一方面让群众享受到了专业权威的法律咨询服务，另一方面也让志愿专家认识到了这个平台的特殊性和重要价值，使其坚守在岗位上，并始终保持工作热情和社会责任感。

科学合理的工作流程

根据最高人民法院组织的全国万件涉诉信访案件评查结果，错案占比 2.8%，瑕疵案件占比 17.75%，无瑕疵、无错误的约占 80%。针对涉诉信访案件经常出现"两头大、中间小"的现象，为了更有效地化解矛盾，中国法律咨询中心在建章立制的基础上又创新出多个机制，例如"案件分类化解"机制和"存疑案件专家评议"机制，确保诉服工作高效进行。

建立"案件分类化解"机制，力求矛盾纠纷得到有效化解。法律咨询中心根据情况将咨询案件分为五类，具体问题具体对待：一是因信访材料不齐备或证据不足、申诉信访理由不能成立的案件；二是原裁决无误、司法救济程序终结、建议息诉的案件；三是诉讼程序存在瑕疵的案件；四是诉求具有一定合理性，但通过法律途径难以解决，因生活困难建议申请司法救助的案件；五是裁决存疑的案件。

对于案件材料不齐备或证据不足、申诉信访理由不能成立的案件，中心会向当事人解释清楚规定，并提出建议，引导其理性地表达诉求，防止矛盾升级；对于原裁决无误、司法救济程序终结、建议息诉的案件，中心派专家耐心疏解当事人情绪，签订服判息诉确认书；对于那些诉讼程序存在瑕疵或诉求具有一定合理性，但通过法律途径难以解决的案件，经当事人和志愿专家提出申请，由法律咨询中心向最高人民法院出具法律建议书，例如中国人民大学法学院副教授许尚豪接待辽宁访民梁某，得知其因工伤造成身体残疾并被单位辞退，无法经过诉讼获得赔偿，造成生活困难，法律咨询中心向最高人民法院提交了救助建议，成功启动了对梁某的救助程序。

而面对裁决存疑的案件，法律咨询中心会启动新的机制来发挥诉讼监督作用，即"存疑案件专家评议"机制。经过一段时间的尝试和探索，目前的工作流程主要为以下几步：首先由志愿专家发现存疑案件，得出初步结论；其次将案件材料移交给法律咨询中心，接下来，如研究发现案件确有问题，中心会组织两名以上专家背对背研究并撰写书面意见；第三，中心也会同时召开专家研讨会，集中评议案件；最后汇总专家意见，向最高人民法院正式报送"存疑案件申报建议书"。其中，内容包括案件基本事实、当事人申诉理由、争议焦点、志愿专家及法律咨询中心意见、案件结论、证据资料目录、相关法律规定等 15 项，涵盖了案件事实认定、法律适用和专家观点在内的案件评价内容，具有较强的参考价值。机制启动后的两年中，中心对吉林高某贪污案、吉林某企业商标侵权案、河北宋某强奸案等存疑案件进行了深入研究，还针对北京董某流氓罪案向最高人民法院报送了存疑案件申报建议表。

信息化管理为化解涉诉信访提供智库支持

经过近两年时间的建设，法律咨询中心共处理咨询案件 2782 件，其中民事案件 1375 件、刑事案件 769 件、行政案件 417 件、执行案件 135 件、国家赔偿案件 86 件。在大数据视角下，这些积累

下来的工作记录和案件信息，都是值得在日后被反复利用的重要
资源。

法律咨询中心建立了信息齐备且便于查询的案件信息记录制
度，设计并启用了"最高人民法院诉讼服务志愿专家工作记录表"。
目前该记录表有七大类，共计 17 个统计项，涵盖案号、信访类型、
申诉信访理由和诉求、志愿专家结论和办理建议等在内的案件信
息，汇集了大量涉诉信访案件的第一手信息和数据。

在数据积累之上，法律咨询中心与负责国内司法数据观察和
分析的信息技术团队进行合作，实现咨询案件的全数据分析，旨
在建立起"最高法院诉讼服务志愿专家案件信息系统"，力求及
时、全面、准确地采集反映涉诉信访案件的各类信息，便捷、高
效、智能地提取生成统计数据，以信息技术手段助力来访案件的
数据研究。

在全数据分析的基础上，法律咨询中心将分析的结果交由专家
进行整合，形成课题成果。这些课题将重点研究最高人民法院涉诉
信访案件的类型、特点、成因和化解对策，试图探索出一条社会力
量参与化解涉诉信访案件的有效途径，寻求构建多元、高效、可持
续的诉讼服务模式，为最高人民法院和中央有关部门决策时提供
参考。

这些海量的一手资料被数据化、结构化，通过专业技术团队的
分析与法学专家的整合研究，最终将会为未来中国法律咨询中心乃
至整个法律咨询行业留下一笔宝贵的财富。

经过近两年的尝试和努力，目前咨询群众基本能做到理性地表
达诉求，诉讼服务大厅内的秩序也明显好转，最高人民法院多次专
门致信表示感谢。

实践证明，由中国法学会中国法律咨询中心创建的诉讼服务志
愿专家工作模式，是完善社会第三方参与司法服务的有效方式。下
一步，法律咨询中心将向地方法学会积极推广这一模式，吸引越来
越多的专家学者和律师参与到诉讼服务工作中来。中国法学会领导
也多次表示，法律咨询中心要一如既往，不懈努力，力争把这一项

工作做好、做实、做出成效。

向国际法学法律界发出"中国声音"

从 1982 年恢复成立以来，到 2015 年年底，中国法学会已经与世界上 100 多个国家和地区的 800 多个法学、法律组织建立了联系，并与其中 88 个国家和地区的 135 个重要法学、法律组织签署了双边合作备忘录，在派团互访、学术研讨、法律人才培训等方面有着广泛的合作。中国法学会先后倡议发起并建立了 12 个区域性多边法学、法律交流与合作机制，为开展全方位、宽领域、深层次、多渠道的对外法学交流，建立了广阔的平台。

中国法学会先后加入了国际宪法学协会、国际刑法学协会、国际法哲学与社会哲学协会、国际法律学协会、亚洲和太平洋法律协会等国际性、区域性法学法律组织，并推荐法学家在部分国际组织担任领导职务，稳步推进多边交流。中国法学会积极参加国家法学引智工作，先后就"司法权合理配置法律制度"和"从律师中遴选法官检察官制度"等重大法治研究任务和司法体制改革重点课题立项组团，赴国外参与培训。

2015 年，中国法学会组派高层代表团，先后访问了美国、法国、意大利、南非、肯尼亚、泰国、马来西亚等七国，邀请柬埔寨司法大臣、印度尼西亚首席大法官、俄罗斯法律家协会主席、东盟法律协会主席、巴基斯坦总理法律和司法特别助理、蒙古律师协会会长、上合组织地区反恐机构执委会副主席、巴西高等法院院长、安哥拉总检察长、美国律师协会主席等 40 多位部级以上重要人物来华访问或举行会见。

2015 年，中国法学会在中国举办了首届"中日韩法律论坛"、首届"中国－南亚法律论坛"、第四届"中国－亚欧法律论坛"和第六届"中国－东盟法律论坛"；在国外举办"共建 21 世纪海上丝绸之路中泰法律保障研讨会""共建 21 世纪海上丝绸之路中马法律保障研讨会"及"马来西亚海外法律服务在中国投资机会

推介""中法法律交流日"活动和第三届中国－欧洲法律论坛等
8个论坛和4个研讨会。举办的中非、亚拉和中拉法律论坛被分
别列为中非合作论坛、东亚－拉美合作论坛和中国－拉共体论坛
的分论坛，并分别被写入《中非合作论坛约翰内斯堡行动计划
（2016—2018年）》《圣何塞宣言》和《中国和拉美与加勒比国家
合作规划》。

中国法学会与一些国际著名法学院校合作，先后成立了中国－
非洲法律研究中心、中国－东盟法律研究中心、中国－南亚法律研
究中心、中国－亚欧法律研究中心、金砖国家法律研究院、中国－
非洲法律培训基地、中国－东盟法律培训基地等30多个区域研究
中心和培训基地。各研究中心主要从事相关地区和国家有关法律法
规以及对外交往中法律问题的研究，尤其关注"一带一路"建设中
遇到的法治问题和我国南海权益保护等重大现实问题的研究，为对
外交往实践提供理论支撑。以中国－东盟法律研究中心为例，近年
来他们的研究成果"我国暂时退出联合国海洋法公约以更好维护九
段线的历史性权利""中菲南海海洋争端仲裁案对策""南海不存
在公海""九段线具有法律效力"等，在国内外产生了较大影响，
为国家有关部门解决南海问题制定对策，提供了有力的理论参考
依据。

涉外法律工作是社会主义法治建设的重要组成部分，是顺利推
进对外开放事业的重要保障。党的十八届四中全会通过的《中共中
央关于全面推进依法治国若干重大问题的决定》，就新形势下加强
涉外法律工作作出了重要部署："适应对外开放不断深化，完善涉
外法律法规体系，促进构建开放型经济新体制。积极参与国际规则
制定，推动依法处理涉外经济、社会事务，增强我国在国际法律事
务中的话语权和影响力，运用法律手段维护我国主权、安全、发展
利益。"

面对新形势和新任务，中国法学会积极拓展对外法学交流范
围，推动以我为主的区域法治论坛向国际组织方向发展，探索加强
涉外法治服务新模式，在国际法学交流舞台讲述中国法治故事，推

动中国法治走向世界，树立中国法治国家形象。中国法学会的涉外法学工作，就是要让国际法学法律界听到更多的"中国声音"，提升中国作为法治国家的国际地位和影响力。

（原载《民主与法制》2016 年第 23 期）

天下无拐　宝贝回家

刘瑜　孙洁　李天琪

回家，对于每一个人来说都是个温暖的词。然而，有些人却不知道自己的家在哪里，甚至他们都不知道自己是谁。他们被人贩子从亲生父母身边夺走，几经磨难，独自面对被改写的人生；而他们的父母，也在撕心裂肺的找寻中心力交瘁。在近一两年的时间里，两部"打拐题材"的电影——《亲爱的》《失孤》陆续上映。在催泪的同时，更引起人们对"拐卖儿童"社会问题的关注和重视。

"拐"与"被拐"，一方是罪孽深重的魔鬼，另一方是被折断翅膀的天使。人贩子让骨肉分离的悲剧仍在发生。随着《刑法修正案（九）》出台，收买被拐卖儿童的犯罪分子也将被追究刑事责任，这势必会打击买方市场。或许，这样的悲剧能得到一定的遏制。

本文内容都与"回家"有关，他们的故事从悲伤开始，以幸福结束。

宝贝回家，再续过去的爱

曾经的"一场虚惊"让她陷入沉思

2016 年 1 月 6 日，冷空气袭来，北京的雾霾渐渐散去。宝贝回家网站的创始人张宝艳又从吉林通化来到北京。这几年，随着宝贝回家网站的知名度越来越高，张宝艳也越来越忙。她在电话里婉拒了一家 App 公司的合作意向。她怕对方商业化太严重，引来社会的质疑。作为一个民间组织的负责人，张宝艳说，他们没有"做错"的机会。她时刻记得自己创办宝贝回家网站的初衷。

张宝艳回忆，她最初对"被拐"的认识，仅仅停留在电视节目里。《红楼梦》里的香菱原是甄士隐的千金小姐，无奈年幼被拐，几经辗转嫁给薛呆子做妾，最后悲惨死去。那时的张宝艳认为，"被拐"的现象，离现实的生活相隔千里。

1992 年，她看到了一篇报告文学——《超越谋杀的罪恶》，内容尽是被拐卖儿童的血泪史。也就是在那一年，她体会到了一次孩子"丢失"后的切肤之痛。儿子 4 岁那年的一天，孩子的姥姥急匆匆地找到了张宝艳，说孩子跟着她排队买东西，一转身，孩子就不见了。听到这个消息，之前看到的报告文学中的情节一股脑儿涌了出来，儿子可能被拐的想法让她顿时觉得天都要塌了。张宝艳慌了，正在工作中的她一下子冲了出去，下楼的时候腿一软竟瘫坐在楼梯上。张宝艳绝望地走在街头，无助地寻找，"我甚至都想到了如果找不到自己怎么去死"。晚上，她在父亲家看到安然无恙的儿子，终于舒了一口气。幸好，儿子只是走散了；幸好，那只是一场虚惊。

就是这样的切肤之痛，让张宝艳开始关注被拐儿童这个群体。每次她在报纸上看到寻人启事，看到家长找孩子的信息，她都把电话打过去，虽然帮不了什么大忙，但是暖心的安慰也能给对方带来强大的动力。"最起码，让这些家长知道，他们的寻人启事有人在关注。"自从儿子走散带来的一场虚惊之后，张宝艳发现，在生活的大环境里，不断有丢失孩子的家长在刊登寻人启事，也有人走街串巷去张贴寻人启事。她觉得这种最原始的找孩子的方式无异于大海捞针，漫无目的地寻找，谈何容易。张宝艳说："很多家庭因为孩子离散而支离破碎。有的家长已经寻找了十几年，花光了所有积蓄；很多家长因为思亲心切，精神崩溃，更有甚者患了精神病。"

也是在那一年，张宝艳和丈夫开始创作关于被拐儿童的剧本，他们想让更多的人知道这个群体，关注这个群体。他们去了全国很多地方，搜集被拐儿童的素材。在寻找素材的过程中，她关注到，曾经有个家长在寻找孩子的过程中，陆陆续续见了一二百名孩子，他们都是被拐或者走失的儿童。然而，其中却没有这个家长要找的人。家长失望而去，留下沉思的张宝艳。她认为，虽然这一二百人之中没有这位家长要找的孩子，但这却是一个巨大的线索和资源，对其他寻亲者来说，非常有用。但这样原始的方式并无法做到与其他丢失孩子的家长资源共享。她想，如果能把这些资源收集起来，让所有找孩子的家长和找家的孩子知道就好了。

于是，她与丈夫创作了名为《路有多长》的剧本。在剧本中，张宝艳和丈夫虚构了一个寻亲网络组织——太阳城寻子联盟。太阳城寻子联盟，寄托着他们美好的理想：寻亲者能够联起手来，你帮我、我帮你，都能找到孩子，找到家。

张宝艳介绍，这个剧本，也寄托着他们美好的愿望，他们希望把丢失孩子的父母痛不欲生的感受，通过文学作品展现出来，并希望人贩子能够看到这些寻亲者的故事，从而停止拐卖孩子。

历经十多年的构思，剧本《路有多长》于2003年创作完毕。就在张宝艳夫妇打算把它搬上银幕时，他们却遇到了现实的波折。因为"题材敏感"，接连谈了几家影视公司，最后都不了了之。希望落空，夫妇俩并没有放弃，最终，他们想到，不如就把剧本中的"寻亲网络组织"变成现实吧……

建立寻亲网　让丢失的亲情得以延续

2007 年 4 月 30 日，宝贝回家网站正式开通。2008 年 1 月 18 日，"宝贝回家"的志愿者组织在吉林省通化市民政局成功注册。网站不仅开通了寻找孩子的信息平台——家寻宝贝，也开通了孩子寻找家的信息平台——宝贝寻家。两个信息渠道相互连通，成功搭建了一个又一个的亲情通道。

对于宝贝回家网站，张宝艳视若自己的孩子。网站的不断壮大，就像孩子在不断成长。有挫折，有迷惘，有后悔，也有欣慰。

建网站之初，总有一些质疑的声音让张宝艳无所适从，但她一想起与那些寻子的家长接触时，家长像抓住救命稻草一样对他们期待的眼神，她就不忍心放弃。即便是现在，网站已经小有名气，张宝艳仍然坚守着自己的初衷，做事也更加谨慎和理智。她从不敢轻易接受带有商业气息的合作，她一定要让网站保持"纯粹"的身份。

网站建立初期，需要资金，张宝艳夫妇就自掏腰包；需要人员管理，张宝艳就辞去了工作，成为一名全职志愿者。最初让张宝艳迟疑的不仅是在人员、物质上的困难，更多的是来自很多家长对她的"不信任"。一开始，张宝艳为了收集资源，给很多丢失孩子的家长打电话，希望他们能登录宝贝回家网站，将自己孩子的信息录入进去。大多数家长一听说有这样免费寻找孩子的平台开放，都抱着不敢相信的态度。家长听到这样的消息都以为是"骗子"，张宝艳却不厌其烦地一户一户解释，直到他们同意。因为张宝艳知道，每多一个寻找孩子、多一个寻找家人的信息录入到系统中，连接亲情的通道就会多一分打通的希望。

甚至有一次，他们通知到一位家长，说孩子找到了。家长接到电话时的心情不是喜悦，而是怀疑。最终，这个家长怕遇到骗子，带着警察找到了他们。这件事，令张宝艳哭笑不得，同时，她也在反思，怎样才能让网站得到这些家长的认可。

有时，她也会遇到个别家长很多年找不到孩子，把仇恨从人贩子身上转移到警察身上，最终把所有情绪发泄在宝贝回家网站。张宝艳经常在各个寻亲的 QQ 群中，看到很多家长泄愤。对于这样的心情，她宽容、理解。虽然，有些人希望渺茫，但网站从没有放弃过一位寻亲者。

慢慢地，网站从每天数十人次、数百人次的浏览量，增加到上万人次，高峰时间甚至达到了 5 万人次。全国各地的寻亲者，需要大量的志愿者来联系、跟进，提供寻亲的专业指导。随着网站影响力越来越大，志愿者也越来越多。散落在全国各地的志愿者在"宝贝回家"里变成一家人。

来自重庆的志愿者"蝶恋花"已是两个孩子的母亲，她利用业余时间做网站的志愿者，除了要在网站中比对各种身份信息，还要奔波在路上，为那些寻亲者和寻家者互相打通联系的渠道。她说，她的心态很单纯，就是希望可以帮助到那些需要帮助的被拐儿童。"虽然我们付出了时间、精力，有时也顾不到家，但我们却收获了满满的幸福感和成就感。每当看到回家的孩子抱着亲生父母喜极而泣的时候，我也跟着哭，可这是幸福的眼泪。"

目前，宝贝回家网站注册登记的志愿者人数达到 17 万余人，积极参与寻亲活动的活跃成员也有两万多人。他们与腾讯网合作建立的各类 QQ 群就有 100 多个，每个群都有志愿者来维护。

宝贝回家寻亲网上有多少份寻亲登记，就承载着多少个团圆的梦想。网站专职工作人员会按照不同的寻亲类别对登记信息进行审核、发布，并分派给相应的志愿者。志愿者对寻亲资料进行逐一跟进，根据核实后的内容发布寻人帖子，指导、帮助求助人进行寻亲。

据张宝艳介绍，由于很多家长及寻亲的孩子都不会上网，所以每个寻亲的孩子及家长在登记了寻亲资料后，网站都指定一个志愿者对他们进行寻亲指导及后期资料跟进，帮助他们长期在网络上对寻亲资料进行分析对比。寻亲的孩子在登记以后，跟进志愿者会从气候、地理环境、家人姓名、动植物、饮食习惯、方言等方面启发寻亲孩子的记忆，缩小寻亲范围，寻找突破方向。

为了管理好庞大的志愿者团队，"宝贝回家"以腾讯的超级 QQ 群为交流平台，除了按地区分成各省份志愿者 QQ 群外，还按寻人工作的需要，分成寻子家长群、寻家孩子群、公安部宝贝回家工作群、公安民警联络群等 60 多个工作群。志愿者团队的科学分工与管理，使各项寻亲及救助工作都能有序高效地运行。通过对志愿者工作科学合理的分工，使寻人效率也得到提高。采访当天，张宝艳坐在电脑前不断接收着 QQ 群里来自全国各地的消息。庞大但有序的信息群背后有着无数个等待团圆的身影和为了促成团圆梦想而忙碌的志愿者和工作人员。

警民合作　打通打拐绿色通道

在网站多年的运行当中，张宝艳深深地认识到，仅利用宝贝回家网站一己之力去进行寻家和寻亲，并不能全速铺开、顺利进行，这项事业还需要社会各方的配合，甚至还要通过政策和立法的支持，才能达到一个更加理想的状态。

在 2009 年的两会前夕，"宝贝回家"的志愿者看到全国政协委员、著名演员濮存昕正在签名售书，便找到了当时的工作人员，希望能让濮存昕关注到"宝贝回家"，关注打拐这件事。让张宝艳万万没想到的是，当晚，濮存昕就回复了她。之后，"宝贝回家"通过濮存昕向两会提交了《加大打击拐卖儿童犯罪及强制救助街头流浪乞讨儿童》的建议，得到了相关部门的重视。

2009 年 3 月，"宝贝回家"做了一份详细的被拐儿童现象的调查，通过新华社记者把这个报告以内参的形式递交到国家领导人的手中。这份报告引起了时任公安部部长孟建柱的重视，马上批示要严厉打击这种犯罪行为。公安部根据这个批示，在 2009 年 4 月 9 日启动了第五次全国打拐专项行动。至此，宝贝回家网站拉开了与公安部合作的序幕。

张宝艳清楚地记得在与公安部合作之前，公安部打拐办主任陈士渠曾经把电话打到她那里，他肯定了宝贝回家网站，并告诉她有什么需要帮助的尽管提出来。张宝艳放下电话以后，放声大哭。她说，公安部终于开始重视了，我们也终于有了反馈的渠道。

张宝艳介绍，在与公安部合作以后，公安部多次邀请"宝贝回家"在北京座谈，听取他们对打拐行动的建议。根据他们的建议，公安部修改了以前失踪儿童24小时才立案的相关规定。以前公安部门规定，儿童失踪必须在24小时后才立案调查，并且要求有证据表明孩子是被拐的才立案，没有证据的只能按走失处理，并不给予立案。而由于现在交通的发达，24小时后，人贩子早就将孩子拐到千里之外了，就算立案了，也丧失了寻找孩子的黄金时间。在"宝贝回家"的提议下，公安部现在要求各地接到报警后马上就立案调查，并迅速启动快速寻找机制。这个办法的实行，使拐卖儿童的发案率大幅度下降，很多拐卖儿童的嫌犯在第一时间内就被抓获。

2010年起，在"宝贝回家"的多次呼吁下，由公安部牵头联合五部委下发了打击利用未成年人乞讨专项行动的文件，开始了对街头流浪乞讨儿童的救助行动，现在只要发现身份可疑的流浪乞讨儿童就可以带到警方，警方会为这些孩子免费做DNA，核实孩子的真正身份。2010年12月，志愿者配合吉林省公安厅组织了全省范围内的对流浪乞讨儿童进行清理救助活动，开创了全国民间组织与政府职能部门共同救助的先例。通过这次清理救助活动，解救了一名被拐到长春从事犯罪活动的新疆孩子。

为了能让更多的人了解"宝贝回家"这个爱心活动，让全社会帮助被拐儿童、走失儿童、流浪乞讨儿童，从2007年6月1日起，在网站的号召下，北京、广州、海口、深圳、武汉、杭州、上海、宁波、成都、南京、青岛等城市的"宝贝回家"志愿者，纷纷走上街头，与当地警方、民政、义工组织等部门联合进行了"关爱儿童、严惩人贩子、拒绝儿童乞讨"为主题的宣传活动。同时，在帮助寻找孩子的同时，网站还积极与各媒体联络，把家长的寻人信息及网站的成功案例利用电视、报纸等媒体传播出去。

2014 年 4 月，央视大型公益寻人节目《等着我》开播，"宝贝回家"与节目组合作并负责《等着我》官方网站的运营和管理。张宝艳成为《等着我》栏目的固定点评嘉宾。随着节目的播出，《等着我》已成就了无数团圆的梦想。

2014 年 5 月，由陶红、董勇领衔主演的电视剧《宝贝儿回家》播出，该剧讲述了一个丢失孩子的家庭，为了寻找孩子历尽艰辛，但是从未放弃希望的感人故事。2015 年 3 月，由刘德华、井柏然主演的打拐题材电影《失孤》催泪上映，丢失儿子的雷泽宽开始了长达 14 年的寻子之路。这两部影视作品的素材都来源于宝贝回家网以及张宝艳夫妇从事爱心公益事业的真实故事。

而对于张宝艳个人而言，现在平均每天成功找到一例的成绩并不能使她满意。她的愿望，是实现网站登记资料的负增长。

十九年寻亲路，他终于找到了家

迷失在红色轿车里的童年

今年已经 25 岁的未东东，脸上的笑容似乎仍旧停留在儿时。虽然已经走进社会多年，但眼神里仍有未褪去的青涩。

对于自己被拐走的过程，不管过了多久，他仍然能清楚地回忆起来。那一天，是他噩梦的开始。当时只有 5 岁的未东东跟着父母和两个姐姐从老家四川达州到重庆。有一天，未东东突然特别想见妈妈，他让大自己两岁的二姐带着他去妈妈工作的地方。两个人在路上边走边玩，突然，从他们身后开过来一辆红色的小轿车，车上下来一个人，一把将未东东抢了进去。之后，小轿车迅速消失在车流之中。未东东被眼前的一切吓傻了，手无缚鸡之力的他惊恐万分，进到车里就开始大哭。车上的人骗他说要带他去找妈妈，惊魂未定的未东东仍旧不停地哭喊，终于，车里的人没有了耐性，往他的嘴里塞了一颗"糖球"，未东东的哭声就渐渐平息了，没过多久，他便睡了过去。

当未东东再次醒来，他已到了"养父"家里。坐了两天的火车，他已经身处千里之外。从重庆到河北保定，眼前陌生的一切，让他更加想念自己的家人。刚到养父家里，养父的家人让他叫"爸爸、妈妈"，但未东东始终不肯开口，他心里明白，他有自己的爸爸妈妈。虽然只有5岁，但他清楚地知道，这不是他的家。眼前的这些人，是跟自己毫无关系的"陌生人"。

养父家里还有两个妹妹，但两个妹妹并不承认这个跟自己没有血缘关系的哥哥，从来不称哥哥，只直呼大名。养父不仅身有残疾，还有家庭暴力，养母没过多久就离家了。养父待未东东并不好，后来他才知道，把他买回来是这家爷爷作出的决定，因为家里没有男孩儿，重男轻女的旧思想让他们加入到了拐卖儿童的买方利益链之中。

回家的路　那么远那么长

在童年失落的记忆中，每次生病，都是未东东最思念妈妈的时候。看到别的小朋友生病有妈妈的照顾，未东东总是特别羡慕。他心里一直在想，如果妈妈也在身边，自己得到的也会是同样的温柔相待。

小学毕业后，他就进工厂打工了。每次生病，他都纠结着是回家休息还是就待在工厂里挨着。回家，面对的也只是冷冰冰的面孔、无人照顾的窘境，甚至还需要他去做饭照顾其他人。每每谈及此事，25岁的未东东眼泪就止不住地流下来。心里有千万个"为什么、为什么"，这些疑问却得不到一声回答。"为什么别的孩子生病有妈妈照顾，而我却不行？""为什么别的孩子都能享受父母的疼爱，而我却没有？""为什么别的孩子一回家就能喊'妈'，而我却不能？"未东东说，能回忆起童年最快乐的时光，是和同学们一起上学，一到放学，他就不想回家，不想迈进那个记忆中灰暗的家门。听到别的小伙伴回家就问："妈，中午吃啥？"未东东就无比心酸。因为，午饭晚饭，他都要自己动手，放下书包就要刷锅做饭，有时候中午饭还没做好，就到下午上学的时间了。他清楚地记得，有很多次，他来不及坐下吃饭，撕一块刚烙好的大饼边跑边吃。到了学校，老师责问他为什么连手都不洗就来上课。未东东看着自己沾满面粉的双手委屈地泪流满面。

在未东东 5 岁之前的记忆中，自己曾经也是个可以任性的小孩儿。每次一家人围坐在饭桌前吃饭，他总是把自己喜欢吃的那道菜端到自己面前，姐姐不同意，妈妈还总是护着他说让姐姐照顾弟弟。凭着童年中仅存的这些温暖回忆，未东东想"回家"的愿望也越来越迫切。"我想知道我是谁，我是从哪儿来的，是谁十月怀胎生下了我。"他的这个心愿，一直藏在心里。小时候，他想过自己干脆逃跑算了，但一想起曾经被坏人抓走的经历，他就心惊胆战，不敢出门，怕自己不知道又要被拐到哪儿去。直到 19 岁，他终于长大成人，男人的臂膀开始变得结实，也终于攒够了一些积蓄，敢于去面对社会的险恶了。2009 年，他第一次踏上了寻家的路，第一次回到了重庆。

未东东记得，他曾经生活的地方有一个小瀑布，每天都能听到令人愉悦的流水声。到了重庆，他一路打听，却不承想，多年过去，家乡变化巨大，没有人能回答出来哪里有这样的"小瀑布"。

在重庆寻家的那几天，他晚上总是能梦见妈妈，在梦里妈妈离他特别远，他越想看清楚，画面变得越模糊。梦里的他见到妈妈特别开心，他想跑过去抱住妈妈，然而，他跑得越快，妈妈消失得越快。梦中醒来，总是泪湿衣襟。

没人能给他指一条明路。家，究竟在哪里？未东东有些灰心，囊中羞涩的他无奈重回河北保定。他想着，等自己羽翼丰满，将再次启程。

"今年我要回家过年！"

2014 年 9 月，未东东无意间在电视上看到了央视大型寻人栏目《等着我》，当他看到电视上一幕幕亲人最终得以相认的画面时，寻家的信心迅速被激起，他立刻按照栏目上提供的联系方式，在宝贝回家寻亲网站上做了登记。当年 10 月 14 日，未东东终于等来了

"宝贝回家"的消息。

据宝贝回家志愿者"蝶恋花"介绍，她当年接收到这条宝贝寻家的信息后，马上在网站的"家长寻子"的资料库里进行对比。"蝶恋花"通过 3 个小时的搜索查询，终于在两个疑似的条目中找到了信息最接近的那个。宝贝回家志愿者迅速行动，先后联系了未东东本人和疑似寻找未东东的家人。经过四川司法鉴定中心的采血鉴定和多方对比，最终，双方条件吻合。终于，未东东找到了自己的亲人和家。

原来，未东东的父母家人也一直在找他，他们早就在宝贝回家的网站上进行了"家长寻子"的登记并进行了采血。未东东原名叫"单云山"，小名叫"单三儿"。多少年来，他的家人从未放弃过对他的找寻。未东东作为典型案例，被邀请上了央视《等着我》栏目。为了节目播出的效果，他一直不知道自己究竟有没有找到家。电视上，当寻亲的大门打开，门的那一头儿站着的就是自己的亲生母亲和姐姐，镜头里的未东东表情紧张又充满期待。当妈妈和姐姐走出大门，他再也控制不住自己，一家人抱头痛哭。哭声，是积压多年的情感的宣泄；泪水，是重生的希望。未东东说，妈妈比想象中要老很多。从妈妈手中那张已经泛黄的寻人启事中，看到了当年那个因丢失了孩子而几近崩溃的家。

而今，一切都圆满了，未东东终于可以回家了。他抱着妈妈，再也不想放手。二十多岁的小伙子，像个小男孩儿一样跟妈妈依偎着。妈妈抱着儿子和一同到现场的儿媳妇小孙子，心中是失而复得的满足。

2015 年的春节，未东东带着妻儿在亲生父母的身边过了年。他说，今年一家三口还要回重庆过年。他最遗憾的是，结婚的时候没有得到父母的见证，连结婚的彩礼都是自己打工多年攒下的积蓄。他渴望全家团圆，渴望"上有老、下有小"的温暖氛围。

年后，他想在重庆找一份工作，在父母身边好好尽尽孝。而对于养父一边，他说养父对他有养育之恩，他一定也会尽孝。而养父知道他私自寻找亲生父母的消息之后，一家人气愤不已，未东东多次想回去探望，都被拒之门外。

"拐卖儿童"的犯罪行为导致了无数这样的家庭悲剧。未东东总是在想，如果这一切都未曾发生过，他现在会是什么样子？"至少，我不会小学毕业就出来打工。"现在的未东东在北京城南的一个建筑工地干活儿，微薄的工资养活一家三口甚至更多人。对于人贩子，未东东恨之入骨："还谈什么判几年刑，直接枪毙！"他的眼里充满了愤怒。19 年里，他从一个不谙世事的儿童成长为一个健壮的小伙子，为人夫为人父，独立支撑一个家。在这最需要亲情温暖的 19 年里，他得到的是坚韧和坚强，失去的，已不计其数。

庆幸的是，一切都可以重新开始了……

公安部刑侦局打拐办主任陈士渠：将打拐进行到底！

2016 年的元旦小长假与往年并没有什么差别，街上走亲访友的人们脸上挂着幸福的微笑，微信朋友圈里人们争相晒着四处旅游的美照……但 1 月 3 日发生的一桩震惊全国的案件打破了节日的喜悦：安徽省太和县郭庙乡吴腰庄，一名 5 岁的小女孩儿居然在光天化日之下被人骑着摩托车抢走了！大白天抢小孩儿？案件迅速在社交网络上发酵，太和公安利用官方微博，文图并茂发布了女孩儿被抢的消息，同时悬赏 10 万元追凶。微博消息一出，在网上迅速被广泛转发，一时间引起全国人民的关注。

欣喜的是，短短 56 个小时后，这起全国关注的案件即告破。1 月 6 日下午 6 点，被抢女孩儿吴怡然安然无恙地回家了。女孩儿回到家乡后，整个村子沸腾了，有人放起了鞭炮和烟花。围观群众高声呼喊着："感谢民警！感谢政府！"女孩儿的母亲更是当即跪倒在地，用农村人最淳朴最崇高的礼节表示感谢。

打拐名人、公安部刑侦局打拐办主任陈士渠第一时间在微博、微信朋友圈上发布了"打拐通报"："1 月 3 日，安徽省太和县 5 岁女童吴怡然被两名骑摩托车男子抢走。公安部副部长李伟批示要求尽快破案，抓紧解救被拐儿童。我受杨东局长指派，赴一线指挥案件侦办工作。经安徽、河北、河南警方昼夜奋战，密切协作，千里奔袭，刚刚抓获犯罪嫌疑人范军、王双军、王俊兰，安全解救被抢儿童吴怡然。"关注陈士渠的人都知道，像这样及时有效的"打拐通报"，覆盖了陈士渠的整个微博。

全面追击：开通微博打拐，建立打拐 DNA 信息库

2010 年 12 月 12 日，陈士渠在新浪开通了个人实名微博。如今，陈士渠的新浪微博粉丝已超过 699 万，发布微博近 3 万条，几乎每天都能收到失踪儿童家长的留言。微博的频繁互动，为警方的侦破工作收集了大量拐卖犯罪线索，使警方能想尽一切办法让被拐儿童回家。

陈士渠曾在微博上说过："对每条拐卖犯罪线索，都会部署核查。"2010 年，一位来自贵州的父亲给陈士渠私信留言。这位网名叫"飘云"的年轻父亲，在儿子失踪的 3 年里，不断地寻找，甚至发动了几百名亲戚和街坊，但还是没有任何消息，几近绝望的他在陈士渠的微博上留言寻求帮助。让这位父亲意外的是，陈士渠看到这条微博留言后，开始全力督办此案。陈士渠说："这个案件还成为 2010 年公安部打拐 1 号督办案。通过这条微博线索，最终解救出 15 名被拐儿童，其中就有年轻父亲'飘云'日夜想念的儿子。与此同时，18 名犯罪嫌疑人一并落网。"

2009 年起，公安部建立了全国联网的打拐 DNA 信息库。通过 DNA 信息库，警方可以在较短时间内比对出丢失孩子的信息，进而进行下一步侦破和抓捕工作。"运用全国打拐 DNA 信息库比对是使多年前被拐儿童成功找到其亲生父母的捷径。"陈士渠介绍说，"我们从 2009 年开始就要求，凡是被拐儿童家长都可以联系当地警方要求采血，输到全国打拐 DNA 信息库里，父母的 DNA 信息在里面，如果来历不明疑似被拐人员的 DNA 信息进去之后，能够自动比对，采血费用由公安机关承担。虽然这种情况下不知道人贩子是谁，但是能把孩子找回来，也能实现被拐儿童家长的团圆梦。"2013 年 6 月，公安部向社会公布了《全国"打拐"DNA 数据库的

使用流程》，目前已经通过这种比对方式找回来了 4135 名被拐多年的儿童。"我们希望凡是丢了孩子的一定要联系当地警方去采血入库。记得自己幼时被拐的也要采血入库，采血费用都由公安机关承担。"

攻坚克难：打造打拐工作长效机制

拐卖犯罪的危害让陈士渠觉得，预防是关键。"拐卖一旦发生，伤害难以避免。拐卖犯罪给被害人及其亲属带来的深重灾难和无尽痛苦是不可估量的。"陈士渠说，"若不从源头抓起，那拐卖犯罪将屡禁不止。"为了了解拐卖犯罪的成因，陈士渠联合 20 多个省（区市），深入到 100 多个乡村开展调研。在调研中发现，一方面，在偏远落后的地区，传宗接代、儿女双全、养儿防老等思想滋生了拐卖犯罪的买方市场，进而形成了团伙犯罪和跨区域作案等犯罪事实。另一方面，农村养老保障体系尚不健全，部分群众法治观念淡漠、反拐意识不足等沉疴宿疾，在较短的时间内难以根除。

陈士渠一直在思考如何破除这些旧疾。他主持起草了《中国反对拐卖妇女儿童行动计划（2008—2012）》，这个计划首次提出"建立集预防、打击、国际合作、救助遣返和康复为一体的反拐工作长效机制"。2013 年 3 月 8 日，国务院办公厅正式发布了《中国反对拐卖人口行动计划（2013—2020）》。这是继《中国反对拐卖妇女儿童行动计划（2008—2012）》之后的新行动计划。新行动计划对之前的被拐儿童没有遭受虐待、不阻挠解救的买方人员可以不追究刑事责任的"背书"条款进行了修正，态度非常鲜明地提出综合整治和着力打击"买方市场"的行动原则。同时对公安机关侦办拐卖案件的力度进行了前所未有的机制强化，提出严格落实侦办拐卖儿童案件责任制。案件不破，专案组不得撤销。

2015 年 8 月 30 日，《刑法修正案（九）》发布，最终删去了草案一审稿中"对收买被拐卖儿童没有虐待行为、不阻碍对其进行解救的，可以从轻、减轻或者免除处罚"的表述，明确收买被拐卖儿童行为不免刑责，一律追究刑事责任。陈士渠认为，它的实施对于打拐来讲具有里程碑的意义。"因为确立了买方一律入刑的规定，有利于减少收买需求，能够从源头上减少拐卖犯罪的发生。《刑法修正案（九）》施行后，收买被拐妇女儿童要一律入刑，收买了被拐儿童之后，不阻挠解救，没有进行虐待，可以从轻处罚，言外之意必须定罪，确定了一律入刑的规定，这对打拐工作是重大的利好消息。对于收买的犯罪行为要依法严厉打击，再加上对这些收买行为被追究刑事责任的宣传，能够有效遏制收买的需求，减少拐卖犯罪的发生。"

逐步完善：将打拐进行到底

2015 年 9 月，民政部开发的"全国打拐解救儿童寻亲公告平台"正式上线。首批公布 286 名被拐儿童信息。同时，民政部、公安部联合下发了《民政部、公安部关于开展查找不到生父母的打拐解救儿童收养工作的通知》，通知规定：从儿童被送交社会福利机构或者救助保护机构之日起满 12 个月，公安机关未能查找到儿童生父母或其他监护人的，向社会福利机构出具查找不到生父母或其他监护人的证明后，可办理国内送养。这一送养规定，充分考虑了对每一位打拐解救儿童的妥善安置，避免了这类儿童被解救后面临长期失去家庭生活环境的局面，是一大制度性突破。

陈士渠介绍说，从 2009 年以来，公安机关一直组织打拐专项行动，这个专项行动目前还在进行中。总的来看，目前国内的拐卖犯罪形势跟前些年相比有根本好转。大家能够感受到犯罪分子采取盗窃、抢夺等方式拐卖儿童的案件，现在发案很少，破案率很高，贩卖儿童等案件发案率也在大幅下降。但仍然有一些困难，主要表现在两方面：一方面还有一些积案没有破获，比如《失孤》的原型郭刚堂，1997 年，他的两岁幼子郭振走失，从此郭刚堂踏上漫漫寻子路。十几年中，为了寻找郭振，他骑摩托车找遍全国除新疆、西藏外的所有省份，行程逾 40 万公里。19 年过去，儿子郭振至今仍未找到。时过境迁，公安机关侦查起来线索很少，困难重重。另一方面是跨国拐卖犯罪。不同国家对拐卖犯罪认定不一致，打击跨国拐卖犯罪一定要由不同国家警方密切合作，这一块还需要继续加大工作力度。

多年来，陈士渠对媒体说得最多的就是"愿天下无拐"。他说："拐卖犯罪是一个社会问题，成因非常复杂，打拐反拐工作需要全民的参与，需要各相关部门的支持。它的难点主要是有些个人缺乏防拐的意识，有些地方缺乏反拐的意识，比如同情买主。所以，我们今后的工作首先是希望全民都要参与，大家首先要提高自己的防拐意识，也要增强反拐意识。其次，相关部门要积极地参与到反拐打拐工作中来，公安机关也要继续加大打击力度，这样才可能最终实现天下无拐。可以说，通过这些年的努力，打拐反拐工作总体情况良好，我们已经离天下无拐越来越近了。"

"打拐军师"张志伟律师助被拐儿童找到回家路

一封来自大洋彼岸的求助信

2009 年 4 月 28 日，北京市百瑞律师事务所张志伟律师收到一封来自大洋彼岸的电子求助信，这封邮件的发件人是一名叫茱莉亚的美国母亲。2000 年，茱莉亚在中国洛阳孤儿院收养了一名"孤儿"，9 个月后一切准备妥当，茱莉亚便带着小男孩儿返回了美国，并为他取名叫克瑞斯汀。9 年来，在茱莉亚细心的呵护下，克瑞斯汀在美国健康快乐地成长。

2006 年，当克瑞斯汀 14 岁的时候，他问茱莉亚是否可以寻找他原来的家人。这位善良的美国妈妈不仅没有多加阻拦，反而帮他反复不停寻找。她说："我觉得我的儿子有权利知道他自己的身世。"

读完茱莉亚的来信，这位善良的美国母亲对中国儿子所表现出的脉脉温情和真挚母爱，无不令张志伟律师感到动容。

张志伟是谁？美国妈妈为何向他求助？

张志伟，除了拥有律师的身份外，他还是全国数万名打拐志愿者中的一员，被《亚洲中心时报》誉为"打拐军师"。他不仅参与创建宝贝回家慈善基金会，更为 32000 余名的拐卖受害人、被拐儿童家长提供公益法律服务。

张志伟决心帮助这位善良伟大的美国妈妈实现梦想。幸而 9 年前，茱莉亚发现 8 岁的克瑞斯汀还保有对原来家庭的些许记忆，那时的茱莉亚就考虑到等孩子长大了可能有寻亲的意愿，便特地找了翻译，将克瑞斯汀的记忆片段记录下来。

茱莉亚在邮件中所附的信息大多出自克瑞斯汀刚被收养后 6 个月内的记忆，被记录下来的信息由于是音译，加大了搜寻难度。按克瑞斯汀儿时的记忆，出生地是董（东）家沟村，自己的名字是景家成，母亲叫邵菊莲，父亲名叫景告宽。

克瑞斯汀记得他的奶奶曾经照顾过他，他的父母都是农民，他们生活在带有院子的家里。他的家有一个下面有取暖用木质防火炉灶的水泥床，他和奶奶睡在同一张床上。

在给张志伟写信之前，茱莉亚还找过当年收养克瑞斯汀的孤儿院。茱莉亚注意到在收养记录中，洛阳孤儿院给克瑞斯汀记载的名字是党子杨，但是平时孤儿院里的人都喊他景家成。不只是名字上的错乱，就连孩子进入孤儿院的时间也不明确。孤儿院中关于党子杨的档案材料显示，党子杨于 1999 年 2 月 27 日被遗弃在河南省洛阳市西工区中州路一个工业商业楼宇林立的天桥下面，并在发现当日被洛阳市公安局西工分局唐宫路派出所送到洛阳孤儿院。然而，茱莉亚记得当年在孤儿院照顾克瑞斯汀的保姆说，他是 1997 年或者 1998 年被送进来的，并且茱莉亚手上还有一张别人在 1998 年访问孤儿院时给克瑞斯汀拍的照片。

这些记忆碎片，给了张志伟和“宝贝回家”志愿者很多琐碎而宝贵的信息：他的父亲经常去洛阳卖粮食；他们那儿有牦牛或类似的动物；他们有玉米地和土豆地；他们在一些食物中一定常用到醋，因为克瑞斯汀喜欢在他的食物中放一些醋；他们应该经常吃蒜，因为克瑞斯汀能吃生的大蒜，并且很喜欢；他所生活的村庄没有通信设备，有一口公用的水井，村庄附近有山；母亲或奶奶会做面条，并将它们挂起来晾干。

在 8 岁克瑞斯汀的印象中他的母亲和他说话不多，但是他的父亲对他很慈爱。他讲述了一个故事：一次，他的父亲开着拖拉机不小心撞倒他，发觉后把他赶紧扶起来，抱在怀里眼中充满泪水。

克瑞斯汀大约 5 岁的时候，他的父母把他送到另外一个家庭，新家坐落在附近的县里，他不清楚自己为什么被送走。他新爸妈家里还有一个比他大的男孩儿，新的爸爸妈妈都是医生，还开了一个诊所，他印象里新妈妈接生过很多婴儿。虽然新的爸爸妈妈比亲生父母富裕很多，但是对这个家庭克瑞斯汀没有美好的回忆。他试图逃跑，想回到自己亲生父母那儿。有一次，他成功跑出来，后来被人认出带回家。克瑞斯汀最后有关家的记忆是新爸爸带他坐客车，之后就跟大人走散了。

茱莉亚在后来的来信中讲到一个当年克瑞斯汀初来美国的细节：刚到美国的克瑞斯汀对有关中国的人或事显得比较抵抗。9 年前，为了欢迎克瑞斯汀的到来，茱莉亚和丈夫特地用中国元素布置了他的房间。出乎他们意料的是，克瑞斯汀并不喜欢他们的决定，不愿意住进那间屋子。不仅如此，就连茱莉亚所选的亚裔学校，也遭到克瑞斯汀的反抗。在后来的生活中，茱莉亚渐渐走进克瑞斯汀的内心，孩子告诉她，他的爸爸对他不好，经常打他，下手很重，后来还不要他，他恨他，恨原来的生活。

寻根十年　一朝成真

2009 年 5 月 26 日，一篇名为《美国母亲为中国儿子万里寻根》的博客日志在短短一个小时内，点击量就达数万。张志伟将美国母亲茱莉亚和中国儿子克瑞斯汀的故事发到网上，热心网友纷纷留言。留言中有对美国母亲的赞叹，有对孩子的同情，有对亲生父母的指责，而更多的则是根据博客日志中的信息，提供寻找的线索、范围和方向。这些生活在不同地方的好心人，给予了张志伟和"宝贝回家"志愿者无限的寻找动力。

要想在逾 13 亿人口的国度内找到目标人物无异于大海捞针，张志伟他们想到调动散落在全国各地的近万名志愿者，志愿者们决定，先从董（东）家沟着手查询。

　　网络搜索和各 QQ 群反馈的结果显示，山西、陕西、河南、青海等地，均有"董（东）家沟"这一地名，总数达 20 多个。其中，山西、陕西两省境内，更是有多个"董家沟"或者"东家沟"。

　　按照克瑞斯汀的回忆，家乡人喜食醋和生蒜，生火炕，但这些生活习惯，在我国北方大部及中西部省份都较为普遍。孤儿院的负责人还曾告诉过茉莉亚，孩子的口音和河南话很相似，认为孩子来自河南或者山东临沂地区。

　　但是河南的志愿者反馈说孩子记忆中"母亲和奶奶把面条挂起来晾干"，在河南地区没有这个习惯。另外，孩子印象中的牦牛也不可能出现在河南。

　　就在锁定省份的路径走不通时，有人另辟蹊径。说来也巧，志愿者"广州花都兜妈"在网上输入孩子印象中母亲名字的音译"邵菊莲"，搜索出一位同名人在某期刊上发表过一篇医学方面的文章，文章是两人联合发表，另外一位作者的名字叫景高科。文章所附作者简介中介绍邵菊莲是宁夏固原的一个小县城的医生。名字相近，又是医生，知道消息后的张志伟和志愿者们激动万分。

　　"一米阳光"把暂时获得的相关信息发到志愿者群里，广发"英雄帖"，请求宁夏临近志愿者协助调查两位作者的身份。湛江的志愿者"米兰如何"很快有了回应，据查证文章两位作者居住地址完全相同，初步可以确定是对夫妇。也有志愿者证实该县城附近确有一个地方叫董家沟。

　　从县城医院要到景高科的电话后，志愿者欢欣雀跃地打过去。意外的是，对方否认自己曾有孩子丢失，随即挂断电话。再打过去，便无人接听。为孩子寻根永不放弃的志愿者，并没有因此而气馁。几经周折，宁夏当地的志愿者和景高科医院的同事取得了联系，侧面了解到景高科早年确实有一个儿子丢失，这一信息让志愿者们信心大增。电话不接，耐心的志愿者就通过不断发送短信，向景高科说明事情的来龙去脉，在取得信任后，志愿者终于和景高科进行了通话。通过前后比对印证，这对夫妻数年前丢失的男孩儿在年龄、经历、生活环境同克瑞斯汀的记忆很是相似，甚至连孩子身上的胎记也一致，可以大致断定两夫妻就是茱莉亚和克瑞斯汀要找的人。

景高科、邵菊莲夫妇所在地区地处我国大西北，确有吃醋、蒜、面条的饮食习惯，农村老家还保留有土炕。在克瑞斯汀幼时的记忆中自己出生在农村，后被在城镇生活的医生夫妇收养。而实际情况是，他记忆中的医生养父母才是他的亲生父母。原来，克瑞斯汀是景高科、邵菊莲夫妇第二个孩子，由于是超生，克瑞斯汀自出生后便被寄养在乡下，一直跟奶奶、叔叔生活。一直到孩子6岁，快上学了，才被接回到县里爸妈身边。在克瑞斯汀印象中，一直把叔叔当作亲生父亲。

1997年的一天，景高科带着克瑞斯汀坐客车从县城回乡下探望老人，在途中景高科下车买东西，出来后发现客车已开走，自此没了克瑞斯汀的音信。当年的情况大致还原，但人们还有两个不解的疑惑：第一，当年景氏父子乘坐的是宁夏某县开往下面村子的客车，按常理来说，客车的终点也只会是在县内，可是孩子为何被发现在一千多公里外的洛阳？孩子是怎么去的洛阳？第二，克瑞斯汀小时候提到的被爸爸家暴是怎么回事？张志伟同景高科、邵菊莲讨论过这一问题，两人完全否认曾经毒打过孩子。

有志愿者猜测克瑞斯汀走丢后曾遇到人贩子，并被其拐走，否则孩子不会出现在千里之外的洛阳。而克瑞斯汀口中所说的毒打他的爸爸应该是他年幼时期记忆错乱，错把人贩子说成爸爸。至于孩子最后为何脱离控制，在洛阳街头流浪，这期间肯定还有很多故事，但现在已无从知道。

丢了孩子后景高科内疚多年，也寻了多年，其间夫妻俩还被人冒名骗过，因此当志愿者打来电话时，景高科才如此反应。

在给志愿者的信中，景高科写道："你们的辛勤努力重圆了我家近12年的迷梦。我是一名内科医生，是一个好丈夫、好儿子，但我不是一个好爸爸。因为我没有尽到一个爸爸的责任。母亲、妻子及所有家里人都埋怨我的疏忽大意，（现在）总算看到一丝阳光了。"

2009 年 8 月 28 日，在各方帮助之下，茱莉亚带着克瑞斯汀回到中国认亲，克瑞斯汀的亲生父母、二叔、奶奶也被接到了北京见面。8 月 29 日，张志伟和数名"宝贝回家"志愿者在北京长安街某酒店见证了激动人心的团聚时刻。

"打拐军师"张志伟

张志伟，男，1977 年 1 月出生，中共党员，法学硕士，北京市百瑞律师事务所律师，中国政法大学反对人口贩运国际合作与保护中心主任。他虽然是一名律师，但更热心公益事业。因为长期参与和支持公安部全国打拐行动，义务为拐卖受害人及家属提供法律咨询两万余次，指导受害人参与诉讼 500 余件，开展防拐宣传培训100 余场，先后受到两任公安部部长孟建柱和郭声琨的接见和肯定。

张志伟在当律师之前曾经是兰州铁路运输中级法院的法官，做律师后之所以一直关注被拐妇女儿童案还是缘于做法官时期的审案经历，极强的社会责任感与正义感促使他这些年坚定走上公益事业道路。2008 年，张志伟正式成为全国数万名打拐志愿者中的一员，加入了多个"打拐"志愿者组织，帮助走失、被拐、被遗弃儿童寻找亲人。同时帮助因各种原因流浪、乞讨、卖艺儿童回归正常生活，亲自帮助 40 余个家庭找到失踪多年的孩子，其中部分儿童是从美国、瑞士及荷兰找回。

2012 年，张志伟在公安部、全国妇联和联合国相关机构的支持下，筹建了中国第一家反拐研究机构——中国政法大学反对人口贩运国际合作与保护中心并担任主任，中心组织专家学者开展拐卖犯罪研究并为被害人提供法律援助及心理辅导，中心多项研究成果得到公安部、国际移民组织和联合国相关机构的认可和推广。他常年配合国务院妇儿工委、公安部及反拐机构前往全国各地开展针对县市长、刑警、志愿者的打拐培训。

他连续 6 年在两会期间向全国人大法工委提出加大打击买方市场，建议尽快修改刑法第 241 条，追究买方刑事责任。目前该条建议已被《刑法修正案（九）》采纳。

　　当记者问到下一步工作重心将放在何处时，张志伟告诉记者，首先他要利用自 2015 年 11 月 1 日起的半年时间观察刑法修改后对拐卖妇女儿童市场的影响，预测追究买方刑事责任后会极大降低犯罪率，可能根本性地扭转买方市场猖獗的形势。其次是他近来关注的追诉时效阻碍追责问题。根据刑法规定犯罪已过法定追诉时效期限的，不再追究犯罪分子的刑事责任，这一制度在拐卖妇女儿童罪上可能会导致实践中人贩子没法儿被追诉。刑法的根本目的在于预防犯罪，维护社会稳定。但从拐卖妇女儿童罪的特殊性来看，往往案发是在一二十年以后，破坏的社会关系并未被平复，仍需要刑事程序的启动，对于那些罪大恶极的拐卖人口犯罪仍然需要追究相关人员的刑事责任，包括民事赔偿。具体的相关工作，立法推动将会是张志伟律师的下一个目标。

（原载《民主与法制》2016 年第 4 期）

平冤与追凶

李蒙

2016，平反冤假错案再盘点

决不放过一个坏人，也决不冤枉一个好人。这是一句耳熟能详的话。但它其实只是一种理想，而不是现实。在司法实践中，如果追求决不放过一个坏人，就必然会冤枉一批好人；如果追求决不冤枉一个好人，就必然会放过一批坏人。

两害相权取其轻，问题是，孰轻孰重？疑罪从无、罪刑法定、保障人权的司法原则，要求我们只能选择后者，那就是，宁可放过一批坏人，也决不冤枉一个好人。

但是，在决不冤枉一个好人的前提下，我们

也要追求尽量不放过任何一个坏人。在平反冤假错案之后，我们还要去追查真凶。

以审判为中心的刑事诉讼制度改革将积极防止冤假错案的产生

党的十八大以来，中国掀起新一轮平反冤假错案的浪潮，成为新一轮司法体制改革的重要表征。中央政法委于 2013 年 7 月出台了《关于切实防止冤假错案的指导意见》，就严格遵守法律程序、加强防止和纠正错案机制建设作出明确规定，从执法理念、素质能力、工作作风、制度落实等方面，对执法司法工作提出了严格要求。

根据指导意见，最高人民法院颁布了《关于建立健全防范刑事冤假错案工作机制的意见》，立足审判工作实际，在证据审查、案件审理、审核监督和制约等各个环节，规定了具体的工作机制。

2014 年 10 月，中国共产党十八届四中全会作出了"推进以审判为中心的诉讼制度改革"的重大决策。四中全会《决定》指出，推进以审判为中心的诉讼制度改革，确保侦查、审查起诉的案件事实证据经得起法律的检验。全面贯彻证据裁判规则，严格依法收集、固定、保存、审查、运用证据，完善证人、鉴定人出庭制度，保证庭审在查明事实、认定证据、保护诉权、公正裁判中发挥决定性作用。

2016 年 6 月 27 日，习近平总书记亲自主持中央深改组第二十五次会议，审议通过《关于推进以审判为中心的刑事诉讼制度改革的意见》，标志着以审判为中心的刑事诉讼制度改革全面启动。

7 月 18 日至 19 日，全国司法体制改革推进会在吉林长春召开。中共中央政治局委员、中央政法委书记孟建柱强调，要积极稳妥推进以审判为中心的诉讼制度改革，建立科学规范的证据规则体系，促使侦查、起诉阶段的办案标准符合法定定案标准，确保侦查、起诉、审判的案件事实证据经得起法律检验，努力实现惩治犯罪和保障人权相统一。

防范冤假错案、加强司法人权保障，是现代司法文明的必然要求，是人民群众的强烈期望，也是以审判为中心的刑事诉讼制度改革的重要内容。

《民主与法制》报道的冤案平反进展

《民主与法制》2015 年第 35 期"平反冤案这三年"系列报道中，有一篇《三年平反了哪些冤案？》，列出了 2016 年期待有所突破的八个疑似冤案。现在，海南陈满案、福建许金龙案已经平反，河北聂树斌案已经在最高法院立案再审，江西乐平黄志强案已经在江西高院立案再审，山东张志超案经山东省检察院两次延期复查，尚未有结论，而上海两梅案、河南姚二红案、山西翼城李文浩案还没有进一步的消息。而《民主与法制》2016 年第 12 期"刑事申诉检察渐入佳境"系列报道中有一篇《退休检察官张飚为什么更忙了？》，其中提到新疆石河子市检察院张飚检察官向本社披露的三个重大疑似冤案，其中，陕西付存绪案已被陕西省宝鸡市检察院立案复查，新疆李建功案已被新疆维吾尔自治区检察院立案复查，新疆周远案也得到了新疆高院的积极回应。

2016 年 6 月 6 日，最高人民法院决定再审聂树斌案，并于 6 月 8 日向聂树斌的母亲张焕枝送达再审决定书。负责复查此案的山东省高级人民法院表示，聂案原审判决缺少能够锁定聂树斌作案的客观证据，在被告人作案时间、作案工具、被害人死因等方面存在重大疑问，不能排除他人作案的可能性，原审认定聂树斌犯故意杀人罪、强奸妇女罪的证据不确实、不充分。6 月 20 日，最高人民法院决定由最高法院第二巡回法庭审理此案。

聂树斌案无疑是近年来影响最大的疑似冤案，它的立案再审必将对所有疑似冤错案件的平反产生全局性的影响。而从 2005 年聂树斌案被揭露至今，已经过去了 11 年，此案一直被法学界、法律界和新闻媒体高度关注。案件今后的再审和判决，无疑也会成为新闻焦点和中国法制史上的重大事件。

2016 年 7 月，本社记者去福建莆田回访许金龙案，见到了已经平反出狱的许金龙、许玉森、张美来，之前已多次见过于 2014 年刑满出狱的蔡金森。许金龙当时正在广东深圳了解一个电子项目的前景，准备创业，听说记者要去采访，专程坐火车从深圳连夜赶回。

当时，许金龙案的国家赔偿陷入僵局。许金龙、许玉森两家在村子里没有宅基地，申请后一直没有解决，无法盖新房居住，宅基地的问题不解决，他们的生活很难步入正轨。张美来、蔡金森两家不存在宅基地的问题，所以希望能更快地获得合理合法的赔偿。而许金龙、许玉森则更希望追究错案责任，司法机关能对当初刑讯逼供他们的人作出处理。福建高院也将他们四人分成两组分别座谈，协商尚未达成一致，目前还没有拿出可以圆满解决问题的方案。

而当地公安机关的一些做法引起了许金龙等人的强烈不满。许金龙平反释放后，因为未婚，也没有自己的房子，就暂时居住在三哥许金森家。许金龙没平反前，许金森为弟弟的冤案申诉奔波了20年，家门前从来没被安装过探头。许金龙平反出狱住到他家后，第二天家门口突然被装上了探头。这引起了全家人的强烈不满，向福建高院反映，福建高院审监庭庭长徐寿辉为此事与莆田公安局进行交涉，终于将探头撤除。

许金森对记者说，类似这样的事件，很容易激化矛盾。福建高院为早日让四位蒙冤者拿到合理合法同时尽可能多的赔偿，做了大量工作，赔偿代理律师和蒙冤者的家人也在积极做蒙冤者的思想工作，但一个类似的小概率事件，可能将会突然激化矛盾，让此前的辛劳付诸东流。

2016年4月27日，江西省高级人民法院决定对原审被告人黄志强、方春平、程发根、程立和故意杀人、抢劫、强奸、敲诈勒索一案进行再审。此前，该案申诉代理律师曾到江西高院成功阅卷，并向承办法官提交了律师意见。再审立案后，黄志强、方春平、程发根、程立和分别被从景德镇监狱转移至位于南昌市新建县的南昌监狱、洪城监狱、洪都监狱和赣江监狱，并不再允许与家属见面。申诉代理律师向江西高院递交了非法证据排除、证人出庭、调取证据等申请，并于2016年6月前往江西乐平对部分证人进行了调查。

2016 年 8 月 11 日，陕西付存绪案申诉代理律师常玮平在宝鸡中院成功阅卷。此前，代理律师一直无法查阅复制全部案卷。该案是张飚披露给《民主与法制》的三大疑似冤案之一，今年 3 月底经本刊报道后引起广泛关注。宝鸡市检察院曾调卷查阅，但迄今未告知付存绪调查结果。常玮平前往宝鸡市检察院查询时，宝鸡市检察院称会将调查结果告知付存绪。

张飚向《民主与法制》披露的新疆李建功案近来也有了重大进展。7 月底，本社记者了解到，新疆维吾尔自治区检察院已决定对李建功案正式启动复查。

而新疆周远案也是张飚一直关注的案件。5 月底，本社记者在新疆采访期间了解到，新疆高院承办法官告知该案申诉代理律师王兴，该案已经由新疆高院审监庭复查终结，并上报最高人民法院，现在仍在等待最高人民法院作出决定。王兴告诉记者，一直为周远申诉奔波的 70 多岁的老母亲李碧贞，在 4 月份查出身患肺癌。现在老人一边拖着虚弱的身体进行术后化疗，一边苦等最高法院的再审决定。李碧贞问本社记者："李记者，我还能活着看到儿子的问题落实吗？"

冤案平反后如何追查真凶

《民主与法制》报道的已经平反的云南钱仁风案和尚未平反的三个重大疑似冤案——新疆李建功案、福建林青华案和山东张志超案，分别位于中国的西南、西北、东南和华东，虽然地理位置不同，但有不少共同点。这些共同点包括：基本没有客观物证可以直接指向被告人，主要靠口供定案，而被告人均称遭遇了严重的刑讯逼供；公安机关搜集证据存在着严重的问题，不少对被告人有利的证据被遗漏甚至疑似被隐匿；被告人一般都有没有作案时间或者不在作案现场的证据。这些是一般刑事冤案的共同特征，而这四个案件还有一个共同特征，那就是不少线索反映出另有真凶。

党的十八大以来已经平反的冤假错案中，安徽于英生案是在平反之后不到 3 个月真凶就落网。2013 年 8 月 13 日，安徽省高级人民法院认定于英生故意杀妻事实不清、犯罪证据"不具有唯一性和排他性"，宣告于英生无罪。随后，蚌埠市公安局启动再侦程序。2013 年 11 月 27 日，蚌埠市公安局交警支队民警武钦元被警方控制，他对 17 年前强奸杀害于英生妻子韩某的行为供认不讳，后来被判处死刑。在呼格吉勒图案的平反判决中，依然以"疑罪从无"宣判，但后来对赵志红的判决中，认定赵志红是呼格吉勒图案真凶。

冤案平反后，真凶还能落网，这当然是最理想的结果，可以还蒙冤者以彻底的清白，还受害人以真正的公道。但这样的清白与公道既珍贵又难得。在张高平案中，被害人王某的指甲缝里提取的 DNA 物质经比对与已经因强奸杀人被判处死刑并执行的勾海峰高度吻合，虽然法院并未宣布勾海峰是张高平案真凶，但真凶是谁其实已经你知我知。

除了张高平案这种情况，更多已经平反的冤假错案，由于平反时距离案发已经过去了十年二十年，证据大多已经灭失，公安机关一般也没有重启侦查，真相已很难再现，真凶也很难落入法网。

但在钱仁风申请国家赔偿的时候，钱仁风及其代理律师表达了强烈的愿望，希望公安机关重启侦查，希望真凶能够落网，还蒙冤者以彻底的清白。他们还向云南高院提交了不少真凶作案的线索，当地警方也已经重启侦查。该案赔偿代理律师杨柱说，真凶是否落网，也直接会影响蒙冤者能够获得多少国家赔偿。如果是以"疑罪从无"结案，蒙冤者获得的赔偿就会少；如果是以"彻底无罪"结案，蒙冤者获得的赔偿就会多。

《民主与法制》报道披露的其他三个尚未平反的疑似冤案中，对李建功案有人称曾目击真凶移尸、藏尸，对林青华案有人称曾听到真凶谈论案情，张志超案的案卷中也有疑似真凶作案的不少线索。这四个案件足以引起我们的思考：对于已经平反的冤案，重启侦查是否应做制度性的安排；对于尚未平反的疑似冤案，如果能调查出真凶的可靠线索，也会对平反冤案起到重大甚至决定性的影响。

其实，冤案的产生，除了"命案必破"的压力，可能还有一种原因值得警惕，那就是当年侦破案件的公安机关里，可能有人想包庇真凶，故意隐瞒真相。例如，在已经平反的福建许金龙案中，存在着办案人员大量伪造证据甚至伪造证人证言的情况。而这样的情况在云南钱仁风案中又再次出现，办案人员甚至违法代被告人在讯问笔录上签名。如果对故意伪造证据的办案人员不依法追究责任，此类情况今后还会发生。

防止冤假错案与有效打击犯罪不可偏废

以审判为中心的刑事诉讼制度改革的最大效能之一，就是要努力防止冤假错案的产生。

7月29日，全国政法干部学习讲座第三讲正式开课，全国130万名政法干部通过高清视频和直播设备一同进行学习。最高人民法院常务副院长沈德咏大法官作了《统一思想，凝聚共识，积极推进以审判为中心的刑事诉讼制度改革》的讲座。

对以审判为中心的刑事诉讼制度改革的具体内容，沈德咏给出了这样的答案：要改掉有罪推定等错误司法观念。只有彻底否定和摒弃有罪推定等错误的司法观念，才能肃清冤假错案的思想根源。要让关键性的诉讼制度落到实处。只有健全落实证据裁判、非法证据排除、疑罪从无等法律原则和要求，才能夯实防范冤假错案的制度基础。要让政法各单位的职能作用得到充分发挥。完善公检法各机关"分工负责、互相配合、互相制约"的体制机制，才能筑牢防范冤假错案的程序防线。

孟建柱在此次讲座上强调，作为司法体制改革的重心，以审判为中心的刑事诉讼制度改革责任重大。它事关准确有效地打击犯罪，维护社会大局稳定；事关加强人权司法保障，维护刑事司法公正，促进社会公平正义；事关维护执法、司法机关的整体形象；事关全面推进依法治国和全面深化改革的大局。

孟建柱强调，所有定罪的事实证据都要经过法庭质证。要坚持以审判为中心，突出审判程序在刑事诉讼中的中心地位，所有定罪的事实证据都要经过法庭质证，确保侦查、起诉、审判的案件事实证据经得起法律检验。犯罪嫌疑人、被告人有罪无罪，不是由侦查机关、人民检察院决定，而是由人民法院审判决定，靠证据说了算。侦查、起诉阶段要向审判阶段看齐，适用统一的法定证明标准。要坚持从我国基本国情出发，既不人为降低证明标准，导致对当事人合法权益保障不力，又不脱离实际盲目提高证明标准，影响打击犯罪的力度和效果。

孟建柱说，审判阶段要严格落实疑罪从无。疑罪从无是现代刑事司法的重要原则，对保障司法人权、防范冤假错案具有积极作用。审判阶段，要严格落实疑罪从无，对定罪证据不足的案件，要依法作出无罪判决。起诉阶段，对经过两次补充侦查后，证据仍然不足的，应当作出不起诉决定。侦查阶段，要全面客观及时地收集各种证据，尽可能查明案件事实真相，不断提高破案率，有效打击犯罪，增强人民群众安全感和满意度。

如果"以审判为中心""疑罪从无"真的能落到实处，冤假错案的发生必然会大大减少。而在平反了冤假错案之后，司法机关也不应该放弃追查真凶的努力，正如孟建柱所说，要全面客观及时地收集各种证据，尽可能查明案件事实真相，有效打击犯罪。

真凶，决不放过你！

新疆李建功案启动复查

2016 年 3 月底，《民主与法制》杂志在第 12 期《退休检察官张飚为什么更忙了?》的报道中，在国内媒体率先披露了新疆李建功案。5 月 27 日，北京典谟律师事务所主任王誓华律师接受李建功妹妹李翠红的委托，来到新疆了解案情，免费为李建功提供申诉代理服务。6 月 1 日，新疆维吾尔自治区人民检察院控申处收下了王誓华提交的申诉材料，告知会在认真研究后决定是否启动复查。7 月底，本社记者了解到，新疆维吾尔自治区人民检察院已决定对李建功案正式启动复查。

判决后不断申诉，称被刑讯逼供

"开始我以为是橡胶人，直到看到头，才知道是真的。"崔老汉回忆道。

那天上午，他去粪池里淘粪的时候，发现了一只手，人的手。

那天是 2007 年 12 月 3 日，粪池是新疆生产建设兵团第二师二十九团水泥厂东侧的公共厕所粪池，尸体是一名老人，曹菊英，75岁，是水泥厂的退休女职工。发现尸体的时间，崔老汉想了想，对记者说："上午 11 点多吧。"

新疆与北京有两个小时的时差，上午 11 点多在新疆是刚上班一小时。

崔老汉名叫崔香海，当时 50 多岁，同他一起去淘粪的还有一位老人——王江海。

发现尸体后，两位老人惊恐不已，崔老汉对王老汉说："赶快去报警！"

第二师位于库尔勒垦区，垦区公安局刑警大队接到二十九团的报警后，急忙赶到现场处理。赶到现场时，曹菊英老人的尸体已经被打捞上来，经过辨认确定了身份。法医在现场对尸体进行检验，很快确定是他杀。

警方对这片住宅区展开调查。12 月 8 日下午，曹菊英的邻居李建功被带到派出所，从此失去自由。2008 年 7 月，李建功被新疆生产建设兵团第二师中级法院判处死缓。李建功提出上诉，几天后又奇怪地撤回上诉，原公诉机关第二师检察分院于 2008 年 7 月 20 日提出抗诉，被新疆维吾尔自治区人民检察院认为抗诉不当，10 月 9日又撤回抗诉。2008 年 11 月，新疆高院复核裁定终结此案，维持一审判决。

裁定书认定的犯罪事实是：2007 年 12 月 1 日下午 4 时许，李建功因琐事与曹菊英发生争吵后，李建功随手捡起一根木棍朝被害人曹菊英的头顶部、后脑部连击五下，致使曹当场昏倒在地。李建功见曹仍在喘气，唯恐事后被曹菊英的五个儿子报复，遂起杀人灭口之念，用手捂住曹的口鼻致其不动，将处于昏迷状态的曹移至草垛旁，用稻草盖住。李建功因恐仍有微弱呼吸的曹不死，又匆忙回家拿了卷透明胶带，返回后剪下三截胶带分别贴在曹的口鼻处，致曹窒息死亡。随后，李建功把曹的尸体原地藏匿于稻草垛中，并从自家羊圈牵来一条狗拴在稻草垛旁边的木桩上，以防他人发现尸体。其间，李建功吩咐其女儿李娟到自家羊圈查看是否有人途经或出入。当日 20 时许，李建功趁天黑无人之际，又将曹的尸体抛至离现场几十米外的第二师二十九团水泥厂一公共厕所的粪池坑内。

一审后先上诉后又撤回上诉的李建功，在 2009 年 1 月 6 日进入监狱后即开始申诉，其家人多年来也一直四处奔忙，聘请了几任律师，为其申诉，同时去乌鲁木齐、北京等地上访反映情况。张辉、张高平冤错案件被依法纠正后，李建功的妹妹李翠红找到在平反张高平案中起到重要作用的石河子市人民检察院检察官张飚，请求张飚关注李建功案。张飚向新疆生产建设兵团检察院、新疆维吾尔自治区检察院反映过李建功案的情况，直到 2016 年春节前与《民主与法制》杂志联系，促成了此案的首次报道，但当时没有报道详细案情。

从 2009 年开始申诉到 2016 年 5 月 30 日、31 日王誓华两次会见他时，李建功均称自己遭受到了严重的刑讯逼供，曾被关在同一看守所的服刑人员张家海也写有书面证言，称曾目击李建功被刑讯逼供。

"我叫张家海，2007 年 8 月至 2008 年 7 月曾在农二师看守所被关押过，在 2007 年 12 月至 2008 年 1 月期间，我们经常听到一号监室李建功被人殴打的声音……主要打手是杨某，还有两个在押人员袁某、李某……2008 年 4 月我被调到一号监室，当看到李建功时，他全身到处是被殴打的伤疤。"

李建功称，自 2007 年 12 月 8 日下午被带到派出所后，就遭到三名警察的殴打，到了看守所后，有 5 个在押人员被从 2 号监室调到 1 号监室，天天晚上打他，打了他半个月。

李建功回忆，当时他浑身浮肿，四肢像灌了铅一样，不得不去医院治疗一周，输液、消炎、补水。

王誓华在 2016 年见李建功时，尽管距案发已经 9 年，仍能发现李建功身上的累累伤痕。

李建功称，正是在如此严酷的刑讯逼供下，他才被迫承认是自己作案。在去法庭审理的路上，警察威胁其必须认罪，否则回来会将他打得更狠。李建功被打怕了，在法庭上被迫认罪。判决后先是上诉，上诉后第五天，警察要他撤诉，说上诉照样判死缓枪毙你。李建功说，自己是个半文盲，也是个法盲，当时连上诉不加刑、判死缓不会被枪毙也不知道。在警察的逼迫下，撤回上诉。

作案时间无根据，作案工具未寻获，作案动机不明确

李建功家人告诉记者，李建功先是被警方怀疑，后来被认定为杀人凶手，与其是半文盲和胆小怕事有关。李建功识字不多，平时不读书不看报甚至不看电视，完全没有业余文化生活，头脑非常闭塞。他这个人非常勤快，每天只睡四五个小时就可以，然后整天不停地干活儿，忙完这样忙那样，从来不闲着。他性格内向，沉默寡言，很少与人交谈。他的表达能力很差，平时说话就吞吞吐吐，颠三倒四。被警察询问时，非常害怕，自然容易引起警方的怀疑。

警方本来是在整个住宅区进行排查，排查到李建功时，因为胆小怕事，他隐瞒了一些事情，例如女儿李娟案发后去了库尔勒姨妈家，本来可以实话实说告诉警方，但李建功怕牵扯到女儿，就故意隐瞒，说女儿当天晚上在家中睡觉，警察调查别人时发现李娟的真实去向，一下就怀疑李建功了：如果不是真凶你为什么撒谎？

警方将 2007 年 12 月 1 日 14 时至 18 时确定为案发时间，排查也是围绕这个时间段展开的。但问题是，确定这个案发时间是否有充分的根据？警方在一份办案材料中称，法医靳某经过数次的推算，"对曹菊英的死亡时间进行了更为大胆的判断，曹菊英的死亡时间应为 12 月 1 日 14 时至 16 时。专案组结合案件调查情况，对这一时间达成统一认识"。

而李建功的申诉代理律师王誓华认为，这样的"大胆推算"胆

大而不心细，没有客观依据。尸检鉴定称："胃内有约 400ml 食物，可见扁豆角、豆子、米粒、辣椒等物，形态明显可辨。""根据尸体征象和死者胃内容物的性状，结合相关因素分析，死亡时间考虑在尸检前 48 个小时左右，死者最后一餐饭后 1 个小时以内，死亡时段考虑在 2007 年 12 月 1 日 14 时至 16 时之间。"

但整个案卷中，没有看到胃内容物的照片，也没有解剖胃内容物过程的图片和文字记录，更谈不上解剖的同步录像，即不能看到鉴定报告中记载的食物形态依据，不知法医是如何根据胃内容物推断受害人死亡时间，进而准确到"12 月 1 日 14 时至 16 时之间"的。

尸检鉴定称，"角膜中度浑浊"，按法医实践理论来讲，一般死后 18 至 20 个小时中度浑浊，这与靳法医推断的时间矛盾。在王誓华看来，鉴定中也没有记载其他可以证明死亡准确时间的尸体征象，法医又没有进行生物化学化验，根本不能推定准确的死亡时间。

根据新疆高院裁定书认定的事实，本案的物证应该包括：击打受害人头顶部和后脑的木棒、封受害人口鼻的胶带、剪胶带的剪刀、曹菊英的钥匙、起子等。行凶的木棒，警方始终未寻获，李建功在交代这一凶器的埋藏地点时前后矛盾：先是说放在狗窝边，然后说埋在羊圈旁，又说放在东边柴火堆北面一点儿，埋在邻居家菜地里，埋在东边杨树林里，最后称将作案工具木棒、剪刀、钥匙、胶带放在火堆里"烧了"，连钥匙都烧化了。

李建功在历年的申诉书中都提及，公安机关已将他家的胶带全部收缴，在死者身上又提取有胶带，还提取了整个住宅区许多人的指纹，李建功及家人有理由进行合理怀疑，封住死者口鼻的胶带上可能留有凶手的指纹，公安机关已经将李建功的指纹与封住死者口鼻的胶带上的指纹进行过比对，但公安机关并未将指纹样本和比对结果移交到检察院和法院。

综合全案，除了李建功本人和其女儿李娟的口供，警方没有寻获什么作案工具，也没有寻获什么能直接证明李建功行凶杀人的客观物证。

根据新疆高院裁定书认定的事实，李建功行凶杀人有三个现场：杀人的第一现场，移尸稻草垛的第二现场，抛尸厕所粪坑的第三现场。李建功应是临时起意作案，在这三个现场，警方均未提取到可以证明杀人凶手是李建功的指纹、脚印、DNA物质和任何痕迹的证据。

李建功的作案动机是什么？在其讯问笔录中存在多种说法，第一种是"羊吃了曹老太的馍"引发冲突，第二种是因为"当天拉葵花杆时剐了老太太门口的棚子"引起争执，第三种是"听到曹老太骂人"引发冲突，都是邻里纠纷引起的生活琐事。在庭审时，李建功供述的是第一种说法，因为他的羊吃了曹老太的馍引起冲突。除了本人供述，这三种作案动机都没有任何旁证，因此，法院笼统以"邻里纠纷"和"琐事"概括，也就是李建功的作案动机其实不明确。

第一现场未确定，第二现场未勘查，第三现场未指认

王誓华认为，除了作案时间难以推断外，作案地点也非常模糊，甚至可以说是蹊跷。库尔勒垦区公安局《关于对第一现场未勘查、犯罪嫌疑人李建功未指认现场的情况说明》中写道："在现场勘查过程中，技术人员和侦查人员对现场周围300米范围内所有可疑的草堆、羊圈、菜地、菜窖、废弃的院落、空房进行了搜索，但未发现第一现场。"第一现场是李建功被抓获后经审讯才得知的，距案发时间已达一周之久，《情况说明》表述："李建功家柴草垛紧靠路边，将道路占去三分之一，李建功在作案之前曾要求水泥厂住宅区开铲车的邻居用铲车将柴草垛扒到路边上，但铲车司机太忙一直没有移动。李建功被抓获归案后，一开始并未如实交代第一现场，而此时开铲车的司机开车回家，他不知李建功因涉嫌杀人而被公安机关抓获，但却突然想起李建功所托之事，便用铲车将柴草垛向路边移动近两米。"

所以，发生争执的第一现场其实是不确定的。一审判决认定的第一现场在李建功自家羊圈附近，但对该认定没有说明依据。到了

二审裁定，新疆高院可能意识到一审判决对第一现场的认定没有依据，李建功的陈述中也没有特指，采取了更为模糊的说法，没有指出"第一现场"在哪，只是认定："李建功因琐事与邻居曹菊英发生争吵后，李建功随手捡起一根木棍朝被害人头顶部……"而李建功在讯问笔录中对"第一现场"的供述就出现了至少三个不同的地点：1. 电线杆附近；2. 破烂棚子跟前；3. 羊圈外面小柴草垛。庭审时李建功供述了第 4 个地点：在路上。到底在哪里，始终不确定。

第二现场，也就是李建功转移尸体的柴草垛，在李建功的供述中有三种说法：一是厕所东面的门口；二是女厕所东面的垃圾堆；三是小柴草垛旁。在警方的《情况说明》中，这个如此重要的移尸现场警方没有勘查，因为"开铲车的司机"在案发后"用铲车将柴草垛向路边移动近两米"，这个现场已经没有勘查的必要。果真如此吗？这个"开铲车的司机"到底是谁？警方在案卷中始终没有说明。

王誓华在实地走访调查时，根据李建功前妻李春燕提供的线索，确认李建功家邻居中唯一有铲车的人是马师傅，根据马师傅及其妻子回忆，在曹菊英出事的这段时间，一天到晚都很忙，一直在外地干活儿，不在库尔勒，李建功没有让他去挪柴草垛，他也根本没时间管挪柴草垛这事。并且他们记得在曹菊英这事发生前四五年，就把铲车卖掉换成挖掘机了。

而根据警方记录，警方在案发后在发现尸体的粪坑周围 300 米范围内进行勘查，这个柴草垛早已包括在内，马师傅在警方已经划定勘查范围后还进入 300 米范围内转移柴草垛，这种可能性匪夷所思。几位当年李建功家的邻居对记者说，案发后他们都吓得不敢在家里住，投亲靠友住在别的地方了，过了半个月才回家。在凶杀案刚刚发生、警方大范围调查询问的气氛下，这名铲车司机真的有可能会在李建功被抓后还根据李建功的嘱咐进入警方划定的勘查范围内、在离发现尸体的厕所粪坑两三米远的地方去移动柴草垛吗？如果真有铲车司机转移柴草垛这回事，警方为何不提取铲车司机的证人证言？同时，这个柴草垛紧靠路边，又占过道，李建功将身高一米六二的曹菊英藏在这里，很难藏住，也很容易被发现。

而发现尸体的第三现场厕所粪坑，也就是杀人凶手最终的藏尸现场，案卷中也没有警方带李建功前去指认的任何痕迹，不符合一般刑事案件的办理规程。

本人口供自相矛盾　女儿证言违法提取

在警方制作的对李建功的近 20 次讯问笔录中，王誓华发现，李建功的口供多处自相矛盾，与唯一的证人、其女儿李娟（当时未成年）的证言多处矛盾，也与警方对发现尸体的粪坑现场的勘验笔录矛盾。

李建功对抛尸的时间就有"天黑前"和"天黑后"两种不同的供述；对抛尸过程的描述也前后不一致，抛尸过程也有"用手推开厕所后门"和"用脚蹬开厕所后门"两种描述；在第 8 次讯问笔录中对先藏尸还是先封口鼻供述矛盾。更为重要的一点是，从公安机关现场勘验检查笔录及拍摄的现场照片来看，"东墙中部距北墙 680cm 处为一高 187cm、宽 85cm 的朝东向内开的单扇木门"，"在粪池上部距北门框 12cm，紧靠下侧门框呈东西走向搭有两块宽 34cm 的木板"，也就是说抛尸厕所的后门宽只有 85cm，推开门脚下的正间处是宽仅 34cm 的木板，曹老太身高 162cm，按案件中推算的案发时间与抛尸时间相距有 3 至 4 个小时，尸体放在室外肯定已经僵直，按照李建功的供述，左手抱被害人脖子，右手抱腿回弯处，推开门后把被害人头朝南、脚朝北扔进去是根本不可能的。

本案中，警方没有提取到任何可以直接证明李建功是杀人凶手的客观物证，除了李建功本人的口供，就只有其女儿李娟的证言可以证明李建功可能是凶手的某些环节。如果没有李娟的证言，仅仅只有李建功的口供，根据法律规定是无法给李建功定罪的。

案发时，李娟只有 13 岁，还是个初中学生。2007 年 12 月 7 日上午，也就是发现曹菊英尸体后第 4 天，正在学校上课的李娟突然被班主任叫到办公室，等待她的是几个警察的盘问。李娟看到警察脱口而出："我爸是不是出事了？"据说，这成为警方怀疑李建功的又一重要依据。而李娟对记者说，这句脱口而出的话，其实是本能反应，根本说明不了任何问题。

作为未成年人，在没有监护人在场的情况下，李娟被警方带走，在一家宾馆住了 4 天，其间她失去行动自由，不能离开自己的房间，连上厕所都有"警察阿姨"跟着。

李娟对记者回忆当时的情景："他们好凶，对我拍桌子。当时我说了没有，他们逼我说拿的是胶布和棍子，后面他们问我家里有什么胶布，我说我家有白的、黑的、透明的，他们说你爸是不是拿的透明的，我说没拿，让我非要说拿的是透明的。他们还问我你爸是不是跟你说都是因为你，他和曹奶奶吵架，还让你照顾好你妹妹，我说没有。他们又逼我，说你爸已经跟我们说了，都是因为你拿了曹奶奶的东西才吵架的，你还说没有，我看你就不说实话，当时我哭得更厉害了。他们还在逼着我说，我最后只能说是……跟着我的那个老师就第一天在场，而且待了一会儿就走了。"

就这样，警方终于从李建功的未成年女儿口中得到了可以将李建功定罪的关键"证据"。但在王誓华看来，警方限制未成年人的人身自由长达 4 天来获取"证言"，取证时又没有监护人在场，这样的"证据"显然是非法的、无效的。强迫女儿来指证亲生父亲行凶杀人，也是很不人道的。

有人自称目击者举报"真凶"

2009 年 10 月，死者曹菊英的另一名邻居张小军（因本人要求在翻案前不公开其真实姓名，本文使用化名）因盗窃罪被判处有期徒刑 2 年 7 个月，2010 年 1 月开始在新疆巴音郭楞监狱服刑。在服刑期间，他多次向监区领导及干警检举，称李建功案另有真凶，而自己则是多次看到过真凶的现场目击者，留下书面举报材料。

张小军的举报材料称："2007 年 11 月 25 日晚，我吃完饭，《新闻联播》已播完，过了一会儿，大概晚上 8 点，我洗完碗后，肚子不适，就到我家屋后中心路的东侧单位上旱厕解手。在旱厕门口，我碰见本单位的曹老太从厕所后的菜园出来，我还问她吃了没有，她说刚捡完东西回来，还没吃呢。然后我上厕所她朝家走，我肚子疼，在厕所蹲了大概一刻钟，隐约听到'救命'的声音。我提上裤子就往外跑，站在曹老太屋前南北走向的土路上，再仔细听没有任何声响，此时我所站的位置离曹老太家大概30米。没有多想，我就向曹老太的房子走去，我想到今天还没有看叶老汉，他是我家一直照顾了近30年的孤寡老汉。老汉住曹老太的隔壁，我陪他说了一会儿话……时间刚好是晚上9点整，让叶老汉吃了药后，我就从他屋内出来。

"当我再次经过曹老太家时，听见屋内不知是什么东西碰翻了，然后是开门声，此时我也走到了离曹老太家大概15米处的羊圈的阴影处。我停下来回头看，一会儿就见有人从曹老太家的院子出来锁了院门，向曹老太家的西头走去……从此人的体形、走路的姿势看，我觉得挺眼熟。当此人经过叶老汉屋前时，我在心里默数1、2、3、4，开门，真的听见开锁开门声，没错儿，就是×××。带着猜疑的心思，我到家看电视也没心情……12点过后，我再次来到曹老太的院门处，屋内漆黑没有任何声响，我就回到东西走向的中心路散步转了一圈儿，大概有半小时，再往曹老太家走去时，刚到院门处就听见屋内有动静，我赶紧躲在离院门几米处的柴垛旁。几分钟后，我听见开房门的声音，有人从房内走出，经过我躲藏的柴垛时，我看见了他就是×××。他夹着包东西，顺着南北走向的林带向南慌张地跑去。我尾随其后，他走到林带尽头的大渠边，把东西丢入大渠内。之后他返回曹老太家，我尾随其后继续躲在柴垛处，×××又从屋内出来，站在院门处四处张望后回屋。几分钟后，我见他从屋内肩扛重物向我躲藏处走来，我看清了，他扛的是曹老太，他扛着曹老太向旱厕走去，没多久我听见重物抛入粪池的声响……"

当时，张小军想着"多一事不如少一事"，未报案，几天后因事去了外地。一个月后等他返回家中，李建功已经因涉案被警方抓起来了。张小军曾经打过匿名电话，写过匿名信，试图告诉警方真相，但都石沉大海，没有回音。直到因犯罪被判刑后，他才开始实名检举此事至今，但一直没有得到任何答复。

王誓华到新疆实地走访调查时，与张小军取得了联系，张小军一度称愿意来跟王誓华详细谈谈目击真凶的情况，并约好了见面的时间地点。但后来，张小军未按时与王誓华见面。在王誓华离开库尔勒到乌鲁木齐后，张小军打来电话，再次表示要与王誓华见面详谈，但不再约见面的具体时间地点。直到王誓华离开新疆时，始终未与张小军见面。王誓华表示，一旦张小军确定能与他见面详谈，他愿意专门飞到新疆与其见面详谈。

钱仁风案虽平反，真相仍在路上

云南高院副院长鞠躬道歉

8 月 10 日上午，云南省高级人民法院召开新闻发布会，就钱仁风申请国家赔偿相关事宜进行了发布：备受社会各界关注的钱仁风申请国家赔偿案现已审理终结，经云南省高级人民法院赔偿办法官多次与钱仁风及其委托代理人就赔偿事宜进行协商，达成一致，即支付钱仁风被侵犯人身自由的赔偿人民币 1223857.30 元，支付钱仁风精神抚慰金人民币 50 万元，并于今天早上依法向钱仁风的特别授权代理人送达了国家赔偿决定书。

7 月初，一张云南省高级人民法院副院长、国家赔偿委员会主任田成有向蒙冤受害者钱仁风鞠躬道歉的照片在网络流传。党的十八大以来，中国平反的冤假错案已经不少，虽有法院领导向平反后的蒙冤者当面道歉的报道，但鞠躬的照片还是第一次看到，引起了网民的热议。

2015 年 12 月 21 日，云南高院宣布 13 年前因"投放危险物质罪"被判处无期徒刑的钱仁风无罪。云南高院认定，钱仁风有罪证据存在矛盾和疑点，且这些矛盾和疑点无法得到合理解释和排除，证据不能形成完整的证据链条，本着实事求是、疑罪从无、有错必纠的原则，依法再审改判钱仁风无罪。

2016 年 6 月 1 日，钱仁风向云南高院提出 955 万元的国家赔偿申请。7 月 8 日下午，云南高院对钱仁风申请国家赔偿一案举行听证会，田成有向钱仁风鞠躬道歉。

在道歉之后，田成有即席发表讲话，他说："一名 17 岁的少女被关押了 13 年，失去了人身自由。这种失去自由的代价，法律有义务有责任还事件以真相，还钱仁风以清白，云南高院今天也做到了。云南高院今天怎么道歉也不为过。想想在这十多年中，一个少女在困难之中的勇敢和坚强，令人感动。希望钱仁风能够好转起来，开启新的生活。"

田成有还赞扬了为钱仁风代理申诉的两位律师，他说："钱仁风的案子能够有今天，确实要感谢钱仁风的两位代理律师对法治的追求和捍卫。正因为有一批批这样的人不屈不挠地去追求真相，去呐喊，永不放弃，才形成一股强大的力量，去推动错案、冤案的纠正。"

田成有还说："让无辜公民免遭非法追究，让受到非法追究的人重获自由，这是人民法院的神圣职责。我们对钱仁风提出的赔偿和道歉请求表示充分的理解和尊重；对钱仁风遭受的精神痛苦，深表歉意。今天，在媒体的见证下，我代表云南高院向钱仁风公开赔礼道歉。"

田成有介绍："我院于 2016 年 6 月 1 日收到钱仁风的赔偿申请，6 月 3 日及时登记立案。今天，我们 7 名赔偿委员会委员在这里举行听证会，聆听钱仁风及其代理人的意见，其目的就是依法及时地通过国家赔偿，给予钱仁风在精神和生活上最大限度的弥补和安慰。祝福钱仁风能从痛苦中走出来，乐观地过上全新的幸福生活！"

"我们将从错案中汲取教训，进一步规范司法行为，严格证据审查标准，坚决杜绝一切错案的发生，努力让人民群众感受到公平正义。"田成有说。

赔偿应该怎么算？

钱仁风到底应该得到多少赔偿？她申请 955 万元的国家赔偿是否合理？是否过高？其代理律师杨柱认为，如果按照现有的国家赔偿标准，钱仁风估计能拿到 180 万元左右。在侵犯人身自由的赔偿金额上，国家的赔偿标准是每天 242.3 元。争议主要是应该按照 8 小时计算还是应该按照 24 小时计算的问题。根据惯例，国家赔偿以上年度职工平均工资为基本计算标准，职工工资以每日工作 8 小时计算。钱仁风自 2002 年 2 月 22 日被关押至 2015 年 12 月 21 日被释放，一共失去自由 5050 天，其中法定工作日 3400 天。据此，钱仁风或将获得的人身自由赔偿金为 82 万元。

但在杨柱和另一名代理律师杨名跨看来，按照这样的赔偿标准，对一个失去人身自由长达 13 年的人是很不公平的。钱仁风在狱中失去的是每天 24 小时的自由，所有被剥夺自由的时间都应得到赔偿。"冤狱中的申请人每天只需服刑 8 小时吗？8 小时外，申请人是在监狱中享受法律所赋予的公民休息权、休养及休假权吗？而国家赔偿每天只按 8 小时计算，这合理吗？"

两位代理律师希望通过钱仁风的索赔计算方式，来审视"冤狱 24 小时等于 8 小时正常工作"的制度之弊。

在钱仁风失去自由的 5050 天中，除法定工作日外，还包括周末 1440 天、法定节假日 150 天、法定公休日 60 天。杨柱、杨名跨认为，法定工作日除 8 小时按工资标准索赔外，另外 16 小时按加班计算，周末、节假日、公休日按正常工资标准的 2 倍、3 倍、3 倍计算。因而，5 项算下来，索赔合计 584 万余元。

而在精神损害抚慰金的赔偿上，两位律师认为，如果按照"疑罪从无"的原则，在精神损害赔偿金上，钱仁风最多只能拿到赔偿总额的 35%。在国内近几年已经平反的其他冤案中，在明确有真凶的前提下，精神抚慰金赔偿就达到了赔偿总额的 49%。从庭审的情况看，钱仁风案中的主要证据存在造假，没有任何证据可以指控钱仁风犯罪，钱仁风案不是"疑罪从无"，而是根本无罪，在这样的前提下，钱仁风在精神损害赔偿金上就能够参照全国其他"冤案"的国家赔偿案标准达到49%。

杨柱当庭提到了其他国家和中国台湾地区的赔偿标准：

1. 台湾每天人均冤狱赔偿3000至5000元新台币，折合人民币约600至1000元。抚慰金相当于大陆的精神损害赔偿，为1000万至3000万新台币，折合人民币约200万至600万元。

2. 澳大利亚张伯伦案，受害人被错误监禁4年，获得130万澳元特惠补偿金（折合人民币650万元），加其他费用共计171.05万澳元（折合人民币860万元）。按比例每年获赔约215万元人民币，每天约合5890元人民币。

3. 美国纽约的德斯柯维奇16岁时被控性侵同学，坐冤狱15年，重获自由后获赔4100万美元（约合2.4亿元人民币），即每年获赔1666万元人民币，每天获赔45644元人民币，并切实获赔。

4. 日本栃木县足利市的菅家利和因"猥亵绑架目的杀人"被逮捕，坐冤狱17年，被无罪释放后，日本宇都宫地方法院裁定由政府向其支付补偿金8000万日元（约合人民币635.6万元），即以每天12500日元（约合人民币992.5元）为标准计算得出，并向其交付了决定书。日本《刑事补偿法》第4条第2款规定："法院在决定前款补偿金额时，必须考虑关押的种类、时间的长短、本人在财产上所受到的损失和利益、精神上的痛苦和身体上的损失以及警察、检察、审判各机关有无故意及其他有关情况。"

杨柱、杨名跨希望，为了给予含冤者更好的抚慰，也为了更快促进国家相关立法，本案的国家赔偿应有所突破。

谈及赔偿金额，田成有在7月8日的听证会上当庭表示，云南高院赔偿委员会是一个新成立的机构。钱仁风国家赔偿案是该机构成立以来，第一次面临的"大案"。怎么赔偿？如何赔偿？赔偿多少？田成有请钱仁风和两位代理律师放心，云南高院赔偿委员会，将会充分考虑钱仁风13年冤狱的实际情况，依照国家相关法律的规定，给钱仁风最大限度的赔偿。

"法院不是做生意，法院没有必要来克扣钱仁风该得到的东西。

钱仁风该得到的东西，法院必须尽量地满足，依法支持。"田成有请国家赔偿申请人相信，云南高院一定会在钱仁风的国家赔偿案上，把赔偿的金额算清、算足、算准，让钱仁风有一个法律上的保障。

而在那次听证会上，钱仁风表示，希望公检法能早日抓到真凶，她决不原谅当年让她蒙冤的人。只有查到了真凶，她才能获得真正意义上的无罪。两位代理律师杨柱、杨名跨也当场向云南高院提交了举报真凶的线索。田成有表示，在真凶的问题上，云南高院收下了两位律师的相关材料，有责任也有义务将这些材料转交给相关部门。

冤案的来龙去脉

钱仁风案发生在 2002 年。那年的 2 月 22 日，云南省巧家县"星蕊宝宝园"幼儿园多名儿童饮食后中毒，市民侯建陆两岁的女儿因"摄入毒鼠强"身亡，另两名儿童经抢救脱险。经现场调查了解，巧家县公安局认定这是一起投毒案。

幼儿园负责人朱梅接受警方询问时，明确表示她怀疑三个跟她有过矛盾的人有可能是作案者，一个人姓罗，是女性；另外两个人是男性——罗某、谢某，曾经因偷盗她家的财物而被判刑。朱梅说，这两个人都追求她，遭到拒绝后，竟然串通起来报复她，到她家偷盗，被抓后判了缓刑。

此案案卷显示，警方询问了罗姓女子，但对罗、谢二人却没有询问，或者问后未形成笔录。不久，警方认为当时年仅 17 岁的幼儿园工作人员钱仁风有重大嫌疑，但朱梅在接受警方询问时，说她与钱仁风的关系很好，两人之间没有什么矛盾。

2002 年 9 月 3 日，昭通中院一审判决认定钱仁风犯投放危险物质罪，判处无期徒刑。判决书称，钱仁风在星蕊宝宝园做工期间，因认为老板对其不好，遂生报复之念，将放有灭鼠药的食品拿给该园部分幼儿食用，致一名幼儿死亡。钱仁风随后上诉，云南省高院维持原判。

钱仁风进入监狱服刑，直到 8 年后的 2010 年，在云南省某监狱组织的法律援助活动上，钱仁风不顾看守阻拦，冲到杨柱面前下跪求助。杨柱了解案情后，决定免费为她代理申诉。随后，他介绍杨名跨也无偿代理该案。在两位律师的辛勤工作和不断努力下，最终促成这桩陈案的复查。

昭通中院一审认定钱仁风犯罪的证据主要有：钱仁风在侦查阶段的有罪供述，钱仁风对投毒所用的鼠药瓶、一次性注射器及切开鼠药瓶的菜刀混合辨认的笔录，以及死亡幼儿的尸检报告、中毒幼儿的病历和毒物检验鉴定书等。

2013 年 5 月，云南省检察院对此案立案复查，复查结论显示，上述证明钱仁风犯罪行为的主要证据，取证程序、内容存在明显瑕疵或者不合规定。

云南省检察院司法鉴定中心经鉴定认为，钱仁风当年的三份有罪供述系当年的侦查人员蒋成林、杨时毅代签，两份辨认笔录系侦查人员李天福代签，代签原因均未予说明，上述笔录作为证据应予以排除。

云南省检察院对现有病历资料、尸体解剖报告、毒物检验报告及现场调查所取得的资料进行分析研究和甄别后，认为原案认定该案死者系毒鼠强中毒死亡的依据不足。

加上此案重要证物鼠药瓶未提取指纹，钱仁风的有罪供述存在矛盾和疑点，又没有其他合法有效证据相印证等因素，云南省检察院向云南高院提出再审建议，认为此案事实不清，证据不足，原判可能存在错误，建议重新审理该案。2015 年 12 月，云南高院再审判决钱仁风无罪。

代理律师当庭举报真凶线索

在 2016 年 7 月 8 日云南省高院举行的"钱仁风申请国家赔偿听证会"上，代理律师杨柱、杨名跨当庭举报，提出了当年星蕊幼儿园投毒案真凶作案的线索。

两位律师认为，罗某 14 岁时父母离异，其父亲和叔叔都在巧家公安局担任要职，常年盗窃斗殴，但当地警察却总是袖手旁观。2001 年，罗某、谢某先后追求朱梅不成，便生报复之心，于 2001 年 6 月 17 日、6 月 22 日先后两次翻墙进入朱家老屋盗窃。8 月 28 日案发被抓后，罗某以乙肝病毒携带者取保候审，巧家司法机关让朱梅全家回答同意否，朱家的回答是不同意。罗、谢二人被巧家县法院判处有期徒刑三年，缓刑四年，二人均于 2002 年 1 月 24 日出狱。巧合的是，正是在二人出狱后，朱梅一家被人纵火焚烧摩托及老屋五次，朱梅负责的幼儿园被投毒一次，共造成 8 辆摩托车及许多家具被毁，幼儿园一死四伤，直接经济损失 20 多万元，幼儿园工作人员钱仁风因此含冤坐牢 13 年零 10 个月。

2010 年，杨柱前往巧家移动公司（公交车站旁）询问朱梅时，一个女人突然跑出来威胁朱梅，朱梅吓得不知所措，再不接受杨柱的询问。杨柱后来了解到，那个女人是罗某的妻子。

杨柱在 2010 年调查时，朱梅家老屋再次遭到纵火，作案手法与 8 年前如出一辙，采用点燃摩托车油箱纵火，差点儿烧死朱梅的表哥刘某和他的儿子。这是朱家老屋第五次被人为纵火焚烧，周围群众奋力扑救，再次保住了老屋。此时钱仁风已经在监狱服刑 8 年多了，没有任何作案的可能。

杨柱说，巧家县公安局三名警察公然冒充钱仁风签字作假证，其中参与作假证的杨时毅，是一名刚刚毕业的警校生。杨时毅的亲戚曾当着杨柱的面爆料，杨时毅知道早晚瞒不住，已经写材料做准备，上面若查，他会把指使的人供出来。可惜的是，钱仁风出狱后，司法部门对三个作假证的警察未采取任何措施。如果对他们进行调查，便可以顺藤摸瓜查出真凶来。

听证会结束后 5 天的 7 月 13 日，朱梅的父亲朱明华打电话给钱仁风的代理律师杨柱，称 7 月 12 日晚返家时，发现警方未追查的可能嫌疑人纠集七八人一起站在他家附近的斜坡下，让他和家人感到威胁。

杨柱当时正在云南高院与法院协商钱仁风的国家赔偿问题，放下电话就当庭写下报案情况交给云南高院，云南高院表示尽快交省政法委处理。当晚，巧家县公安局向朱明华发出询问通知书，通知书上写道："我局正在办理星蕊宝宝园投毒案，为查明案件事实，通知你到公安局接受询问。"

朱明华接到通知书后去了巧家县公安局，接受了半个多小时的询问，警方主要是询问 7 月 12 日晚上的事。杨柱说，从巧家县公安局通知书上的文字内容来看，当地警方已对当年的投毒案重新立案侦查。

8 月 10 日，田成有表示，钱仁风国家赔偿案是近年来云南省关注度最大、赔偿数额最高、决定时间最快的案件。处理该案，法院本着尊重和保障公民权利、严格依法、案结事了的理念，力争把该案办成平冤理直、纠错正偏、体现关爱、传递温度的精品案。案件最终以协商的方式了结，得感谢钱仁风及其代理律师的理解、配合，感谢媒体的宣传报道。下一步，云南省高院将积极推进国家赔偿决定的执行工作，将在最短时间内把申请赔偿金的支付兑现，继续对钱仁风在生活、工作方面给予关注、关爱。同时，通过此案督促司法机关依法行使职权，从源头上杜绝冤假错案的发生。

山东张志超案复查再次延期

7 月中旬，张志超的母亲马玉萍接到了山东省检察院的口头通知，张志超案的复查再次延期。

2005 年 2 月 11 日，山东省临沭县第二中学教学楼一间废弃的厕所内发现了高一女生高婷（化名）的尸体，几天后，该校高一学生张志超被警方抓捕，后被山东省临沂市中级法院一审判处无期徒刑。张志超未上诉。2011 年，张志超在母亲马玉萍探监时才说自己不是真凶，请求母亲帮他申诉。马玉萍从此踏上了为儿子申诉的漫长征途，临沂中院、山东高院先后驳回其申诉。

直到 2015 年，此案引起媒体的注意，《中国青年报》、《南方周末》、凤凰卫视《社会能见度》栏目、《民主与法制》杂志相继报道张志超案，该案的申诉才真正迎来转机。2015 年 10 月，山东省检察院对张志超强奸杀人案立案复查，当时告知马玉萍，复查期是 6 个月。2016 年 4 月中旬，山东省检察院告知马玉萍，因案情重大，复查延期 3 个月。而 7 月中旬，复查再次延期。

更多的疑点被发现，真凶若隐若现

自 2015 年 5 月底张志超案被媒体曝光后，主要案情和疑点，关心此案的读者早已耳熟能详。随着申诉的进展，该案的申诉代理律师又发现了一些新的疑点，值得进一步关注。

临沂中院判决书认定的主要案情是：2005 年 1 月 10 日清晨 6 时 20 分许，张志超在教学楼三楼一废弃厕所前遇到女生高婷，遂用随身携带的铅笔刀架在高婷的脖子上，将其劫持到废弃的厕所内强奸，并致其窒息死亡。然后让厕所外的同学王广超帮其看守厕所，自己跑到楼下小卖部买锁，再跑回来换好厕所内的门锁。第二天下午，张志超又潜入废弃厕所奸尸，并将尸体多处割破。

判决书所列的证据主要是张志超的口供，除了勘查现场报告、尸检鉴定报告和指认现场的笔录外，几乎没有什么客观物证可以证明是张志超作案。而该案的主要疑点包括：1. 张志超没有作案时间，尤其是没有买锁换锁的时间。有四名同学证明张志超参加了当天清晨的升国旗仪式，在跑操前抱同学棉袄到教室，张志超不可能在几分钟之内完成强奸、杀人、买锁、换锁等作案过程。2. 张志超及同案包庇他的王广超均已翻供，口供的证明效力已经不存在。3. 包裹尸体的编织袋警方始终无法查清来源，铅笔刀、旧锁等所有物证警方均未找到。4. 指证张志超作案的两名证人王绪波、杨同振的证言与客观事实矛盾，与张志超口供矛盾，互相之间也矛盾，经不起推敲。5. 张志超、王广超均称遭受过残酷的刑讯逼供。6. 最令人不可思议的是，小卖部当年的承包人证实当时小卖部是早晨 7 时 30 分后才开门，张志超怎么可能 6 时 20 分左右就从那里买到锁呢？

张志超在母亲马玉萍探监时告诉她，山东省检察院在复查此案的过程中，曾经到监狱中提审过他，主要是了解他被刑讯逼供的情况，同时询问他是否愿意接受测谎。张志超向复查的办案检察官讲述了自己被刑讯逼供的经过，同时也表示愿意接受测谎。

在山东省检察院复查张志超案的同时，最高人民法院在接受了张志超的申诉后，也通过远程视频的方式了解张志超案案情。本来，最高法院在 2015 年年底就曾向临沂中院提出远程视频调查，临沂中院一直以没有设备、从来没搞过没有经验等理由拖延。直到 4 月中旬张志超案两位代理律师一起到山东省检察院询问张志超案复查进展时，张志超母亲马玉萍突然接到临沂中院的通知，表示下周一（4 月 25 日）就可以接受最高法院的视频调查了。

张志超案申诉代理律师李逊、王殿学，于 4 月 25 日赶到临沂中院，一起接受最高法院对该案的视频调查。在回答最高法院法官关于张志超为什么没有上诉的问题时，李逊表示，张志超称，在检察院批捕、提审他时，他曾翻供，但事后遭到了公安局警察更加残酷的刑讯逼供，被打怕了，所以开庭时不敢翻供，一审宣判后也没有上诉，他当时毕竟只是个不满 16 岁的少年，其家人被阻旁听庭审，一审宣判后没有收到判决书，也无法上诉。

在这次接受视频调查时，两位律师也有了一个重大收获，就是经临沂中院同意，两位律师复制了张志超案的全部案卷。而此前，虽然掌握了大部分案卷，但一直不全。经过对全部案卷的仔细研究，两位律师又发现了该案更多的疑点。

李逊发现，最后一位见到受害人高婷的是她的同班同学王燕（化名），是在 2005 年 1 月 10 日清晨 6 时，高婷坐在王燕的自行车后座，两人一起来到学校，王燕去停放自行车时回头就看不到高婷了，高婷从此失踪。王燕接受警方询问时，告知高婷上身穿橘黄色羽绒服，牌子是花花公子的，下身是白色的休闲裤，脚穿咖啡色旅游鞋，腰带是深红色用线织成的，内穿两层保暖内衣，一层是红色魔卡牌，一层是黑色魔卡牌，内衣外套毛衣。张志超的口供对高婷的衣着描述多次变化，最后倾向于身穿红色小薄棉袄、浅蓝色牛仔裤，脚穿旅游鞋，没有系腰带，系白色围巾。而警方现场勘查笔录记载，死者穿红色大璐黎牌羽绒服，内有蓝色拉链式毛衣，下穿蓝色牛仔裤、紫红色绒裤、白色裤头，系红色布腰带，脚穿双星牌皮棉鞋。证人王燕、被告人张志超对死者衣着的描述与警方现场勘查笔录均不一致。

如果王燕的记忆准确，那么，高婷在与王燕分手后，还曾换过全身衣服，她就不可能于 6 时 20 分出现在教学楼三楼废弃的厕所前并被杀害后直接藏尸在废弃的厕所里。

更多的案卷笔录显示，多人告诉警方，高婷在学校是比较漂亮的女生，平时交友比较广泛，除了网友，还有通信联络的笔友。王燕告诉警方，高婷谈过两个关系相对比较稳定的男朋友，在她失踪前一天的晚上，学校上晚自习的时候，她曾三次上三楼（她的教室在二楼）去找男友王某某，两人之间似乎发生了矛盾，直到最后一次两人才说了话，关系似乎有了缓和。王燕问："你们好了？"高婷说："就那样呗。"但在警方的调查案卷中，没有一份这名"男友"的调查笔录，他完全没有进入警方调查的视线，令人生疑。

案卷还显示，高婷失踪后，其父曾到淄博市张店区去寻找过高婷，也就是说，高父可能获得了高婷在淄博张店区的什么线索。

高婷的尸体是在教学楼三楼那间废弃的厕所内被发现的，被发现的时间是在寒假期间，2 月 11 日，大年初三。如果高婷不是在教学楼内遇害，她的尸体被藏在教学楼内的可能性微乎其微。如果高婷与王燕在 1 月 10 日清晨分手后离开过学校，换过衣服，还曾去过外地，那么，她是何时回到学校教学楼又能不被老师同学们发现呢？显然应该是在寒假期间。放寒假了，绝大多数老师同学都离开了学校，教学楼内有学生宿舍，有的学生常年住校，高婷此时回到学校，有住宿条件，同时还能不被老师同学发现。

王殿学查阅案卷发现，在张志超案中作出关键证言的王绪波、杨同振，与高婷的男友是同班同学，两人在 1 月 17 日、18 日，即高婷失踪六七天的时候就曾接受警方调查，当时的证言非常简单，说 1 月 10 日早上他们两个在宿舍吃完饭，正常上课，没有见到高婷，也没有听到尖叫声，更没有在宿舍里讨论外面是不是杀人了。而到了 2 月中旬高婷的尸体被发现、张志超被警方抓捕后，两人的证言发生了天翻地覆的变化，直接指证张志超。

王殿学还指出，案卷中还有一个学生李学斌的证言，他与王绪波、杨同振也是同班同学，住在一个宿舍里，此宿舍门离发现高婷尸体的废弃的厕所只有10米，他不是王绪波就是杨同振的上铺。李学斌的证言显示，1月10日清晨，他也在宿舍里，没有听到尖叫声或者杀人的情况。

案卷还显示，在王绪波、杨同振、李学斌等人的这间宿舍里，警方曾发现墙壁上有血迹，提取鉴定后，血迹既不是死者高婷的，也不是被告人张志超的。这份鉴定报告后来没有附卷，也没有提交到法庭，其中有没有什么玄机？此宿舍门离发现高婷尸体的废弃的厕所只有10米，将高婷在此宿舍内杀害，然后藏尸到隔壁废弃的厕所内，这种假设有一定的合理性。

李逊说，王绪波在为张志超案做证后，将自己关在家中不再出门，直到现在都拒绝接受律师的调查。杨同振的父母也替杨同振多次婉拒律师的调查和记者的采访，表示不希望自己的儿子再因此事被打扰。

王殿学介绍，高婷的父亲当时是临沭县的县人大代表，案发后被害人家属非常气愤，把尸体摆在教学楼里，要严惩凶手，全校师生签字："不杀不足以平民愤。"正是在这样强大的压力下，警方才急于破案。但现在，被害人家属也倾向于认为张志超不是凶手。

申诉是否应纳入司法程序？

张志超案经媒体曝光后，也引起了法学界、法律界众多法学学者和法律工作者的关注。4月26日，一些法学学者和律师在北京召开"完善刑事案件申诉启动程序"的论坛，围绕张志超案，对刑事案件的申诉难问题进行了研讨。

中国刑事诉讼法奠基人、中国政法大学原校长、法学泰斗陈光中说，从现有的证据材料来看，张志超案应该提起再审，同时也达到了可以平反的地步。现在的几个疑点，比如没有作案时间的问题，比如6点多作案后去买锁但小卖部却在7点多才开门的问题，还有包裹尸体上半身的编织袋的来源问题以及警方没有提取阴道分泌液等问题，都是硬伤，如果不提起再审，这些问题就要回答清楚。而且不应该是悄悄地回答，而应该是公开地回答。法院、检察院老是在问，为什么没上诉？天下的事很复杂，可能有各种各样的情况，上诉不上诉是应该考虑的，但并不是主要看这个，主要是看现有材料能不能排除合理怀疑，能不能把案件敲定。现在看来，确实有太多的疑点是排除不了的。

陈光中说，现在，再审的门槛很高，2012 年刑诉法修改，将再审的标准同正式的平反标准，从法理上做了区别。但在司法实践中，一旦提起再审，社会舆论非常关注。如果不平反，法院就骑虎难下。虽然再审的标准与平反的标准可以定得不一样，但实际操作起来，法院提起再审就要平反，否则就压着不提起。平反冤错案件，完全靠法院自纠自错，力度是很有限的，远远不能满足真正的申诉要求，应该有一个法院、检察院之外的中立机构，类似平反委员会，来启动申诉案件的审理。同时，学者和新闻媒体以及社会组织都可以在平反冤错案件中发挥重大作用。

中国刑事诉讼法学研究会常务副会长、中国人民大学诉讼制度及司法改革研究中心主任陈卫东教授认为，张志超案折射出公安机关在刑事侦查中存在的主要弊端，就是没有坚持全面搜集证据的原则，特别是实物证据。这个案子最重要的实物证据——精液、指纹、脚印以及其他一些现场证据都没有，言辞证据也充满了矛盾。

如何解决申诉难、申诉慢的问题？刑事申诉作为非常重要的公民诉讼权利，从立法而言有不够完善之处。主要问题是申诉行为的非诉讼化。现在申诉主要是诉讼外的一种行为，没有专门的法律规范，当事人怎么去提起，有关部门如何受理，受理以后通过什么方式进行审查作出决定，都是刑事诉讼法规范以外的内容。聂树斌案开创了异地审查、申诉听证的做法，陈卫东去年在《法学杂志》专门发表了一篇文章，中国法学会以要报的形式摘编到高层，肯定这样的做法。完善刑事申诉，下一步要把申诉纳入到诉讼中来。去年既然搞了立案登记制，一般刑事民事案件有案必立，刑事申诉为什么不能这样？应该将申诉纳入到程序中进行审查，现在的审查是单方面的，不公开不透明。陈卫东认为，应该坚持三方结构、共同参与的机制，才能让当事人特别是申诉人心服口服。

中国刑事诉讼法学研究会常务理事、清华大学法学院副院长张建伟教授认为，2012年刑诉法修改的时候，引入了英美法证明标准的概念，将主观性的判断尺度排除合理怀疑作为判断是否达到证明标准的一个依据，但并没有推翻原来的证明标准——犯罪事实清楚，证据确实充分。如果坚持原来的裁判，需要把合理怀疑都排除掉，这就产生了一个问题，是否将这种合理怀疑作为启动再审的理由。未来的刑诉法应该把启动再审的理由写得更明确。

张建伟说，向法院申诉，法院要求申诉人提供判决书，这毫无道理。很多家属根本没有收到判决书。现在要申诉，能不能有索取权？过去法院相当困扰，因为申诉没有时间和次数限制，申诉人会反复进行申诉，让法院不胜其扰，于是法院就想了一个办法，要求申诉人必须提供判决书，作为申诉的一个门槛。但这个门槛的设立其实是没有法律依据的，是我们要强力讨伐的一件事。

中国案例法学研究会常务理事、北京大学法学院副教授陈永生认为，除了申诉律师和媒体报道指出的众多疑点之外，这个案子还有两大疑点：一是为什么没有提取阴道或者阴道周围的精液进行鉴定，这是违反常识的；二是多次的口供都说将被害人的裤子褪到膝盖处就进行强奸，其实裤子褪到膝盖处是难以完成强奸行为的。第一个疑点，可能存在证据被隐匿的情况。

中国人民大学法学院副教授、诉讼制度及司法改革研究中心副主任李奋飞认为，能够真正把张志超与案件联系起来的只有口供，也就是说，这是相对的孤证。现在启动再审为什么这么难？把启动再审与再审改判的标准混在一起，再审的纠正往往靠"亡者"归来、真凶再现这样的小概率事件，其实是法律人的悲哀。纠正错案要靠作出生效判决的法院自我纠正，从人性的基本规律来看，让任何司法机关自己纠正自己的错误，都是违背人性的。国外有很多制度或者先例可供我们借鉴，英国有上诉委员会来审查，我们其实也可以设立类似的机构。

与会律师毛立新说，近年来很多平反的冤案都有一定的共性：一是没有任何实物证据能够直接地指向被告人；二是主要靠口供定案，口供的合法性和真实性都存在严重的问题，合法性主要是刑讯逼供的问题，真实性主要是证据之间经过比对后很多矛盾无法排除的问题；三是有一定的证据证明没有作案时间。张志超案也完全符合这三个共性。

6月中旬，上海东方卫视《看看新闻》栏目对张志超案进行了实地调查采访，发表了《山东中学生奸杀案疑云未解》的电视报道。去年，凤凰卫视曾报道过张志超案。一个重大疑似冤案在未平反前就有两家卫星电视媒体进行视频公开报道，这在以前平反的冤错案件中还是从未有过的。7月底，澎湃新闻发表了《山东中学生张志超奸杀案复查第二次延期，最高法曾调取阅卷》的报道。媒体对张志超案的报道日渐深入和广泛，该案更多的疑点也不断地涌现出来，甚至真凶的线索也越来越多。

张志超案的申诉代理律师李逊、王殿学近日接受本社记者采访表示："山东省检察院的复查总会作出结论，而只要此案不平反，我们决不会放弃申诉的努力。感谢全国媒体，包括纸媒、网媒和电视媒体对此案的关注报道，相信张志超案终有水落石出、真相大白的一天。也希望司法机关能重启侦查，追捕真凶，只有将真凶缉拿归案，才能还张志超以彻底的清白，还受害人一个真正的公道，还司法以公信，还法律以尊严。"

林青华案是否另有真凶？

2015年12月23日，本社记者回访陈夏影时，第一次从陈夏影口中得知林青华案。当时陈夏影平反出狱还不到半年，我的采访本意是了解他出狱后的情况，但他不愿多谈自己，而是说着说着就把话题岔到林青华的案子上。他告诉我，林青华现在已经委托了福建国富律师事务所律师王玉刚、陈建华代理申诉，我可以向他们详细了解案情。

王玉刚参与了吴昌龙案、陈夏影案、许金龙案（当时尚未平反）等福建一系列冤案的申诉辩护工作，是福建非常有名的律师，也正是记者当时要寻访的对象。辞别陈夏影，记者随即赶到王玉刚所在的律师事务所，从他那里了解到林青华案的全部案情和许多案外隐情。

王玉刚说，他曾与福建省高级人民法院当年承办此案的法官交流，不止一位法官表示对该案印象非常深刻，情绪激动地诉说当初坚持无罪意见却得不到采纳的苦衷。2004年福建省检察院承办该案的检察官，在给福建高院的一份书面意见中，认为此案事实不清、证据不足。

王玉刚还告诉记者，已经有两位福建省检察院的退休检察官准备建议福建省检察院对此案进行审查，只是不愿向媒体透露自己的姓名。

取保两年后再次被抓

福建省福清市音西镇苍霞村离新修的福清高铁站很近，从高铁站出来可以步行前往。而在20年前的1996年7月15日凌晨1时许，在村民林华英家里，发生了一起持枪抢劫凶杀案。据林华英回忆，当时她从睡梦中被惊醒，看见隔壁电视间的电灯亮着，就打开灯，拉开卧室窗帘往外看，首先映入眼帘的，居然是一根枪管！她一时紧张，大喊"抓贼"，歹徒闻声随即将她所在的卧室门踢开，她看清歹徒穿着黑衬衫，用黑色猴帽蒙面，手持来复枪。威胁几句之后，歹徒抢走了她的一条金项链、一只金手镯。她见歹徒戴着的猴帽只拉到下巴处，整个脸可以看见，觉得很面熟，就说："熟悉的人，不要这样。"歹徒听她这样说，有些害怕，先是退到门口，又突然开枪打中她的腿部，她立即晕倒，恍惚中听到了第二声枪响。

林华英的儿子李俊回忆，当时他和姐姐李花睡在另一间房，听到枪响就起床到妈妈房间门口查看，看到一个蒙面歹徒持枪对着妈妈，当时妈妈已经中弹倒地，蒙面歹徒见到他们，转身朝姐姐李花开了一枪，李花中弹后滚下台阶。他见状就跑，歹徒又朝他开了一枪，没打中他，只打中了墙角。

歹徒行凶后逃走，林华英、李花被送医院急救。林华英身负重伤，但经抢救脱离了生命危险。而李花伤重不治，尸检报告和部分尸体解剖照片及法医鉴定，证明年仅 14 岁的被害人李花系来复枪击破心脏大血管致失血性休克死亡。

案发后，福清警方立即展开侦查活动。对全村 18 岁至 35 岁的青壮年男子进行摸底排查，发现该村村民林青华对案发当晚的去向说法不实。在村委会接受调查时说"在福清市三山镇打工"，次日在派出所会议室又改成"在表兄家看录像、过夜"，经调查都是虚假的，最后将林青华列为重大嫌疑人进行调查。7 月 24 日，林青华被监视居住。4 天后，林青华供述自己参与作案，但只是在楼下等着，凶手另有其人。过了一个月，林青华开始承认，自己就是凶手。但在结束监视居住进入看守所之后，林青华开始否认作案，并称自己案发时在福清市的女朋友黄萍（化名）家过夜。

林青华当时已婚，有一个 4 岁的女儿。夫妻俩感情不和，经常吵架，其妻林碧英回忆，因与丈夫吵架，她在 6 月中旬就带着女儿回娘家住了。林青华的母亲接受采访时告诉记者，警察来村里调查时，村妇女主任林雪玉交代，她已经跟派出所讲清楚了，林青华在三山镇做工，录一下口供就回去，没事的，就说是在三山镇做工就可以。林青华回家后，林母将林雪玉的交代告诉了他。所以林青华第一次接受警方调查时，就说案发时在三山镇做工。他以为照着林雪玉的交代去说就没事了。当时林青华在福清另有女友的事，村里很多人都知道，林雪玉也是出于好意帮他隐瞒，没想到给他惹来 20 年的牢狱之灾。

林青华当晚是否在女友黄萍家过夜？是否有作案时间？当时未婚的黄萍在 1996 年、1999 年曾向警方和法院作出过四次证言。

1996 年 11 月 1 日，警方问："今年 7 月 15 日早约 7 点左右林青华是否到过你处？"黄萍答："15 日早晨青华到过我处，具体时间记不清了。"

1996 年 12 月 11 日，黄萍称，林青华 7 月 15 日到 22 日上午这一个星期常在我那里玩，有时晚上也在环球 B 座 709 套间住。7 月 15 日上午 7 点到过她处，这天几乎都在她那里玩，晚上也在她家住。

1999 年 4 月 26 日，黄萍称，1996 年 7 月 14 日 20 时到 7 月 15 日 6 时这段时间，她都住在三层杂物间看店，只有她一人在看店，林青华没跟她在一起。

1999 年 11 月 26 日黄萍向福建省高院提供证言，称原先做的笔录记得比较清楚，应该是真的，现在记不太清楚了。

近日，《中国青年报》记者采访此案时，联系到黄萍家人，家人表示她不在家中，也无法联系上她。多人告诉记者，黄萍已另有家庭，事隔 20 年后，不愿再被林青华案打扰。

也许正是黄萍 1996 年 12 月 11 日的这次证言，导致林青华虽然在 1997 年 1 月 1 日被刑事拘留，却在 1 月 7 日经报福清市检察院批捕未获准，1 月 10 日被释放。但次日，林青华被公安机关批准送福清市戒毒所强制戒毒。林青华及其家人多年来一直声称，他从未吸过毒，没有染过毒瘾。1 月 28 日，被强制戒毒的林青华被取保候审，重获自由。

重获自由后，林青华夫妇来到福州市卖海鲜为生。这样过了不到两年，1998 年 12 月 17 日，林青华又被刑事拘留，这一次一去不复返，直到今天也未走出高墙。

陈夏影、许金龙、许玉森的回忆

1999 年 8 月 27 日，福州市中级法院一审判决，认定林青华犯抢劫罪，判处死刑，剥夺政治权利终身，并赔偿附带民事诉讼原告人林华英、李国旺（林华英丈夫）经济损失 13527.8 元。这是林青华第一次被判处死刑。

林青华不服，上诉至福建高院。福建高院于 2000 年 3 月 22 日以事实不清、证据不足，第一次发回福州中院重审。

福州中院另组合议庭，于 2000 年 6 月 13 日再次认定林青华犯抢劫罪，判处死刑，剥夺政治权利终身，附带民事赔偿 13527.8 元。这是林青华第二次被判处死刑。

林青华继续上诉，福建高院于 2001 年 4 月 24 日作出裁定，再次发回福州中院重审。

福州中院于 2003 年 8 月 21 日第三次判决此案，终于改判林青华死刑，缓期二年执行。林青华再次上诉，福建高院于 2005 年 11 月 2 日作出裁定，维持了福州中院的死缓判决。

林青华 1998 年年底被关入福清市看守所后，正巧与陈夏影关在同一监室——29 号。两人在同一监室被关押了一年多，后来陈夏影被关到 28 号监室，与林青华的 29 号监室紧邻。当时监室的结构是，每间监室的前面有面积与监室差不多大的露天放风场所，放风场所之间以铁丝网相隔，而监室之间的墙壁顶部也没有完全隔断，可以从上面扔东西到另一间监室，大声说话更是听得见。所以虽然不关在同一监室，陈夏影与林青华的交流还是很多，放风的时候可以隔着铁丝网说话，也可以从监室扔东西过来。两个人一起相处了六七年。

六七年间只有几次交流过案情，不算多，都说自己是冤枉的。时隔多年，陈夏影对林青华当年的讲述记得已不很清晰，印象深刻的只有三点：一是枪的来源不明，借枪给林青华的证人后来当庭否认曾借枪给他；二是指纹问题，既然公安采集了全村青壮年的指纹，为何又不将林青华的指纹提交给法庭；三是案发时林青华在女友黄萍家，没有作案时间，黄萍迫于警方压力有几次不敢承认，但也作过案发时林青华和她在一起的证言。

陈夏影回忆，林青华后来发胖了，刚进看守所时还长得很好看，看人的目光很锐利，眉宇间英气逼人，用现在的话来说就是"颜值"很高。一个监室住十几个人，睡通铺，大家知道林青华的案子后，都开他的玩笑，说他就是长得太好了，讨女人喜欢，才遭了这个难。林青华开始的时候还认为自己很快会出去，反正不是他干的，相信法律不会冤枉他。没想到在看守所一待就是十年，到监狱后一直待到今天。陈夏影对林青华的印象是，林为人比较仗义，比较关心他人，比较重感情，如果是福清同乡被关进来了，他都会想办法照顾一下，走的时候还要送包烟或什么东西。

两人在看守所里做邻居，一直到 2005 年 11 月，林青华的终审判决生效，他被移送到闽西监狱。记得临走的那一天，路过陈夏影的监室，林青华还伸出手来，与陈夏影深情地握了握手，互道"保重"。一年后，陈夏影的终审判决也下来了，他被关押到龙岩监狱。虽然龙岩监狱与闽西监狱紧挨着，有个玩笑说，有个犯人从闽西监狱越狱，直接"越"进了龙岩监狱，但两人从此再也没有见面。

陈夏影的父亲陈焕辉，当时一直在为儿子的案子申诉奔波，同时也寻访搜集到了福清发生的好多疑似冤假错案。他在上访的时候如果听到哪里还有冤案，就会留心去打听，获得一些线索后就去走访，希望把申诉冤案的人彼此联系起来，一起向有关部门反映。林青华案是他当时重点关注的案件，他对记者回忆道，可能是在 2002 年左右知道林青华案的，当时并不知道自己的儿子跟林青华关在一起认识已经三四年了。

陈焕辉曾去林青华的老家和他父母打工的地方三四次，了解案情。记得林青华的母亲当时是餐馆的临时工，天天洗碗碟。他父亲在帮林青华的一个叔叔做木柴加工生意。林青华家很穷，父母都有重病，陈焕辉有一次曾亲眼见到林青华父亲癫痫病发作，四肢抽搐，口吐白沫，当时把他吓得不轻。陈焕辉说，这家人太贫穷了，申诉上访也是需要成本的，起码要支付得起路费和住宿费，要有钱能在路边摊吃饱肚子，林青华的案子多年无起色，就是因为家人支付不起申诉上访的最廉价的成本。

2016 年 6 月，陈焕辉给记者一本 2007 年装订成册的复印资料《福建省福清市刑事冤案系列》，厚厚的 24 开的一个本子，其实只有三个案件的资料：吴昌龙案、陈夏影案、林青华案。现在吴昌龙案、陈夏影案均已平反，只有林青华还关在狱中。

林青华被移送闽西监狱后，被关在二大队二中队，与在同一中队服刑的许金龙、许玉森相识。开始的时候互相没有什么交流，不知道对方也有冤情。许金龙告诉记者，彼此亲密起来是因为一件事。有一次家属来会见他，告知申诉上访的时候受到打压，有的官员派人告诉许金龙的家属，让他们不要再上访，可以最大幅度地给许金龙减刑，让他早点儿出去，家属还可以给一些优待安排。许金龙听后，情绪非常激动，当场号啕大哭，坚决表示一定要申诉到底，决不放弃。中队长见他这么激动，急忙来做思想工作，还表示会让有文化的犯人帮助他写申诉材料。他这么一哭，引起了周围许多犯人的注意，慢慢此事传到了林青华的耳朵里。

有一天，林青华在做工的时候主动来找许金龙，告诉他自己也是被冤枉的。他们互相诉说自己的案情，讲到激动处，林青华先哭了，许金龙跟着也哭了。两人都讲到被刑讯逼供的情景。

许玉森与许金龙同案，所以林青华与许玉森的交流也多了起来。许玉森回忆，两人一起做工一年多时间，林青华做缝纫，自己做手工剪线头。在许玉森看来，只有蒙冤的人才能理解蒙冤的人，才会有共同语言，同病相怜。而没被冤枉的人是理解不了他们的，甚至不相信他们会被冤枉。因为都是蒙冤者，两个人日渐亲密，成为好朋友。

2008 年，许金龙、许玉森等同案 4 人从闽西监狱调往莆田监狱，从此没有和林青华再见过面。陈夏影、许金龙、许玉森等人出狱后，才听说林青华这些年来一直拒绝减刑。陈夏影案、许金龙案、林青华案都案发于 1996 年，因为林青华一直拒绝减刑，服满刑期还不知道是哪一年，估计可能还有七八年。

林青华案的疑点何在？

虽然很多人都说林青华案是个冤案，但林青华案的疑点到底有哪些呢？王玉刚、陈建华详细陈述此案的疑点，还表示，其实所有疑点当年承办此案的福建省检察院的检察官、福建高院的法官都是清楚的，只是迫于压力作出了"疑罪从轻"的判决。

1. 枪支来源、去向不明，开了几枪不确定。

作为持枪抢劫凶杀案，查明枪的来源和去向是必不可少的，但本案恰恰缺乏对这一关键证据的认定。除了作案枪支这一关键物证警方始终没有寻获，枪的来源、去向和到底开了几枪都不确定。

证人吴洪弟曾向警方供述，1996 年 7 月 14 日晚，他将一支来复枪和 5 发子弹借给林青华，林青华于 7 月 19 日晚 8 时左右将来复枪和剩余的两发子弹还给他，并告诉他出事了。吴洪弟还供述，来复枪是一个叫"阿芳"的广东仔 7 月初借给他的，林青华还枪给他后，他还给了阿芳，现在不知道阿芳住在哪里，阿芳的传呼机号也忘记了。

但在 1999 年福州中院第一次审理此案前，林青华的辩护律师徐海风向法院提供了一份吴洪弟的书证，称在原公安机关所作的证言是屈打成招的，他没有借枪给林青华，并乱讲是广东仔阿芳借枪给他，根本没有这回事。庭审后，吴洪弟又亲自到法院称，怕出庭涉及公安人员刑讯逼供会被抓，当时开始没承认，后公安人员带他去与林青华对质时，林青华讲是从他那里借的枪，还让他也承认，他又好气又好笑，只好也承认了。1999 年 11 月 29 日，福建高院向吴洪弟调查时，吴洪弟称绝对没有借枪给林青华，并称当时公安人员说林青华都承认了，而且他都不怕，何必为他隐瞒。吴说没有，公安人员就不让吴睡觉，最后逼得没办法，吴才在笔录上乱签字。

吴洪弟案发那年已经有 60 多岁，现在已经去世，但其生前留下的大量证词都可以表明，他推翻了当初在公安机关所作的证言，坚称从来没有借枪给林青华。

除了枪支来源去向不明，王玉刚还告诉记者："还有一个疑惑：警方勘查显示现场有 3 枚来复枪弹壳，死者胸腔内也嵌有一枚来复枪塑料弹壳，总共是 4 枚。但是，林青华只被认定开了 3 枪。"

客观证据表明开了 4 枪，但所有在案口供、证人证言都指向开了 3 枪，如何解释？

2. 猴帽、钢筋、金戒指、金手镯等关键物证来源不明。

除了枪支，本案的作案工具猴帽、钢筋及赃物警方均未查获提取，缺乏与原判认定事实相关联的客观性证据。

关于猴帽的来源，虽然申诉人的妻子林碧英在公安机关所作的笔录中承认曾买猴帽给女儿用，但在 2000 年福建高院第一次二审期间，她向福建高院反映，自己在公安作笔录时的原话是讲其女儿小时候没有猴帽，而公安机关却误记为"用过猴帽"，1996 年的时候女儿只有 4 岁，怎么会买黑色的猴帽给小孩儿戴呢？

她告诉前来采访的《中国青年报》记者，公安部门当年没给她看笔录，就叫她签名了。2001 年，办案人员还就此出具说明，称当年是如实记录，并无错误。"但我一直不服，我明明说的是没有给女儿买过猴帽。"

3. 被害人林华英辨认笔录不具有证明力。

王玉刚告诉记者，被害人林华英在林青华未到案之前，并未明确指认凶手是林青华。原案卷中虽有照片指认，指认出林青华的照片即作案人，但在一审开庭时，林华英出庭作证时是这样说明的：当时公安人员叫她辨认照片，告诉她凶手就在这里面，于是她就开始辨认。当一张一张照片都无法辨认出来时，公安人员就拿起其中一张说："这个就是眼睛大大的、鼻子高高的，是不是他？"于是她就指认了这张照片，即林青华的照片。此案第一次二审时，福建高院认为公安机关所提供辨认的五组共十张照片，有三组被辨认人与名字对不上。显然，被害人林华英的辨认笔录是在公安人员指导下完成的，不具有证明力，属非法证据，不应该作为本案的定案依据。

王玉刚的这一说法是否成立呢？福建省人民检察院第一次二审期间的《出庭意见书》载明了辩护律师的上述说法。

该院一名检察官称，他们查阅了一审庭审笔录，没有发现类似的文字记载。对于该过程，福建省高院只在 2001 年第二次二审时认定，"公安机关所提供辨认的五组共十张照片中，有三组被辨认人与名字对不上"，作为案件的疑点之一。

2004 年 12 月，福建省高院开庭审理此案，这是此案最后一次开庭。法官再次问林华英："辨认时是你自己认的，还是公安有暗示。"庭审笔录显示，林华英答："是我自己认出的，我就认定是林青华。如果说是别人我不服，当时公安找我做笔录时我就说'这个人我认得'。"

4. 指纹问题是枪支问题之外本案的又一软肋。

本案第一次二审期间，福建高院工作人员向公安人员调查，公安人员证实案发后，当时公安机关对村里人收集指纹，对全村 18 岁到 35 岁的男性进行排查，对当晚去向不明人员进行排查。

但在本案长达 10 年的审判过程中，福清警方始终未提交从电视机上提取到的指纹，并声称，在电视机后部有指纹痕迹，有拍照，当时电视机上是有指纹，但灰尘多，无法提取。而他们提取的林青华的指纹，也始终未提交给法院。

王玉刚分析，既然对电视机上的指纹进行拍照，那么就可以根据照片制作指纹样本，公安机关完全有条件进行指纹比对排查作案人员，因为灰尘多就无法提取指纹的说法，令人难以置信。若没有在现场提取到指纹，公安人员又何必收集村里人的指纹？收集那么多的指纹，显然是为了跟从电视机上提取到的凶手的指纹进行比对。所以，公安机关有意隐瞒现场提取到的指纹。

对于这一问题，福清警方还有个更让人意想不到的说法，说提取全村 18 岁到 35 岁的男性的指纹，主要是为了对犯罪分子起到心理震慑作用。

5. 有罪供述是不是刑讯逼供所得？

在 2005 年 11 月福建高院的终审判决中，有这样的表述："受害人辨认出了林青华，并且，林青华在侦查阶段供述的作案过程与被害人的陈述能相互印证，其供述的一些具体细节，如非亲历难以供出。"

而林青华则称，他作过有罪的供述，都是在未被收押在看守所之前作的，被送到看守所后，他均否定有实施过本案的犯罪行为。林青华的有罪供述是受到刑讯逼供情况下所作的，有福清市医院 X 线检查报告单、福清市公安局法医门诊部病历记录、手腕伤情照片可以证明当时有罪供述是被采取刑讯逼供情况下作的。

林青华的父母向记者出示了多张林青华展示受伤手腕的照片，1997 年的福清市公安局法医门诊部病历显示，林青华的手腕等处有创口疤。福清市医院同年 X 线检查报告单载明，其一只手的第二掌骨中段骨折，骨折两断端有大量骨痂形成。但办案机关对此表示，该诊断是在取保候审的 20 多天后作出的，不能说明问题。

福建省检察院承办人为何直指本案另有真凶？

在 2004 年福建省检察院此案的承办人交给福建高院的一份书面意见中，承办检察官不仅指出了此案上述的所有疑点，还直指此案另有真凶。

证人周春英 2000 年 9 月 13 日到省法院反映，林青华是被冤枉的，人是林×打的，这个案件发生后的第二天，林×失踪了。林×与周春英的儿子是好朋友。案后六七个月，林×来到周春英家，在她儿子的楼上，林×说案子是他干的。两人密谈的时候，周春英刚好路过听到了。

林×说，他本意是持枪朝天开，不知为何打到林华英女儿的胸上。

周春英听到这些话后，过了五六天，将此事告诉了村支部书记林诚文。林诚文在 2000 年 9 月 13 日证实，周春英有一次到他家，讲林青华是被冤枉的，真正作案人是林×，听说也被判过刑。但林诚文当时并没把周春英的话放在心上。

该承办人还指出，林×曾有过持枪抢劫作案的犯罪记录，被福清市法院判处过有期徒刑。另据公安人员 2001 年对林×的讯问，林曾于 1995 年逃到外省，直到 1998 年才回来，后来被判刑。被抓时公安人员扣押其一把来复枪。

本社记者通过认真阅卷和实地走访调查，发现对于此案的疑点和疑似真凶的存在，林青华的历任辩护人都没有福建省检察院的承办公诉人调查得认真表述得清晰，不得不佩服该承办人办案的认真严谨和很高的法律素养。

但是，在福建高院的终审判决中，对出庭检察员意见作了如下一段短短的表述："上诉人林青华在案发后多次供述抢劫林华英家财物，打死一人、打伤一人的事实，与被害人林华英陈述、证人证言、现场勘查笔录、尸体检验报告、法医鉴定等证据相印证，抢劫的来复枪来源与吴洪弟原来供述能相印证。要求法院依法判决。"

　　而在那份未当庭公开的书面意见中，承办检察官最后的结论却是："从本案原审被告人林青华的供述以及现有证据的审查，本案确实存在事实不清、证据不足。"并认为，"本案并未排除第三者作案的可能，对于周春英的举报，公安机关对林×作案的可能性未进行系统侦查和排查。"

　　　　　　　　　（原载《民主与法制》2016 年第 31 期）